GEMISCHTER SATZ

Impressum:
ISBN: 978-3-902672-26-1
2. Auflage: 2011
echomedia buchverlag ges.m.b.h.
A-1070 Wien, Schottenfeldgasse 24

Produktion: Ilse Helmreich
Produktionsassistenz: Brigitte Lang
Layout: Elisabeth Waidhofer
Coverillustration: Daniela Fruhwirth
Lektorat: Regina Moshammer
Herstellungsort: Wien

GEMISCHTER SATZ

KRIMINALGESCHICHTEN

Herausgegeben von Sabina Naber

echomedia
BUCHVERLAG

Inhalt

INHALT

Vorwort

SABINA NABER

Wein, Wien, Tod – ein Triumvirat, das an Klischeehaftigkeit beinahe nicht zu überbieten ist. Fragt man Touristen, wird die morbide Weinseligkeit sicherlich sofort nach Sisi aufgezählt, fragt man Einheimische, wird man verständnislos angeschaut, weil etwas, das gelebt wird, doch kein Klischee sein kann.

Heurige gehören zum Wiener Alltag, Diskussionen über die neuesten Kreationen der Wiener Winzer und deren Auszeichnungen zur Basis jedes Smalltalks. Die Liebe zum Totenkult reicht von witzig (an nahezu jeder zweiten Hausecke ist eine Gedenktafel für eine mehr oder weniger bekannte Berühmtheit angebracht) bis zu pompös (immerhin ist der Zentralfriedhof mit rund drei Millionen Bestatteten der größte in ganz Europa). Ein weiteres Indiz für diese Liebe ist, dass die Kriminalliteratur in Wien mit Verve gepflegt wird, gleichermaßen von Autorinnen und Autoren wie Leserinnen und Lesern.

Umso erstaunlicher ist es, dass bislang kaum schriftstellerische Werke existieren, die sich mit den drei Begriffen – in Kombination und verdichtet – auseinandersetzen.

Das wurde drei Krimiautorinnen (Ilona Mayer-Zach, Claudia Rossbacher und mir) bewusst, als sie über die Wiederentdeckung des Wiener Gemischten Satzes räsonierten. Ein Wortspiel zum Namen des alten neuen Weines – und die Anthologie „Gemischter Satz“ war geboren.

Für mich als Herausgeberin ging es nun darum, den passenden Verlag für das Projekt zu finden – und es war mir sofort klar, dass der echomedia buchverlag die erste Ansprechadresse ist; ein zutiefst wienerischer Verlag, mit dem ich auch schon sehr erfolgreich die Fußball-Anthologie „Tödliche Elf“ herausgebracht hatte.

Bei der Konzeption diente mir eine wunderliche Erfahrung mit ausländischen Gästen als Anregung: Touristen trinken in Wien zwar gern Wein, ein Heurigenbesuch ist Standard, doch die wenigsten verinnerlichen, dass hier nicht nur zwecks Kulisse, sondern tatsächlich Wein angebaut wird, ja Wien vielmehr weltweit die einzige Hauptstadt mit nennenswerter Weinproduktion ist (700 Hektar Anbaufläche); dass zahlreiche Winzer international ausgezeichnet wurden; dass hier Besonderheiten existieren, die ihresgleichen suchen. Warum also nicht das Angenehme, Literarische, mit dem Informativen verbinden? Die zehn Wiener Rebsorten und typische Begriffe der heimischen Weinkultur waren daher die Vorgaben für die Autorinnen und Autoren und ihre Geschichten.

Zu meiner Freude hat das Gros der österreichischen Kriminalszene mit Begeisterung bei dem Projekt zugesagt. 18 verschiedene Persönlichkeiten mit 18 verschiedenen Stilen – die Arbeit mit meinen Kolleginnen und Kollegen war für mich pures Vergnügen. Der Spaß, den wir alle hatten, überträgt sich hoffentlich beim Lesen.

Ein großer Wermutstropfen ist allerdings, dass unser lieber Krimikollege Christoph Wagner, Österreichs wohl bekanntester Gourmetkritiker und Kochbuchautor, die Fertigstellung des Geschichtenbandes nicht mehr miterleben durfte. Es war meine erste Zusammenarbeit mit ihm. Ich habe sie sehr genossen und bedaure, dass sie keine Fortsetzung finden wird. Ihm widmen wir dieses Buch, hoffend, dass er dort, wo er nun ist, jede Lesung und jede Weinverkostung mit uns zelebriert.

In diesem Sinne wünsche ich Ihnen bei der Lektüre der Geschichten, vielleicht genossen mit einem Glas Wein, bacchantisches Vergnügen und sage: Prost, Mahlzeit!

Ihre
Sabina Naber

www.sabinanaber.at www.krimiautoren.at

Blauer Portugieser

Du, die Wanne ist voll oder: Warum es nicht immer von Vorteil ist, ein Weinexperte zu sein

RAOUL BILTGEN

Blauer Portugieser (oder Vöslauer, Badener): stammt aus dem 18. Jh. und gelangte aus Portugal nach Bad Vöslau; verbreitete sich in der Gegend schnell. Schlumberger begann im 19. Jh., Schaumwein damit herzustellen. Verträgt nicht Kalk, Nässe und Frost. Anbaufläche in Wien: 1,6 %; Farbe: meist hellrot (nur bei später Lese dunkel); Geschmack: süffig und leicht; niedriger Alkoholgehalt.

Ich bin Biertrinker. Das war ich nicht immer, im Gegenteil, früher war ich ein ausgesprochener Weintrinker, nein, ein Weinliebhaber, ich kannte mich aus mit Weinen, mit Lagen und Böden und Jahrgängen, ja, ich war das, was man als einen Experten bezeichnen könnte. Gut, ein Hobbyexperte, aber auch die sollte man nicht unterschätzen.

Dabei war diese meine Vorliebe bei Getränken eher außergewöhnlich für jemanden wie mich, denn ich bin von Berufs wegen Sanitäter, genauer: Rettungssanitäter. Und nach einem Einsatz trinkt man nicht gemütlich ein Gläschen Roten, sondern handfest ein Krügerl vollmundigen Gerstensaftes oder eben aus dem Blech, das spielt nicht wirklich eine Rolle. Aber auch das tut man natürlich erst nach dem Einsatz, ist klar, wir sind uns ja unserer Verantwortung bewusst, wir Menschen von der Rettung, und niemals, nein, niemals würde sich ein verantwortungsvoller Mensch, wie wir Sanis es sind, dazu herablassen, während des Dienstes Alkohol zu konsumieren oder gar schon angetrunken zur Arbeit zu erscheinen. Schließlich sind wir es, die als Erste an einem Unfallort ankommen, um zu überprüfen, ob noch irgendwer am Leben ist. Natürlich hat man als Sani nicht nur Unfälle der üblen Sorte auf dem Tagesplan, tatsächlich sind es wohl eher die alten und gebrechlichen Frauen, die über ihren ebenso alten und gebrechlichen Hund stolpern und sich die Hüfte brechen, mit denen wir es tagaus, tagein zu tun haben. Und dann wollen die gar nicht von uns, der Rettung, gerettet werden, denn der Hund ist vor Schreck aus dem Haus entwischt. „Wo ist er, meingott, Sie müssen ihn suchen, schnell, bevor er unter ein Auto kommt." Was wir dann tun? Natürlich den Hund einfangen, denn ein entlaufener Hund ist in seiner Gefährlichkeit nicht zu unterschätzen, egal wie alt und gebrechlich er ist, er ist eher sogar noch gefährlicher, wenn er alt und gebrechlich ist, denn so ein alter und gebrechlicher Hund, der sein Lebtag lang nur an der Leine einer alten und gebrechlichen Frau einmal den Gehsteig rauf und wieder runter latscht, um sein Gacksi dem Nachbarn vor die Tür zu drücken, ist es nicht gewohnt, auf die Straße zu laufen, frei wie ein Vogel im Wind. Oder eben ein Welpe.

Und dann ist der Hund auch noch halbblind und taub und hört keine hupenden Autos, also muss der hupende Autofahrer ausweichen, landet im nächsten Baum, fliegt durch die Windschutzscheibe, und wer muss die Nase aus den Scherben sammeln? Eben. Ich. Also, mit Hunden kann ich. Aber um Hunde geht es hier nicht. Um einen Einsatz geht es sehr wohl. Wie bin ich überhaupt auf Hunde gekommen? Genau, übers Bier.

Heikel sind Einsätze, wenn man weiß, sie finden in der Öffentlichkeit statt. Fußgängerzone in der Kärntner Straße: ein Graus. Der Prater: Frage nicht. Und Hotels. Auch wenn die Unfälle in Hotels meistens eher harmlos sind – aufgeschnittene Finger an scharfkantigen Blechverschlüssen von überteuerten Spirituosen aus der Minibar, Ausrutscher in der Saunalandschaft auf den Hinterkopf, Küchengehilfen, denen man besser einen Sparschäler als das große Hackebeil anvertraut hätte –, die Geschäftsführer der Hotels sehen immer gleich Gewinneinbußen in Millionenhöhe durch Renommeeverlust, wenn sie die rot leuchtenden Jacken der Rettung an die Rezeption treten sehen. Weshalb wir gerne mal vor der Tür abgefangen und zum Hintereingang gelotst werden. So auch dieses Mal. Na ja, fast.

An der Wien entlang, oder auch an der U4 entlang, Richtung Westausfahrt, ist immer viel Verkehr, aber es gibt eine Straßenbahnspur, die bis zur Kennedybrücke verläuft, und genau dort mussten wir hin. Ich möchte jetzt nicht den Namen des Hotels sagen, Sie wissen schon, die Gewinneinbußen und so, aber es gibt in Hietzing gleich in der Nähe des Eingangs zum Schönbrunner Tiergarten ein Hotel, welches eher der gehobenen Klasse zuzuordnen ist, und dementsprechend groß wird dort auch die Diskretion geschrieben. Das wusste Hans, der Fahrer, und schaltete das Martinshorn aus, sobald das Hotel in Sicht war. Spannend sind Einsätze in Hotels, wenn es um Promis geht. Oder Halbpromis. Oder Menschen, von denen man zwar noch nie was gehört hat, die aber tatsächlich die reichsten Menschen der Welt sind, die Politik ganzer osteuropäischer Länder kontrollieren und junge blonde Geliebte haben, denen sie natürlich nicht in billigen Stundenhotels ihre Aufwartung machen.

In der Hoffnung auf einen solchen Oligarchen und seine unter Anführungszeichen angeführte Sekretärin, die leider im Bad ausgerutscht und aufgrund der unerträglichen Schmerzen im Handgelenk auch vollkommen unfähig war, sich wieder anzukleiden – der Mann trägt dann meistens Seidenmorgenmantel –, fuhren wir vor und wurden, erwartungsgemäß, vom Chef höchstpersönlich vor der Tür in Empfang genommen.

Seinen Namen sage ich nicht, aber er war schon eine imposante Erscheinung, als er im dunklen superfeinen Zwirn auf uns zukam, erstaunlicherweise gemessenen Schrittes, wartete, bis ich die Beifahrertür geöffnet hatte, sich direkt vor mich stellte und mir ins Ohr flüsterte: „Nur kein Aufsehen, ich glaube, sie ist eh schon tot."

Bei Toten vergeht die Hoffnung auf nicht angezogen, das ist klar, aber man kann ja einem Laien in solchen Angelegenheiten nicht vertrauen, also habe ich den Chef weggeschubst, meinen Notfallkoffer geschnappt und bin schnurstracks durch den Haupteingang ins Hotel gestürmt.

Leider hatte ich vergessen zu fragen, wo denn die vermeintliche Leiche zu finden sei, und blickte zur Rezeption. Die schauten nur fragend zurück, wussten also von nichts. Die ersten Gäste schielten zu mir rüber. Dann kam Hans und brüllte: „Lift." Gut, er hatte also was erfahren.

Nachdem sich die Lifttüren geschlossen hatten, schaute der Chef sehr böse und zischte: „Ich bitte noch einmal um absolute Dis …"

Ich ließ ihn nicht zu Ende reden: „Welcher Stock?"

Er drückte auf die Vier. Er sagte nichts mehr. Bis wir im vierten Stock angekommen waren, da sagte er: „Vierhundertdrei."

Das hätte er allerdings gar nicht sagen müssen, denn es stand eine Tür im Flur offen, eine junge Raumpflegerin lugte mit weit aufgerissenen Augen hinaus.

Es war nicht das Penthouse, in das ich trat, es war ein, fast möchte ich sagen, schlichtes Zimmer, Doppelbett, Schreibtisch, Sessel, Fernseher, alles, wie man es halt kennt. Die junge Dame zeigte mit zitternder feingliedriger Hand auf eine Tür: das Bad. Also vielleicht doch eine noch nicht so tote Millionärsgespielin im wallenden Schaum der Venus?

Die Raumpflegerin drückte sich an den Einbauschrank, als ich an ihr vorbei Richtung Bad ging, als ob sie Angst hätte, ich würde sie am Ärmel packen und mit mir zerren. Aber so was tun wir ja nur äußerst selten.

Allerdings verstand ich beim Eintreten ins Bad sofort, warum sie nicht mit mir hatte hineingehen wollen. Es roch intensiv, schwer. Reflexartig schloss ich den Mund, der mir beim ersten Anblick der bespritzten Wände aufgegangen war, und hielt den Atem an. Dann schaute ich zur Badewanne.

Von ihr war nicht viel zu sehen, von der Person, meine ich, die in der Wanne lag. Ein blonder Haarschopf, ein weißer nackter Hintern und seltsam verkrümmte Beine lugten aus der bis zum Rand gefüllten Badewanne. Und die Wanne war eindeutig nicht mit Wasser gefüllt, denn Wasser ist nicht rot.

Wie lange ich dort stand und dieses Bild vor mir anschaute, ist mir bis heute nicht ganz klar, aber auf einmal wurde ich aus meinem hypnoseartigen Zustand gerissen, als Hans mir seine Hand auf die Schulter legte, bevor er an mir vorbei zur Wanne ging, sich danebenkniete, einen Plastikhandschuh überstreifte und in die rote Flüssigkeit griff, um zumindest das Gesicht der Frau herauszuheben und dann ihren Puls zu fühlen. Normalerweise hätte ich das gemacht, aber so war es mir sehr recht, ganz ehrlich. Nachdem mir Hans einen schnellen Blick zugeworfen hatte, drehte ich mich um und entdeckte hinter mir den Chef und sagte: „Wir brauchen einen Arzt."

Der fragte: „Lebt sie noch?" Na ja, er stammelte nun doch und von seiner Imposanz war von einem Moment zum nächsten kaum noch was übrig. Seine Angestellte legte die schmale Hand an die farblosen Lippen.

„Wir dürfen nicht offiziell den Tod feststellen, das darf nur ein Arzt."

„Aha." Der Chef bewegte sich nicht.

„Ach ja, und die Polizei, wo Sie grad dabei sind."

„Ja, klar, die Polizei." Er sagte es, tat aber immer noch nichts. Der hatte wohl seine ganze Gelassenheit im Lift gelassen. Oder er hatte seine letzten Energiereserven so lange wie möglich auf sein äußeres Erscheinungsbild verwendet, um vor den Gästen und dem Personal zu erscheinen, wie ein Chef nun mal zu erscheinen hat, doch nun waren die Batterien leer.

Egal, war eh meine Aufgabe, also fischte ich mein Handy aus der Tasche und erledigte, was es zu erledigen galt.

Eigentlich würde ich gerne die Details aussparen, aber eines muss ich doch kurz erwähnen. Als der Arzt und die Polizei da waren und Hans und ich darauf warteten, uns endlich wieder trollen zu können, was wir aber noch nicht durften, denn wir mussten natürlich noch eine Aussage machen, beobachtete ich, wie die ganz in Weiß gekleideten Polizeimediziner die Leiche aus der Wanne hoben und daneben auf den Boden legten. Leichen geben hin und wieder noch Laute von sich oder zucken, und so auch hier. Das Resultat war, dass aus ihrem Mund ein Schwall roter Flüssigkeit schoss, und ich weiß nicht warum, war es die Farbe?, auf jeden Fall musste ich an eine Freundin von mir denken, mit der ich mal auf einer Weinverkostung war. Einmal und nie wieder, denn zuerst schüttete sie den Wein becherweise in sich hinein, statt ihn auf der Zunge zu spüren und sich entfalten zu lassen, dann war sie besoffen, und schließlich kam das ganze edle Gesöff wieder in ihr hoch und aus ihr heraus. Und das war sehr flüssig und rot. Wie Blut. Und als ich dieses Bild in meinem Kopf noch mal Revue passieren ließ, dachte ich: Das sieht hier genauso aus. Wie Blut. Aber eben nur wie.

Also stieg ich über die Leiche hinweg zur Badewanne, tunkte den Finger in die Flüssigkeit, steckte ihn in den Mund und saugte daran.

Als mich einer der Polizisten brutal nach hinten riss, sagte ich nur: „Blauer Portugieser."

Der fragte: „Was?"

Und ich wiederholte: „Blauer Portugieser. Aus Österreich. Wahrscheinlich sogar Wien."

„Sie wissen, wer der Täter ist?", fragte der Polizist nun ziemlich blöd, weswegen ich es ihm erklärte: „Ein Blauer Portugieser ist ein Wein, kein Mensch, wenig Alkohol, eher süffig und leicht. Warum glauben Sie, dass es hier so riecht? So riecht doch kein Blut. Das ist ein Wein."

„Ich bin Biertrinker", sagte er. Und dann fügte er hinzu: „Und jetzt raus hier, Klugscheißer, geh eine Oma retten oder eine Katze vom Baum fischen."

Ich verkniff es mir, zu sagen, dass die Katzen von der Feuerwehr von den Bäumen geholt werden – schließlich haben wir keine Leitern –, denn im gleichen Moment wühlte sich ein eher beunruhigender Gedanke durch meine Hirnwindungen: Ich hatte gerade Wein aus einer Badewanne gekostet, in der kurz zuvor noch eine Leiche gelegen hatte. Sofort hatte ich ein pelziges Gefühl auf der Zunge, ich spürte förmlich die Maden sich zwischen meinen Zähnen hindurchzwängen, mir wurde übel. Also tat ich, wie mir geheißen, und verließ das Hotelzimmer, um mich auf die Suche nach einem Bad zu be- und mich dort zu übergeben.

Das Problem in Hotels der gehobenen Klasse im Gegensatz zu etwa Jugendherbergen ist, dass es keine Toiletten am Flur gibt. Ich stieß also wankend immer wieder gegen die Türen der Zimmer, in der Hoffnung, es würde sich vielleicht mal eine einfach so auftun.

Und manchmal erfüllen sich Hoffnungen im Leben. Das erkannte ich, als ich auf dem Boden lag, nachdem eine Tür dann doch unverhofft unter meinem dagegenprallenden Gewicht nachgegeben hatte.

„Entschuldigung", murmelte ich. Da ich nicht wusste, weshalb ich das getan hatte, sagte ich es nochmals lauter, um mir so vorzugaukeln, ich hätte es schon beim ersten Mal gemacht, um einen unter Umständen in seinem Zimmer hockenden Hotelgast nicht aufzuschrecken.

Dann kroch ich ins Bad, klappte den Klodeckel samt Brille hoch, umklammerte den Rand und sah mir das bläuliche Wasser auf dem Boden der Muschel an.

Und es kam nichts.

Ich bewegte meine Bauchmuskeln, um einen Würgereiz auszulösen, doch das gelang mir nicht. Sich übergeben zu müssen, ist nicht angenehm, aber das Gefühl zu haben, sich übergeben zu müssen, und es dann nicht zu können, das ist echt zum Kotzen.

Nach der einen oder anderen Minute vergeblichen Wartens auf ein zufriedenstellendes Ergebnis stand ich auf und wusch mir das Gesicht mit kaltem Wasser. Dann trat ich aus dem Bad ins Zimmer. Und dort sah ich etwas, das ich in einem Hotelzimmer nun wirklich nicht erwartet hätte, schon gar nicht in einem Hotel wie diesem. Aber eine Leiche in Rotwein hatte ich ja auch nicht erwartet, also, was überraschte es mich dann noch, dass dort neben dem Bett einige Kartons gestapelt waren, wie ich es sonst nur aus einem Keller kenne, genauer, aus einem Weinkeller? Und genau das war's: Insgesamt mindestens zwanzig Kartons zu sechs Flaschen waren rund ums Bett gestapelt. Ich lugte in einen der Kartons: Die Flaschen waren entkorkt. Ich hob eine an: Sie war leer. Ich las das Etikett: Blauer Portugieser, ein Weingut aus Wien.

Sie werden es sich denken, was ich mir gedacht habe: die Tatwaffe. Oder die Reste davon. Ich blickte mich um, doch sonst war das Zimmer leer. Ich öffnete den Einbauschrank: leer. Ich öffnete die Minibar: voll. Mit anderen Worten: ein unbewohntes Zimmer.

Dann öffnete sich hinter mir die Tür. Doch bevor ich mich zur Gänze umgedreht hatte, lag ich schon rücklings auf dem Bett, die junge Raumpflegerin von vorhin sitzend auf mir.

Hatte sie mich gestoßen? Diese kleine, zierliche Person? Und warum bestieg sie mich in einer solchen Art und Weise? Gut, manche werden durch emotional aufwühlende Erlebnisse wie den Fund einer in Wein eingelegten Leiche in Zustände versetzt, die zu seltsamen Reaktionen führen, aber das war vielleicht bei ihr der Fall, bei mir eindeutig nicht. Ich wollte mich also aufsetzen, doch da packte sie meine Handgelenke mit einer Kraft, die ich ihr niemals zugetraut hätte, drückte meine Arme hinter meinem Kopf auf die Matratze, und ein jäher Schmerz durchfuhr mich vom Nacken bis zum Steiß.

„Weinkenner, hä?“, grunzte sie mich, ihr Gesicht ganz nah über meinem, an.

„Was? Wieso?“, gluckerte es nicht besonders flüssig aus meinem Mund.

„Einer, der sich auskennt, was? Und der Polizei natürlich gleich brühwarm sein Wissen verklickern muss.“

„Aber nein, ich, also, der Wein, der, also, ich …“ Was sollte ich auch sonst sagen?

„Wären sie eh draufgekommen, auf das mit dem Wein. Glaubst, die sind blöd?“

„Äh … Nein?“

„Nein, sind sie nicht.“

„Äh … Nein.“

„Nur hättest du nicht rumschnüffeln sollen.“

„Mir war schlecht.“

„Das ist schlecht.“

„Es geht schon wieder besser.“

„Nicht mehr lang.“

„Ja, aber ich …“

„Ja, aber ich“, äffte sie mich nach, „ja, aber ich“, noch mal. „Privatdetektiv spielen und sich dann in die Hosen machen.“

„Ich habe nicht …“

„Ach halt doch dein Maul.“ Und damit stieg sie von mir und setzte sich neben mich. Natürlich war mein erster Impuls, aufzuspringen und mich davonzumachen, doch kaum hatte ich den Versuch gewagt, riss es durch meinen

Rücken und nix ging mehr. Hexenschuss oder so, keine Ahnung, wohl eine Folge der heftigen Bewegung meiner Arme vorhin. Mit schmerzverzerrtem Gesicht ließ ich mich also wieder zurückfallen, was abermals weh tat.

„So, und was machen wir jetzt mit dir?“, fragte sie, ohne mich anzuschauen.

„Äh …“, schickte ich mich an, ihr eine eloquente Antwort zu geben, die dazu hätte führen können, dass sie mir die Hand reichte, um mir aufzuhelfen.

„Ich hab nicht dich gefragt“, unterbrach sie mich.

Ich fragte nicht, wen sie denn sonst gefragt hatte.

Dann stand sie auf, und ich sah aus dem Augenwinkel, wie sie eine Tür öffnete, die wohl auf einen Balkon führte. Sie kam zurück und reichte mir die noch vor wenigen Augenblicken erhoffte Hand. Nur aus irgendeinem Grund wollte ich sie jetzt nicht mehr so bereitwillig ergreifen, weshalb sie meinen Arm packte und mich vom Bett zog, was einen fürchterlichen Schmerz auslöste. Sie ging nicht darauf ein und hievte mich durchs Zimmer Richtung Balkon.

„Aber warum?“, stieß ich zwischen zusammengebissenen Zähnen hervor.

„Warum?“ Sie blieb stehen. „Du weiß es doch.“

„Nein.“

„Nicht?“ Sie ließ mich los, ich fiel zu Boden, abermals Schmerz in fast unerträglichem Ausmaß. „Du hast den Wein rausgefunden, du hast die Flaschen gefunden, du hast mich so schief angeschaut, du hast mich dabei gestört, als ich die Flaschen …“ Sie unterbrach sich, schaute zu den Kartons, schaute wieder zu mir. Sie zögerte. Dann setzte sie sich aufs Bett. „Stimmt“, sagte sie ganz leise, „du hast mich gar nicht dabei gestört, als ich die Flaschen entsorgen wollte, ich hätte meine Rolle als dumme Putze einfach weiterspielen können.“

„Das können Sie doch immer noch“, warf ich schnell ein, doch das hätte ich wohl lieber bleiben lassen.

Ohne zu antworten stand sie auf, resolut, packte wieder meinen Arm, zog mich auf die Beine und weiter ging's, Schritt für Schritt, zum Balkon. „Scheißidee, echt, Scheißidee“, murmelte sie dabei vor sich hin.

„Was denn?“, versuchte ich nun, Zeit zu schinden. Wir waren schon auf dem Balkon, und ich sah, dass auf der Straße ein Blaulicht flackerte, was mich daran erinnerte, dass Hans noch irgendwo sein musste, und zwar hoffentlich auf der Suche nach mir.

„Was was?“, zischte sie.

„Was war denn so eine Scheißidee?“

„Die blöde Tussi in ihrem eigenen Wein zu ersäufen. Die Spanier mal wieder.“

„Nein, ein Portugieser.“

„Ja, der Wein von der Tussi, das war ein Portugieser, du Depp, aber nicht der vom Spanier, das war ein Spanier.“

„Hä?“ Gut, das war nicht besonders einfallsreich als Antwort, aber es drückte genau das aus, was in dem Moment in meinem Hirn vorging.

Und es führte zum gewünschten Ziel, denn sie fuhr fort: „Der Spanier, dem die Tussi aus Österreich mit ihrem Portugieser aus Wien das Geschäft vermiest hatte.“

„Und der wollte ...“

„Dass ich sie in ihrem eigenen Gesöff ertränke, ja."

„Aha."

„Hundertzwanzig Flaschen klauen, heimlich im Zimmer deponieren, heimlich in die Badewanne einfüllen, sie dann darin umbringen, anschließend die Reste der Party wieder wegschaffen, echt, wie konnte ich mich nur auf so was einlassen."

„Und das alles wegen …"

„Schönbrunn."

Schönbrunn war, was ich gerade sah, als ich mich an der Brüstung anlehnte, sie stand hinter mir, wohl um nicht von der Straße aus erkannt zu werden. „Schönbrunn?", fragte ich sie über die Schulter.

„Ja, Scheiß-Schönbrunn …" Dann hörte ich ein Poltern.

Für einen kurzen Moment dachte ich: Was ist mit Schönbrunn?, dann aber dachte ich: Gelegenheit. Ich nahm also meine letzte Kraft zusammen und drehte mich, den Schmerz im Rücken ignorierend, herum. Und dort stand Hans neben dem nun wieder imposanten Hotelchef, der eine Nachttischlampe in der erhobenen Hand hielt. Zu seinen Füßen lag die Raumpflegerin. Na ja, die gedungene Mörderin, muss ich ja jetzt sagen.

Dass es um irgend so ein Exklusivvertragsding für Wein im Restaurant in Schönbrunn ging und ein neues Wiener Weingut den bisherigen spanischen Händler mit dem Argument *Wiener Wein in einer Wiener Sehenswürdigkeit* aus dem Geschäft gedrängt hatte, erfuhr ich erst später, viel später, als ich meinen Dienst nach einer Woche Krankenstand wieder aufgenommen hatte und mit Hans bei einem Bierchen im Schweizerhaus im Prater saß.

Gerne hätte ich gehört, dass die Polizei mich erwähnt hätte, dass ich die Mörderin überführt hätte, dass ich durch den Einsatz meines Lebens die Hintergründe aufgedeckt hätte und so, aber das passierte nie.

Die Erben der toten Frau im Wein schickten mir allerdings ein kleines Dankeschön. Wein. Sechs Flaschen. Gottseidank keinen Blauen Portugieser, aber trotzdem, ich habe ihn nicht angerührt, denn, wie gesagt, ich bin Biertrinker.

Koscherer Wein

Rache ist koscher

CHRISTIAN KLINGER

Koscherer Wein: wird von jeher hergestellt und im jüdischen Ritus eingesetzt; die Produktion folgt über weite Strecken denselben Regeln wie bei „normalem Wein", verboten sind die Zufügung von Enzymen, Bakterien, Gelatine, Kasein oder Stierblut – oder auch Glykol, wodurch Wiens koscherer Wein beim Skandal 1985 der einzige nicht betroffene war. Hersteller ist das Weingut Hengl-Haselbrunner (Trauben, Presse, Tanks, Abfüllanlage), die Herstellung selbst muss durch Juden erfolgen.

Einsatz – Blaulicht – Folgetonhorn. Dantlinger hasste diese Theatralik. Nur, für jemanden ohne Führerschein waren die uniformierten Kollegen vom Wachzimmer unverzichtbar, um zum Tatort in der Silbergasse zu gelangen. Denn mit dem Taxi war ihm die Fahrt zu teuer, mit den Öffis dauerte sie zu lange. Also blieb nur *Einsatz in Döbling*.

Eine blöde Sache, so ohne rosa Papier den Dienst zu versehen, aber der Führerschein lag in der Verkehrsabteilung der Bundespolizeidirektion. Planquadrat vor drei

Wochen. Dabei hatte er den ganzen Abend über Vorsicht bei den vielen Trinksprüchen walten lassen und von seinem Glas nur genippt. Er war ja überzeugt, dass der Rausch im letzten Achtel versteckt ist, im sogenannten Fluchtachterl, aber das ist eine andere Geschichte. Dem Alkomaten war's wurscht gewesen, für dieses herzlose Ding zählten nur die Fakten, und die kontrollierenden Kollegen hatte es irgendwie amüsiert, wie er an deren hämischem Grinsen hatte ablesen können. Es war halt wieder so eine Geschichte, bei der man am liebsten …

„Herr Leutnant! Hallo, Herr Leutnant!" Der Wagen hatte angehalten und der auf dem Beifahrersitz befindliche Polizist drückte Dantlinger an der Schulter.

„Ja, was ist denn?"

„Wir wär'n da!"

„Ah so, ja, natürlich. Danke fürs Mitnehmen." Dantlinger stieg aus.

Ein neben dem Haustor postierter Beamter gab sein Ziel vor. Dantlingers Blick wanderte die mit Stuck, Erkern und Knabenköpfen verzierte Fassade hinauf, dann nahm er die vier Stockwerke in Angriff. Im Dachgeschoß angelangt, wiesen ein die Schaulustigen abhaltender Uniformierter und das aus der sperrangelweit geöffneten Eingangstür auf den Gang dringende Stimmengewirr den weiteren Weg.

Dantlinger betrat die weitläufige Altbauwohnung. Drei doppelflügelige Türen musste er durchschreiten, bis er endlich zum Kriminalschauplatz vorgedrungen war. Die Leiche war offenbar schon abtransportiert worden, denn nur eine Strichzeichnung zeigte, wie sie dagelegen war.

„Schau an, der Kollege vom Alsergrund! Na, hast an Spaziergang gemacht?“ Bezirksinspektor Kreindl grinste Dantlinger an.

Manches machte schneller die Runde, als ihm lieb war. „Hab gar nicht gewusst, dass das in die Infoschleuder gekommen ist. Aber deswegen bin ich nicht da.“

„Ah so, wegen dem da?“ Kreindl deutete auf die durchbrochene Markierung auf dem blutgetränkten Teppich.

Dantlinger nickte. „Ich hab zwei ähnlich verstümmelte Kandidaten. Einer hat vor einer Woche dran glauben müssen, der andere gut zehn Tage davor.“

„Du meinst, die Morde hängen zusammen?“

„Das versuch ich herauszufinden. Sag, habts ihr irgendwas verändert?“ Dantlingers Blick fiel auf den leeren Tisch, auf dem sich Glasränder abzeichneten.

„Die Beweise haben wir sichergestellt. Vorher aber eh alles fotografiert. Ganz nach Handbuch.“ Kreindls Lippen verkrampften sich zu einem Lächeln.

„Ich will sofort wissen, was alles auf dem Tisch gestanden is!“ Dantlingers Ton war scharf wie die Klinge eines Samuraischwerts. Und er hätte den rangniedrigeren Kreindl auch gerne zu Sashimi verarbeitet, schon wegen der spöttischen Bemerkung bei der Begrüßung.

Kreindl schnappte nach Luft und begann zu stottern: „Also … da waren … ein Aschenbecher, Gläser und … eine Weinflasche.“

Dantlinger riss die Augen wie ein zum Blutsaugen erwachter Vampir auf. „Was? Was für ein Wein war das?“

„Woher soll ich das wissen? Ich bin doch kein Önologe.“

Dantlinger packte Kreindl am Kragen und brüllte: „Wo ist die Flasche? Ich will sie sofort sehen!“

Kreindls Ohrläppchen begannen rötlich zu glühen, als hätte ihn der Leibhaftige daran gezogen. Sein Stottern verwandelte sich in kleinlautes Stammeln: „Also ... diese Flasche ... die ist als Beweisstück am Weg in die Asservatenkammer.“

Dantlingers Griff lockerte sich, er ließ Kreindl los und tätschelte mit der flachen Hand dessen rechte Wange. „Gut, da wird sie ja sicher den Weg zu mir finden, oder?“

„Na ja, an Anforderungsschein müsstest halt ausfüllen ...“

Dantlingers Tätscheln wurde fester, Kreindls Wange leuchtete bereits ebenso rot wie die Ohren. „Anforderungsschein? Sicher nicht. In einer halben Stund hab ich die Sachen bei mir im Büro, sonst hol ich dich persönlich ab, zum Ausfüllen von dem Scheiß-Anforderungsschein! Ist das klar?“

„Glasklar wie unsichtbar“, bemühte Kreindl einen dieser sinnigen Werbesprüche.

Für Dantlinger war die von den anderen Anwesenden ungläubig mitverfolgte Diskussion beendet und er schickte sich an zu gehen, stoppte aber und sagte: „Übrigens, einer von deinen Leuten soll so gut sein, mich zu fahren.“

„Und, darf ich dir noch ein Schluckerl nachschenken?“

„Warum nicht. Nach so langer Zeit ... Dass ich dich noch einmal treff.“

„Schau, es ist was Besonderes, gar nicht leicht zu kriegen."

„Na geh her, wo hast denn den gefunden, fast wie damals."

„Genau, und über damals wollen wir uns unterhalten."

Dantlinger drehte die Flasche im Licht seiner Schreibtischlampe. Kreindl hatte tatsächlich dafür gesorgt, dass die Beweisstücke sofort bei ihm im Sicherheitsbüro gelandet waren. Drei gleiche Flaschen standen aufgereiht vor ihm da. Von den ersten beiden wusste er bereits aufgrund des Laborberichts, dass sie penibel gereinigt worden waren. Rückstände waren daher nicht nachzuweisen gewesen. Dafür hatte sich im Blut der Opfer eine Art Nervengift befunden.

„Na? Spielst Quartett? Da fehlt dann aber noch eine." Kreindl steckte seinen Kopf zur Tür herein. Er hatte den Ruf eines Abstaubers. Wann immer die Spatzen die Lösung eines Falls von den Dächern pfiffen, tauchte er auf. Vielleicht war sein Besuch als gutes Omen zu bewerten. Dennoch beschloss Dantlinger, beim Teilen der Fakten Vorsicht walten zu lassen.

Er deutete auf die Flaschen. „Das is seine Visitenkarte."

„Was? Warum?"

„Weil sie gleich sind, also vom selben Weinhauer. Ein koscherer Wein."

„Ein was bitte?" Kreindl betrat nun das Zimmer und zog einen der Drehsessel heran. Lässig schob er die Sitzfläche zwischen seine in Westernstiefeln steckenden Beine und lehnte seinen Oberkörper gegen die Lehne.

„Na ja koscher“, erläuterte Dantlinger, „du weißt schon, rein, nach jüdischem Ritus.“

„Ich hab gar nicht gewusst, dass es das beim Wein auch gibt.“

„Ich vorher auch nicht, aber seit meinem Besuch beim Produzenten hab ich ein bissel darüber erfahren.“

„Was, du warst in Israel? Auf Spesen?“

„Na, woher denn. Dieser Wein wird im Neunzehnten gmacht, beim Engel.“

„Ist der Jude?“

„Nein, ein Wiener. Aber er keltert ihn unter Aufsicht vom Rabbiner. Den dürfen nur Männer machen, und am Samstag dürfen s’ nicht arbeiten. Und alles muss sehr rein sein, so irgendwie halt.“

Kreindl griff nach einer der Flaschen und studierte nun seinerseits die Aufschrift darauf.

„Na bravo!“, rief Dantlinger.

„Was denn?“

„Das war deine Flasche. Die war noch nicht im Labor, aber jetzt is sie voll mit deinen Fingerabdrücken.“

Kreindl stellte die Flasche zurück.

Dantlinger blickte ihm in die Augen und legte seine Stirn in Falten. „Was willst du eigentlich? Erwartest dir eine persönliche Danksagung, weil du die Beweise vorbeigebracht hast?“

Kreindl blähte seine Wangen, während er mit den Schultern zuckte. „Na, ich wollt dir meine Hilfe anbieten. Ich weiß, dass du zwei ähnliche Morde am Hals hast. Also wollte ich dir vorschlagen, dass wir uns zusammentun, informell natürlich."

Obacht! Dantlinger bettete sein Gesicht in die Hände: „Danke, da hast deine Flasche, ich brauch sie nicht. Behalt du deinen Toten, mir reichen meine zwei."

Jetzt trug die Flasche auch noch Dantlingers Abdrücke. Aber es war sowieso egal, da er der festen Überzeugung war, dass durch diese Flasche auch keine neuen Erkenntnisse zu gewinnen waren. Allerdings, zum Engel, dem Produzenten, sollte er noch einmal fahren. Der Abend hatte für einen Heurigenwirten gerade erst begonnen.

Nicht ganz uneigennützig sagte er daher zu Kreindl: „Ich werd's mir überlegen. Aber sag einmal, fährst du mit dem Wagen wieder zur Hohen Warte?" Damit spielte Dantlinger auf Kreindls Kommissariat an.

„Brauchst einen Chauffeur? Bedaure, ich fahr diretissima nach Hause, zu meiner Frau."

„Lass sie schön grüßen."

Dantlinger bestellte sich ein Taxi.

„Du, ich glaub, ich hab jetzt wirklich genug."

„Geh komm! Der alten Zeiten wegen."

„Du hast recht. Unschlagbar waren wir. Ma schad, dass jetzt der Charlie, der Richie und der Andi nicht dabei sind. 's wär echt klass, wenn wir alle noch einmal zsammkommen täten!"

„Mach dir keine Sorgen, die wirst bald wiedersehen."

„Wiedersehen? Wie meinst denn das?"

„So, wie ich es sag. Ihr habts anscheinend keinen Kontakt mehr untereinander gehabt, oder?"

„Naa, du bist der Erste aus dem Haufen."

„Das ist doch schön, komm, trink aus. Du hast übrigens den Alex vergessen."

„Deinen Bruder?"

„Halbbruder."

„Ja, richtig, verschiedene Nachnamen habts ihr ghabt! Aber der wird ja nimmer kommen können, leider."

„Stimmt, leider. Aber ihn wirst auch bald treffen. Das ist doch schön."

„Du redst so komisch daher. Außerdem glaub i, i muss mi dann bald hinlegen. Mir wird ganz komisch. Ich spür meine Hände nimmer."

„Die Beine auch nicht, oder?"

„Hör auf, was soll das, was machst du mit mir?"

Der Taxifahrer war ein bierbäuchiger Einheimischer, dessen Wanst ein Ledergilet umspannte. „Wohin soll's gehen, der Herr? Zum Engel, dem Heurigen? Ja? Der hat echt a guates Tröpferl."

Dantlinger nickte. Er richtete das Sackerl, in dem er die leeren Weinflaschen verstaut hatte, zwischen seinen Beinen zurecht. Dabei stießen diese aneinander und ein Klirren erfüllte das Taxi just in dem Moment, als der Fahrer eine kurze Atempause eingelegt hatte.

„Ah, der Herr san Selbstversorger. Macht nix, a des Büffet is Weltklasse. Kosten S' de Topfenknödel. Wenn Sie mich fragen ..."

Dantlinger versank in seinem Sitz. Er dachte daran, diese Episode in die Rechtfertigung vor der Führerscheinbehörde einfließen zu lassen. Vom Finanziellen abgesehen, waren Taxifahrten schon allein wegen des meist belanglosen Gelabers der Fahrer Strafe genug.

Der Wagen fuhr die Billrothstraße entlang. Dantlinger dachte an den Tatort, den er am Nachmittag besichtigt hatte. Der musste ganz in der Nähe liegen. Ob es da eine Verbindung gab? Vielleicht hatte der Mörder eine günstige Gelegenheit genutzt. Oder das war nur ein Zufall. Obwohl, Zufälle gab es nicht. Er hatte da einmal so eine Sache …

„Entschuldigung der Herr, wir sind da!“ Der Fahrer rüttelte Dantlingers Knie.

Der rappelte sich auf und bezahlte den Fuhrlohn.

Er betrat das Heurigenlokal. Drinnen herrschte geschäftiges Treiben. Dantlinger steuerte einen freien Platz in dem holzgetäfelten Saal an und bestellte ein Achtel koscheren Wein.

Die Kellnerin, die zwecks Aufnahme der Bestellung, mit dem Notizblock im Anschlag, ihren Oberkörper auf den Tisch lehnte und so dem Polizisten ihr üppiges Dekolletee wie eine Barriere nach dem Motto *Sag ja nichts Blödes* entgegenhielt, erstarrte für einen Moment, dann sagte sie schnippisch: „Der is leider aus. Ein Achtel Dia können S’ haben, der is auch leicht.“

Dantlinger nickte, ohne zu wissen, was er da eigentlich bestellte.

Kurz danach kehrte die Kellnerin an Dantlingers Tisch zurück. Er verlangte nach dem Chef.

„Wieso?“, fragte die Kellnerin. „Passt Ihna der Wein leicht ned?“

Dantlinger wollte sich eine Diskussion ersparen, also zückte er seine Dienstmarke und die Kellnerin zischte ab. Bald darauf erschien der Winzer persönlich. Er hatte eine hohe Stirn und seine angegrauten Haare waren kurz geschnitten. Dantlinger bemerkte an ihm auch seinen gütig leidenden Blick, den er schon bei der ersten Befragung aufgesetzt hatte.

„Was gibt es denn noch?“, fragte der Wirt.

Dantlinger zog die leeren Weinflaschen aus seinem Sackerl. „Erzählen Sie mir was über diese Flaschen.“

„Ich hab Ihnen doch schon beim letzten Mal alles über den koscheren Wein erzählt. Jetzt wird's mühsam. Ned nur, dass mir der Oberrabbiner ständig mit Argusaugen über die Schulter blickt, ob ich eh alles blitzblank geputzt hab, was mit den Trauben oder dem Wein in Berührung kommt, sekkieren Sie mich jetzt auch noch. Wissen S', so einfach ist das gar ned, die jüdischen Speisegesetze zu befolgen. Im Weingarten fangt's an. Von jedem Kräutl zwischen die Weinstöck verlangt er, dass ich's rausreiß. Düngen derfst ned richtig. Und wissen S', dass es dann auch gar ned leicht ist, eine saubere Gärung zustande zu bringen? Zum Fermentieren darfst nur koschere Hefe dazutuan, lasst mei Lieferant aus, müssen des die Bakterien auf der Schale machen, verstehen S'?“

„Ich hab nicht gemeint, dass Sie mir was über den *Wein* sagen sollen, sondern über die *Flaschen*. Da ist die Banderole. Also, an wen wurden die verkauft?“

Der Weinbauer schlug die Hände zusammen und blickte zur Decke. „Aber wie soll ich denn das wissen? Leben wir denn wirklich in einem Polizeistaat, wo alles registriert werden muss?"

Bevor Dantlinger etwas auf den Vorwurf erwidern konnte, wurde der Chef vom Schankburschen wegen Problemen bei der Schankanlage geholt. Dieser winkte Dantlinger, ihm zu folgen. „Vorne können wir uns weiter unterhalten."

Dantlinger kam dieser Aufforderung nach und lehnte sich über die Schank zum Wirt. „Das bedeutet also, dass Sie gar nicht wissen, an wen Sie den Wein verkaufen? Da kommen doch nur orthodoxe Juden in Frage, oder?"

„Mehr oder weniger. Aber nicht nur, auch andere wollen so einen Wein."

„Andere?"

„Na, zum Beispiel Leute mit Allergien. Der Wein darf keine Zusätze erhalten, daher ist er besonders bekömmlich."

Der Schankbursche räusperte sich. „Entschuldigung, wenn ich mich einmisch, Chef, aber können Sie sich an den einen Typen erinnern? Der dauernd von seinen Kameraden gesprochen hat, weil er ihnen eine Freude bereiten wollte?"

Der Chef kratzte sich das unrasierte Kinn. „Du hast recht. Einen Sechserkarton hat er gekauft."

Bei Dantlinger begann es zu klingeln. „Wann war das ungefähr?"

„So vor vier Wochen vielleicht."

Das passte zusammen. Kurz danach hatten die Morde

begonnen. Da gab es wahrscheinlich doch eine Verbindung, die er bislang übersehen hatte.

Nachdem er eine vage Personenbeschreibung erhalten hatte, quälte ihn noch eine Frage: „Was ist eigentlich ein *Dia?*"

Der Weinbauer lächelte schelmisch und betrachtete Dantlingers Rundung unter dem Sakko. „Eine Abkürzung. Dia steht für Diabetikerwein."

„Na, wie fühlst du dich?

„Du Schwein! Du hast ja gar nichts getrunken!"

„Natürlich nicht. Ich weiß ja auch, was drin ist."

„Was ist das für ein Zeug?"

„Ich will dich damit nicht fadisieren. So wie du dahängst, brauchst nimmer lang zu warten. Glaub mir, das geht dann schnell. Ich hab in letzter Zeit ein wenig Erfahrung sammeln können."

„Warum?"

„Du fragst wirklich nach dem Warum? Denk doch nach, wie das war mit dem Alex! Und jetzt sag mir, wer die Sau ist!"

„Der Alex hat aber gewusst, worauf er sich dabei einlasst. Ganz ohne Risiko geht halt nix."

„Und? So toll war das Geschäft auch nicht. Ich hab euch gleich gesagt, dass des a Schnapsidee is, den gepanschten Fusel aus der Kantine an die israelischen Siedler zu verhökern. Noch dazu als Koscheren."

„Aber das war doch deine Idee, was vom Proviant abzuzweigen."

„Aber ihr seids gierig worden. Und dann habts den Alex abserviert."

„Na, so war des ned! Das war doch ein … ein Unfall."

„Ein Unfall, dass ich nicht lach. So ein depperter Ausflug ist eine Sache, aber dann einen Waffenbruder im Stich lassen, eine andere! Verbluten habts ihr ihn lassen, aber jetzt geht's euch allen so. Schau, was ich da hab: einen Knebel – und eine Knochensäge."

Am nächsten Morgen war Dantlinger im Verteidigungsministerium erschienen und hatte die entsprechenden Akten eingesehen. Sie hatten seine Vermutung bestätigt. Die drei Opfer verband nicht nur, dass sie allesamt Junggesellen waren, sondern auch, dass sie gemeinsam vor ungefähr zehn Jahren als Blauhelme auf Auslandsmission gewesen waren. In den Akten fand sich ein weiteres Detail, dem er unbedingt nachgehen musste.

Er griff nach seinem Handy, um Kreindl anzurufen. Es war Zeit, Unterstützung zu bekommen. Während er die Nummer eintippte, kam ein Anruf herein. Man hatte ein weiteres männliches Opfer gefunden, das, nachdem man ihm ein Bein abgetrennt hatte, verblutet war. Dantlinger informierte nun Kreindl und begab sich zum Tatort, der wenig von den bisherigen abwich. Auf dem Tisch neben dem Ausgebluteten: die vierte Flasche.

Dantlinger hatte genug gesehen. Das immer gleiche Bild ekelte ihn an. Sobald Kreindl eingetroffen war, verließ er die von der Unordnung her typische Junggesellenbleibe. Er bestellte den Kollegen in das im Souterrain neben dem

Hauseingang angesiedelte Café und sich dort, sobald er an einem der Tische Platz genommen hatte, einen doppelten Cognac.

Wenig später betrat Kreindl das schummrige Lokal. Dantlinger hatte bereits drei leere Gläser vor sich stehen. Das hielt ihn nicht davon ab, noch einen Doppelten zu bestellen, bevor er den anderen Krimineser in seine Schlussfolgerungen einweihte.

Der klopfte den Staub von seinen Schuhspitzen und fragte: „Und du bist sicher, dass das mit dem Einsatz am Golan zusammenhängt?"

„Ja. Der Einsatz ist mir beim ersten Opfer aufgefallen, irgendwie ist dieses Detail aber dann untergegangen. Heute war ich im Ministerium. Die haben mir bestätigt, dass unsere Opfer damals alle beim selben Bataillon waren. Da gibt's offenbar eine Verbindung zwischen insgesamt sechs Personen. Vier sind tot, einer lebt noch. Den müssen wir schnellstens finden, bevor es ihn auch noch erwischt."

„Fehlt da bei deiner Rechnung nicht einer?"

„Ja, der Alex Stavjanik, aber der hat's nicht mehr zurückgeschafft. Es hat deswegen eine Untersuchung bei der UNO gegeben, herausgekommen ist dabei nichts. Anscheinend haben der Stavjanik und unsre vier Ermordeten regelmäßig Ausflüge ins Hinterland unternommen, warum weiß keiner. Das war zwar verboten, hat aber offenbar niemanden interessiert. Jedenfalls, bei einem solchen Trip sind die Burschen von den Israelis aufgehalten worden. Der Stavjanik hat die Panik gekriegt und is im Gelände verschwunden. Im verminten. Es hat relativ bald darauf gepumpert. Die anderen vier sind schnell davon und die Israelis haben auch das Weite gesucht. Wenige Stunden später hat ihn das UNO-Korps gefunden, aber da war er schon verblutet. Der, der noch am Leben sein müsste, war auch irgendwie in die Sache involviert, obwohl er anscheinend nie mitgefahren ist. Als Versorgungsoffizier war er für den Proviant zuständig und da hat's auch einen unerklärlichen Schwund gegeben."

Kreindl fasste Dantlinger, der gegen den Durst noch ein Bier bestellte, an der Schulter.

„Sag, ist dir klar, was das bedeutet?"

Dantlinger wiegte den Kopf und betrachtete das Krügel in seiner Hand.

Kreindl herrschte ihn an: „Sag, bist jetzt schon wieder bsoffen? Wie heißt der andere?"

„Sengseis. Jimmy. Er hat a Lokal am Gürtel, so a Automatencafé."

„Da gehen wir jetzt hin. Hast ein Foto?"

„Ja, aber nur des vom Verteidigungsministerium, das ist halt schon zehn Jahre alt."

„Er wird ja inzwischen keine Schönheits-OP gemacht haben." Kreindl betrachtete das Foto des Soldaten mit dem auf scharfe drei Millimeter geschorenen Haupthaar.

Einsatz – Blaulicht – Folgetonhorn; hatte Kreindl angeschafft. Dantlinger war nicht unglücklich, dass der nun ein wenig das Kommando führte, denn er selbst fühlte sich nicht wohl. Wahrscheinlich das Bier. Kreindl hatte gedrängt und er es in einem Zug hinabstürzen müssen.

Sie erreichten die Branntweinstube am Gaudenzdorfer Gürtel nach wenigen Minuten. Kreindl befahl den Uniformierten, vor dem Eingang Stellung zu beziehen. Er und Dantlinger betraten das Lokal, in dem leise Musik vor sich hin säuselte, aber kein einziger Gast anwesend war. Hinter der Schank stand ein geöffneter Karton vom Weingut Engel.

Kreindl zog die Pistole und brüllte: „Polizei! Herr Sengseis, kommen Sie mit erhobenen Händen hervor!"

Nichts rührte sich. Nichts, außer Dantlingers Blase. Er gab Kreindl flüsternd Bescheid und verschwand hinter dem dunklen Vorhang, der den Gang zum Abort vom Lokal abtrennte. Ihm war schwindelig.

Er schloss sich in der Kabine ein und ließ mit großer Erleichterung seinen Strahl in die Muschel spritzen. Als er den Waschraum betrat, wusch sich ein bärtiger Mann mit Dreadlocks die Hände.

Dantlinger wich zurück, doch der andere machte ihm bereitwillig am Waschtisch Platz. „Kommen Sie nur."

Dantlinger betrachtete argwöhnisch die Gesichtszüge des Bärtigen. „Herr Sengseis?", fragte er mit unsicherem Stand.

„Nein, der Chef ist kurz weg. Ich soll nur auf das Café aufpassen, aber ich hab halt müssen." Er grinste dem Polizisten breit ins Gesicht.

Dantlinger musste sich nochmals an dem Mann vorbeidrücken, um an die Papiertücher zu gelangen.

Abermals ließ ihm der andere den Vortritt. „Bitte, bedienen Sie sich!"

Dantlinger verließ die Toilette und dachte sich: Was für ein höflicher Mensch!

Sengseis wartete, bis Dantlinger weg war, und dachte sich: Was für ein Trottel!

Dann öffnete er die ins Stiegenhaus führende Seitentür und suchte das Weite.

Sturm

„Küsse gab sie uns und Reben"

EDITH KNEIFL

Sturm: Nach dem Pressen des Weins setzt die Gärung ein, bei der Kohlendioxidbläschen aufsteigen, erzeugt von der Hefe. Dieser Vorgang wird als „Stürmische Gärung" bezeichnet und dauert nicht mehr als drei Tage. Um den Verkauf von Sturm verlängern zu können, wird der Most oft auf vier Grad gekühlt, um die Gärung zu unterbrechen, was sich aber negativ auf den Geschmack auswirkt. Sturm setzt eine übermäßige Verdauung in Gang …

Bleierne Wolken hingen über Wien. In dem kleinen Vorort Heiligenstadt stürmte es. Der Regen trommelte in einem ständigen Stakkato auf das Dach beim Mayer am Pfarrplatz. Die Bäume bogen sich im Wind. Kahle Zweige kratzten an den winzigen Fensterscheiben.

Der Mann, der mit dem Rücken zum Fenster an einem Tisch saß, schien das Unwetter nicht wahrzunehmen. Unentwegt kritzelte er im Schein von beinahe heruntergebrannten Kerzen merkwürdige Zeichen auf ein Stück Papier.

„Verflucht, das wird niemals eine Melodie“, schimpfte er. Die graumelierten Haare standen ihm zu Berge. Er war unrasiert. Sein Hemdkragen war schmutzig. Auf seinen Beinkleidern klebten Essensreste.

Neben ihm, auf einem alten Klavier, stand ein Krug mit Wein. Junger Wein, der wenig Alkohol hatte und Sturm genannt wurde. Obwohl er ein geeichter Trinker war, schien ihm der gärende Traubensaft bereits zu Kopf gestiegen zu sein. Der Zinnkrug war fast leer und die Einleitung für seine Klaviersonate Nr. 17 fast fertig. Als das Häuschen unter den heftigen Sturmböen zu zittern und beben begann, war er bereits bei Takt 21 angelangt. Er betrachtete das Beben als Ausdruck der sich nach oben verlagernden Spitzentöne, die er gerade zu Papier brachte. Setzte den Krug an den Mund und labte sich mit den letzten sehr süßen Tropfen. Dann öffnete er den Deckel des Klaviers und begann zu spielen. In seinem Bauch rumorte es und in seinem Magen brannte ein höllisches Feuer. Seine Leibschmerzen wurden von Ton zu Ton unerträglicher. Es verlangte ihn dringend nach einer Kühlung.

Von seinem Hauswirt, dem alten Mayer, würde er keinen Wein mehr bekommen. Zu hoch stand er bei ihm in der Kreide. Der Mayer verstand was vom Weinbau, das musste er ihm lassen. Selbst seinen Sturm bereitete er mit viel Sorgfalt zu. Die Trauben der Muskat-Familie verliehen diesem Herbstjuwel ein ganz typisches Aroma. Auch sein Sturm aus den Burgundersorten, der ein leichtes *Nusserl* hatte, schmeckte exorbitant und ließ bereits erahnen, was das neue Weinjahr zu bieten hatte. Leider hatte es von Anfang an nur Zank und Missverständnisse zwischen ihm und dem Mayer gegeben. Der Alte war mindestens so schwerhörig wie er selbst. Meistens redeten sie aneinander vorbei. Wenn die herzensgute Therese Mayer nicht gewesen wäre, hätte er sich längst ein anderes Quartier gesucht. Die hübsche Weinbäuerin besänftigte ihn heimlich mit so manch edlem fruchtigem Tropfen aus dem großen Keller unter dem Presshaus. Als Rheinländer bevorzugte er liebliche Weine.

Stöhnend vor Schmerzen erhob er sich, wankte mit dem Krug in der Hand die steile Stiege vor seiner Wohnung hinunter und holte sich einen Sturm aus dem Fass im Innenhof.

Das Gewitter hatte sich noch nicht verzogen. Einige Dachschindeln verabschiedeten sich. Landeten auf dem schlammigen Boden. Das farbenprächtige Rebenlaub hielt den Regen kaum ab. Dicke Tropfen klatschten auf sein zerzaustes Haupthaar und die Kälte kroch unter sein zerschlissenes Hemd.

Ein erster kräftiger Schluck von dem süßen Nass, und sofort wurde ihm wieder warm in den Gedärmen. Die nächsten Takte flossen dann fast wie von selbst aus seinen begnadeten Händen.

Heftige Blitze erleuchteten seine dunkle Stube. Lautes Donnergrollen folgte ihnen wenige Sekunden danach. Er dachte kurz über einen geeigneten Titel für sein neues Stück nach. Besann sich auf Shakespeare, mit dem er oft verglichen wurde. „Der Sturm“ war geboren.

Prompt begann in diesem Augenblick die Glocke der Kirche nebenan zu läuten. Ihr blecherner Klang verletzte seine kranken Ohren. Sein linkes Ohr war zuerst betroffen gewesen. Mittlerweile hörte er auch auf dem rechten kaum noch was.

Der tägliche Besuch des Heiligenstädter Bades hatte ihm bisher keine Linderung verschafft. Die kalten Wassergüsse, von seinem neuen Wiener Arzt verordnet, hatten seine Leiden verschlimmert. Diese mineralhaltige Quelle besaß seiner Meinung nach keinerlei Heilkraft. Er bildete sich ein, dass sein Gehör sogar schlechter geworden war, seit er literweise dieses scheußliche Wasser trank, das ihm dieser Modearzt empfohlen hatte. Umso mehr Wasser seine Gurgel spülte, desto elender fühlte er sich. Wie verlockend war hingegen dieser fruchtige Traubensaft. Vor allem der rote Sturm fühlte sich am Gaumen so heimelig an, schmeckte nach roten Früchten, nach Erdbeeren oder Himbeeren. Zu wenig Alkoholgehalt nach seinem Geschmack, aber verführerisch süß und sehr erfrischend.

Wenn er in Heiligenstadt nicht so außerordentlich produktiv gewesen wäre, hätte er längst das Weite gesucht. Denn er war hier, trotz der vielen Besuche, die er bekam, und trotz seiner regelmäßigen Ausflüge nach Wien, recht einsam. Andererseits fühlte er sich in diesem Dorf der Natur besonders nahe.

Die schönen Sommertage waren mit den Blättern des Herbstes dahingegangen. Vorbei auch die inspirierenden Spaziergänge durch die Weingärten. Vor vielen Jahren hatte er schon mal einige Zeit in diesem hübschen Ort am Rande der Kaiserstadt verbracht. Er hatte in der Herrengasse gewohnt und noch Hoffnung auf Heilung gehabt.

Die Kur hatte jedoch auch damals nichts gebracht. Seine Taubheit war fortgeschritten. Im Grunde war er nur wegen des Weines vom Mayer, den er in allerbester Erinnerung hatte, wiedergekommen. Mit Hilfe dieses köstlichen Rebensaftes war es ihm, trotz seiner damaligen Krise, gelungen, seine Zweite Symphonie fertigzustellen. Allerdings hätte ihn sein früherer Aufenthalt beinahe das Leben gekostet.

Das Sausen und Brausen in seinen Ohren schwoll plötzlich an. Sogleich versuchte er, den Gedanken an den schwermütigen Brief, den er damals seinen Brüdern geschrieben hatte, zu verdrängen, obwohl er sich noch ganz genau an den Wortlaut dieses sogenannten *Heiligenstädter Testaments* erinnerte.

Mit einer gewissen Genugtuung dachte er nun daran, dass er, all seiner hochherrschaftlichen Wiener Freunde zum Trotz, den Herrn Hofkapellmeister Salieri aufgesucht hatte. Seit Kurzem ließ er sich von ihm im freien Stil und in der italienisch-dramatischen Gesangskomposition unterrichten. Nicht, dass er diesen Unterricht wirklich nötig gehabt hätte. Insofern hatten seine Freunde schon recht. Aber aufgrund seiner mangelhaften Schulbildung glaubte er, dass man nie genug lernen könnte. Außerdem war Salieri ein ausgezeichneter Lehrer und ein sehr angenehmer Mensch. Jedenfalls war er weniger neidisch auf sein Talent und mehr an seinen Fortschritten interessiert als der von der Wiener Gesellschaft überschätzte Haydn, der ihm in der Kompositionslehre sowieso nichts mehr hatte beibringen können.

Vor allem hatte der Italiener, wie er Antonio Salieri nannte, mehr Verständnis für seinen großen Durst, da er selbst dem Rebensaft nicht abgeneigt war. Bei jedem seiner Besuche in Wien hatte er ihm ein guten Tropfen kredenzt.

Dieses Wochenende hatte Salieri ihn sogar in Heiligenstadt aufgesucht, weil er wegen seiner Unpässlichkeit nicht in die Hauptstadt hatte fahren können. Er hatte ihm ein kleines Fass mit seinem geliebten alten Rheinwein mitgebracht. Nach dem ersten Schluck von diesem Göttertrunk war ihm eine großartige Idee für seine Neunte Symphonie gekommen: Er würde demnächst Schillers *Ode an die Freude* vertonen. Außerdem hatte der Hofkapellmeister, ein vielbeschäftigter Mann, ihn gebeten, ihm bei der Komposition einer neuen Oper nach einem Libretto von Georg Friedrich Treitschke, der auch das Libretto zu „Fidelio“ geschrieben hatte, zu helfen.

Therese hatte dem hohen Gast, auf sein Geheiß hin, ein Zimmer im gegenüberliegenden Trakt des Hofes hergerichtet. Salieri hatte das Bett nicht benützt. Er war heute in den frühen Morgenstunden wutentbrannt nach Wien zurückgefahren. Und das Fässchen mit dem Zaubertrank war mittlerweile leer.

Warum bloß hatte er den heißblütigen Italiener mit dieser albernen Mozartgeschichte provozieren müssen? War er wirklich so ein Streithansl, wie der alte Mayer oft behauptete? Schuld war sein verdammter Jähzorn. Warum konnte er sich nie beherrschen? Ob das vielleicht doch an seinem unmäßigen Alkoholkonsum lag? Der fromme

Haydn hatte ihn oft vor den bösen Folgen seiner immensen Sauferei gewarnt: „Das Böse lauert auf denjenigen, der zu tief ins Glas blickt.“

Seit Salieris überstürztem Aufbruch ging es ihm miserabel. Den Rest der Nacht hatte er, sich in schlimmen Krämpfen windend, draußen auf dem Klo verbracht.

Samstagnacht wurde ich durch laute Stimmen geweckt. Eine heftige Diskussion schien zwischen den beiden großen Musikern entbrannt zu sein. Ich schlich die Stufen hinauf zu der Wohnung des Meisters und lauschte an der Tür.

Die beiden stritten sich über Mozart und seine Oper „Così fan tutte“. „Das Libretto von Da Ponte war ursprünglich für mich bestimmt gewesen“, schrie Salieri. „Er hat es mir gestohlen.“ „Und dafür haben Sie sich grausam gerächt?“, fragte der Meister. „Aber nein! Bosheit, lauter Bosheit, sagen Sie es der Welt! Ich bin ein tief religiöser Mensch. Ich habe Wolfgang Amadeus nicht vergiftet. Ich habe ihn sehr geschätzt. Habe nach seinem Tod alle seine Opern aufgeführt.“

Dieser Italiener war mir nicht geheuer. Seine liebenswürdige Art konnte mich nicht täuschen. Ich bin zwar nur eine einfache Frau vom Land, aber ich interessiere mich sehr wohl dafür, was in der Hauptstadt passiert. Dass unser armer Mozart von diesem Ausländer, der sich am Kaiserhof Liebkind gemacht hatte, ermordet worden war, stand für mich fest. Womöglich plante er, das andere Genie auch noch umzubringen …? Ich würde auf meinen

Meister gut aufpassen müssen. Er war mir so lieb geworden in den letzten Wochen. Mein Herz klopfte mir immer bis zum Hals, wenn ich ihn sah. Und wenn er mich mit seinen traurigen Augen ausnahmsweise einmal anschaute, hatte ich das Gefühl, dass mich sein Blick wie ein Messer durchbohrte. Ich liebte ihn. Ich konnte nichts dafür. Ich bin eben eine schwache Frau.

Kürzlich hatte er sogar behauptet, ich wäre ein musischer Mensch. Ein schöneres Kompliment hatte er mir nicht machen können. Mein Vater spielte die Harmonika ganz wunderbar. Und ich habe immer gern gesungen. Mein Mann verstand leider nichts von der Musik. Begriff nicht, was für einen großen Künstler wir im Haus hatten.

Ich bewunderte nicht nur sein Genie, sondern er gefiel mir auch sehr gut, obwohl er wahrlich kein schöner Mann war. Klein von Statur und etwas gedrungen, aber meist benahm er sich wie ein vollendeter Kavalier. Deshalb konnte ich auch nicht verstehen, warum ihn die feinen Damen immer wieder abwiesen. Eine berühmte Sängerin hatte angeblich seinen Heiratsantrag zurückgewiesen, weil er ihr zu hässlich und zu verrückt war. Unglaublich, was bildete sich diese Person eigentlich ein? Nur weil sein Gesicht voller Pockennarben und vom Alkohol gezeichnet war? Sein schönes, volles Haar hatte diese feine Dame wohl übersehen. Zugegeben, die Anzüge, die er im Alltag trug, waren meist ziemlich schäbig. Aber wenn er nach Wien fuhr, putzte er sich immer raus. Ich musste dann seine Krägen stärken und seine Hemden besonders sorgfältig bügeln.

Der Arme sehnte sich so sehr nach Liebe. Nach der großen, wahren und ewigen Liebe. Allerdings war er ein sehr stolzer und sittenstrenger Mensch. Mit mir würde er sich, allein wegen meines Familienstandes, niemals einlassen. Höchst selten, wenn er einmal gut gelaunt war, machte er mir ein bisschen den Hof. Und einmal bekam ich sogar ein Busserl auf den Mund. Das war der schönste Tag meines Lebens! Leider stand für mich bald fest, dass er meine Liebe niemals erwidern würde. Wenn der Meister seine melancholischen Stimmungen hatte, ließ er sich gehen. Dann sah er fast genauso ungepflegt aus wie mein Mann, der auch keinerlei Wert auf sein Äußeres legte. Die beiden waren sich überhaupt sehr ähnlich. Deswegen kamen sie auch nicht miteinander aus. Beide konnten grob und launisch sein, wie ungebändigte kleine Buben halt. Gleichzeitig waren sie misstrauisch, geizig, verdrossen und grantig, wie eben ältere Männer so sind. Warum litten sie bloß so an unserer schönen Welt? Warum waren ihre Gedanken immer so düster? Ich begriff es nicht, aber ich bin ja auch nur eine dumme Frau.

Plötzlich stand Therese mit einem vollen Tablett in der Hand neben seinem Klavier. Er hatte weder ihr lautes Klopfen noch ihren Gruß vernommen. Beim Anblick des knusprigen Gansls lief ihm das Wasser im Mund zusammen.

Therese war dem Mayer seine zweite Frau. Eine blonde, dralle Schönheit und viel zu jung für den alten Kerl. Der Weinbauer behandelte sie nicht schlecht, beklagte sich nur, weil sie ihm anscheinend keine Kinder gebären konnte – als hätte er nicht bereits genug Nachwuchs mit seiner ersten Frau in die Welt gesetzt.

Therese leistete dem Meister am späten Nachmittag, wenn sie mit ihrer Arbeit fertig war, oft Gesellschaft. Hörte ihm zu, wenn er am Klavier improvisierte, und sorgte rührend für sein leibliches Wohl. Versorgte ihn mit Schweinsbraten und all den anderen Köstlichkeiten, die sie auf ihrem Herd zubereitete. Nicht zuletzt wegen ihr war er länger als ursprünglich geplant in diesem behaglichen Quartier inmitten der Natur, die er so liebte, geblieben. Außerdem zahlte er hier viel weniger als in der Hauptstadt. Die einfachen Leute am Land waren halt doch weniger geldgierig als die noblen Hausherren in Wien, wo er über zwanzig Mal die Wohnung hatte wechseln müssen. Normalerweise ergriff er bei der kleinsten Unbehaglichkeit oder Misshelligkeit die Flucht. Zuletzt hatten sich andere Mieter über sein Klopfen beschwert. Er musste nun einmal den Takt mit den Füßen klopfen, um ihn zu Papier bringen zu können. Früher hatte er sich auch mehrmals aus finanziellen Nöten gezwungen gesehen, umzuziehen. Ein leeres Portemonnaie war, trotz der regelmäßigen Zuwendungen seiner wohlhabenden Wiener Freunde und Mäzene, sein ständiger Begleiter gewesen. Die noblen Herren hatten keine Ahnung von den alltäglichen Nöten eines Genies. Ihre Almosen reichten gerade für die notwendigsten Ausgaben.

„Lassen Sie sich das Gansl gut munden, gnädiger Herr“, sagte Therese und stellte auch einen Krug mit kaltem frischem Sturm neben den Teller auf seinen Tisch. „Der Most wird bald zur Gänze vergoren sein. Dann kriegen Sie nur mehr einen Staubigen“, sagte sie. Schenkte sich selbst ein Gläschen von dem roten gärenden Traubensaft ein, murmelte „Krixikraxi“ und stieß mit dem *Ungetauften* in der Linken mit ihm an, obwohl man das eigentlich nicht durfte.

„Hab ich nicht gesagt, du sollst mich Ludwig nennen?“ Er drohte ihr schelmisch mit dem Zeigefinger.

„Ja, gnä' Herr“, murmelte sie verlegen.

Das Unwetter hatte nachgelassen! Es war kühl geworden. Therese machte Feuer in seinem Kamin und holte neue Kerzen von drüben, während er mit dem perlenden Jungwein das Feuer in seinem Magen zu löschen versuchte.

Als sie zurückkam, saß er stöhnend in seinem Lieblingsstuhl. Die halbe Gans lag unberührt auf dem Teller.

„Schmeckt Ihnen mein Gansl nicht?“, fragte sie besorgt. Er schien ihre Frage nicht verstanden zu haben, klagte über Bauchgrimmen und das schreckliche Rauschen in seinen Ohren. „Ich fürchte, ich werde nicht mehr imstande sein, meine Neunte Symphonie zu schreiben.“

Therese versuchte ihn zu beruhigen. Er starrte auf ihren sinnlichen Mund, nahm aber ihre Worte kaum wahr. In Wien drehte er sich oft nach hübschen jungen Frauenzimmern um, sah ihnen mit seinem Glase scharf nach. Auch jetzt gelüstete es ihn durchaus nach den hohen Brüsten und dem wohlgerundeten Hintern dieser jungen, reschen Bäuerin. Sie würde willig sein, dessen war er sich sicher. Weniger sein moralisches Gewissen als sein aufgedunsener Leib und die schrecklichen Blähungen, die ihn ständig quälten, ließen ihn davon Abstand nehmen, seine Lust an ihr zu befriedigen.

Außerdem waren bisher alle seine Liebesbeziehungen unglücklich verlaufen.

„Wie gern würde ich einem lieben treuen Mädchen mein Herz schenken, denn die Liebe ist das höchste nur denkbare Gut, ein Himmelsgebäude, Spenderin höchsten Glücks. Dieses größte Glück auf Erden ist mir leider nie beschieden gewesen“, sagte er zu Therese.

Sie machte ihm die Freude, heftig zu erröten.

„Heute habe ich jede Hoffnung auf Liebesglück aufgegeben. Wenn ich dem elendigen realen Leben entkommen will, fliehe ich in die unberührte Natur. Sie ist mir reine Labung und lieber als die menschliche Gesellschaft, von der ich immer wieder enttäuscht werde. Nur in der freien Natur komme ich zu mir selbst. Auch plagt mich hier mein unsägliches Gehör weniger. Ist es doch so, als wenn jeder Baum auf dem Lande zu mir spräche“, fuhr er fort.

Einst hatte er ähnliche Worte in einem seiner Briefe an diese andere Therese in Wien geschrieben: „Kein Mensch kann das Land so lieben wie ich …“

Wenn ich während seiner ausgedehnten Spaziergänge durch die Weingärten bei ihm saubermachte, blieb seine Post vor meinen Augen nicht ungeschoren. Seine „unsterbliche“ Geliebte, auf die ich so schrecklich eifersüchtig war, hatte er ermutigt, in die schöne Natur zu blicken und damit ihr Gemüt zu beruhigen. Unterzeichnet hatte er mit „ewig dein ... ewig mein ... ewig uns".

Dieser Brief hatte mich nicht nur traurig gestimmt, sondern richtiggehend erzürnt. Ich bin ja die Sanftmut in Person, aber diesen Liebesbrief hätte ich am liebsten zerrissen. Genauso wie das „Heiligenstädter Testament", das er vor fünfzehn Jahren oben in seiner Wohnung in der Herrengasse verfasst hatte und das ich eines Tages ebenfalls in seinem Schreibtisch entdeckt hatte. In meinen Augen war es ein einziger Schrei nach Liebe und Geborgenheit, nach Wärme und Sehnsucht. Wie gern hätte ich ihm diese Liebe geschenkt! Bei der Lektüre seines letzten Willens vergoss ich viele Tränen, obwohl ich damals bereits ahnte, dass er meine Liebe verschmähen würde. Ich hatte ihn trotzdem nach wie vor sehr lieb. Allerdings fragte ich mich manchmal, ob es nicht eher Mitleid war, was ich für ihn empfand. Ja, ich konnte in letzter Zeit sogar verstehen, dass er seinem leidvollen Leben bisweilen ein rasches Ende bereiten wollte.

Während Therese ihm nachschenkte, sprach er von seiner Kunst. Er suche nach neuen Lösungen. „Freiheit, Weitergehen ist in der Kunstwelt, wie in der ganzen großen Schöpfung, Zweck", erklärte er ihr selbstherrlich.

Sie hing an seinen Lippen, obwohl sie kaum verstand, wovon er sprach.

Er sei ein großer Revolutionär, nicht nur in seiner Musik, sondern auch in seinem gesellschaftlichen Denken. Deshalb habe er auch einst Napoleon verehrt. „Als sich

Bonaparte zum Kaiser krönen ließ, habe ich seinen Namen auf dem Titelblatt meiner Dritten Symphonie ausradiert", sagte er.

Sie nickte und bat ihn dann schüchtern, ob sie seine neue Sonate hören dürfe.

„Sie ist nicht fertig", murmelte er unwirsch. Ließ sich aber nicht lange bitten. Setzte sich ans Klavier und begann zu spielen.

Andächtig und mit vor Aufregung geröteten Bäckchen lauschte sie seinem grandiosen Spiel.

Plötzlich sprang sie jedoch auf. „Es klopft", schrie sie den Meister an.

Jetzt glaubte auch er, ein leises disharmonisches Klopfen zu hören. Er drehte sich um.

Wer wagte es, ihn ausgerechnet bei der ersten Aufführung seiner neuen Klaviersonate zu stören? Erzürnt erhob er sich von dem wackeligen Schemel, torkelte zur Tür und öffnete.

Der Mayer stürmte mit hochrotem Gesicht in die warme Stube und schrie: „Lass mein Weib in Frieden, du Falott!"

Ich hatte keine Angst vor meinem Mann. Er hatte mich noch nie geschlagen. Wusste ganz genau, dass ich ihn, wenn er die Hand gegen mich erhöbe, von heut auf morgen mit seinen sieben Kindern sitzen lassen würde. In Wien würde ich schon eine Arbeit finden. Ich war eine gute Köchin und auch in anderen Dingen sehr geschickt. Trotzdem bemühte ich mich an jenem Abend, seinen Argwohn zu ent-

kräften. Erzählte ihm, dass der Meister schwer krank sei und allein die Musik ihn am Leben halten würde. Außerdem erwähnte ich, dass der kaiserliche Hofkapellmeister gestern bei uns zu Gast gewesen wäre und wir demnächst mit vielen vornehmen Kurgästen rechnen könnten. Ich sagte ihm auch, dass der Meister bald seine Schulden bei uns bezahlen würde, da ihm seine adeligen Freunde eine größere Summe versprochen hätten, damit er endlich seine Neunte Symphonie schreiben könnte.

Da weder die wahren noch die erfundenen Geschichten den Zorn meines Mannes zu besänftigen schienen, lockte ich ihn in die Küche, setzte mich auf den Tisch, hob meinen Rock hoch und machte die Beine für ihn breit. Als er in mich eindrang, dachte ich an das Genie, stellte mir vor, er würde mir diese Stöße verpassen. Es dauerte zum Glück nur ein paar Minuten. Nachher war mein Alter lammfromm. Schwer schnaufend vergrub er sein Gesicht an meinem Busen. Eines Tages wird ihn seine Geilheit noch umbringen.

Bevor wir zu Bett gingen, bat er mich, unserem Untermieter, dessen Klavierspiel nach wie vor zu uns herüberklang, einen Trester zur besseren Verdauung und als Entschuldigung für sein unmögliches Benehmen zu bringen. Er war ja doch ein guter Mann.

Oder hatte gar dieser Trester meinem geliebten Meister den Garaus gemacht? Nach diesem ereignisreichen Wochenende ging es ihm jedenfalls von Tag zu Tag schlechter. Er klagte über Krämpfe im Unterleib, über Appetitlosigkeit und großen Durst. Sein Gesicht glühte, er spuckte

Blut und bat mich schließlich, seinen Wiener Arzt zu verständigen. Dieser berühmte Doktor diagnostizierte Symptome einer Lungenentzündung, sprach von Erstickungsgefahr, ließ ihn zur Ader und reiste wieder ab. Ich wich Tag und Nacht nicht von der Seite des Kranken. Versuchte, seine schmerzhaften Seitenstiche zu lindern, fand bald heraus, dass er es nur in Rückenlage halbwegs aushalten konnte. Der Hofkapellmeister Salieri schickte lieblichen Rheinwein. Leider konnte ich nicht verhindern, dass der Meister ihn trank. Daraufhin verschlechterte sich sein Zustand erneut. Sein Unterleib blähte sich auf wie ein Ballon und seine Leber wurde steinhart. Zur Linderung der Schmerzen und Besserung seiner trüben Stimmung reichte ich ihm seinen geliebten Sturm, wann immer er danach verlangte. Er tat mir so furchtbar leid.

Solange ich ihn einmal am Tag drüber ließ, hatte mein Mann nichts dagegen, dass ich mich um den Meister kümmerte. Der Zustand meines berühmten Patienten wurde leider trotzdem von Tag zu Tag besorgniserregender. Seine noblen Freunde nahmen ihn mir schließlich weg. Transportierten den Sterbenskranken in der Kutsche eines Fürsten nach Wien. Angeblich, weil er dort bessere Ärzte und vor allem bessere Pflege hätte. Kurz danach hauchte er sein Leben aus. Ich war mir allerdings sicher, dass er keines natürlichen Todes gestorben war. Entweder hatte ihn der Salieri mit seinem scheußlichen Rheinwein auf dem Gewissen oder mein Mann mit seinem hochprozentigen Trester. Wer weiß, was er dem beigemischt hatte. Auch der noble Doktor aus Wien könnte ihm mit seinen neu-

modischen Behandlungen den Garaus gemacht haben. Die Polizei stellte jedoch keine Nachforschungen an.

Es war eine schöne Leich! An die zwanzigtausend Menschen hatten sich vor dem Schwarzspanierhaus versammelt. Ich stand seit den frühen Morgenstunden dort, hatte also den besten Platz. Der Sarg wurde zur Pfarrkirche in der Alsergasse getragen. Acht Kapellmeister hielten die Zipfel des Bahrtuches, darunter auch der Hofkapellmeister Salieri. An beiden Seiten gingen Musiker als Fackelträger, sogar der Franzl Schubert war darunter. Auf der Beisetzung am Währinger Friedhof durfte dann nicht gesprochen werden. Daher wurde die Grabrede, die der Grillparzer verfasst hatte, am Eingangstor vorgetragen. Ich war nicht die Einzige, die sich die Augen ausheulte.

In einem guten Sturm wird die Süße mit fruchtiger Säure ausgeglichen, das macht diesen jungen Wein nicht nur so erfrischend, sondern auch zum idealen Partner von kräftigen Speisen. Einige Jahre später wurde es gesetzlich verboten, dem Sturm und dem Wein Bleizucker beizumischen. Das Blei wäre tödlich, behaupteten die Herren Professoren von der Wiener Universität. Die Weinbäuerin Therese Mayer hatte das immer schon gewusst und voller Mitgefühl den Leiden des Genies ein süffiges Ende beschert.

Staubiger

Auferstehung

BEATRIX KRAMLOVSKY

Staubiger: Nach der Gärung bleiben Treibstoffe in der Flüssigkeit, diese Stufe von Wein wird „Staubiger" genannt. Er wird aus der Sicht der Finanz im Gegensatz zum Sturm (Saft: 6 % Abgaben) bereits als Wein eingestuft (12 % Abgaben). Und er ist, genauso wie der Sturm, von den Primäraromen geprägt. Mit Filterung wird aus ihm der Jungwein, der dann zu Martini (11. November) getauft und somit zum „Heurigen" wird (gilt bis zum 31. Dezember des Folgejahres).

„Aber auch, wenn ich tot bin, trinkst du mit mir."

„Klar! – Und wie?"

„Du kommst zum Grab. Mit dem Junker, dem aus Zöbing, mit dem Blanc de Noir, weißt eh, aus Straning, dem Rosé vom Kowanz Karli, wenn ihn nicht alle Freunde schon weggesoffen haben, bevor er ihn noch abgefüllt hat. Musst halt schnell sein. Und da in Wien fangst mit einem Staubigen an. Ich will ja wissen, wie es weitergeht, was sich wie entwickelt. Machst es so, wie es immer bei mir war, schön gemischt meine Favoriten."

„Werde ich."

„Du kommst verlässlich und du trinkst nicht allein, nicht nur du. Ich auch."

„Wie du meinst, Martin."

„Also musst ein Glasl ausleeren überm Grab."

Kurz versiegten die Tränen und Dr. Rudolf Kurzenski fragte in dem flapsigen Ton, der seit Jahrzehnten zwischen ihnen geherrscht hatte: „Darf's vorher über meine Nieren laufen?"

Martin hatte gelacht, aber schnell war ihm die Luft weggeblieben und er war mit erschöpftem Keuchen zurück ins Kissen gesunken.

Das war jetzt drei Jahre her, eintönige Jahre, gleichförmig in ihrer Langeweile, denn sofort nach Martins Begräbnis wurde Rudolf von Marie mit ihrem Scheidungswunsch konfrontiert. Sie zog aus, die Wohnung wurde leerer, er fühlte sich wie ein Einsiedlerkrebs in einem zu großen Gehäuse. Nichts passte mehr, die Einsamkeit schlug zu, eine wuchtige Stille, die beharrlich schmerzte.

Dr. Kurzenski, der überall „der Kurze" gerufen wurde – was Leute, die den Zweimetermann das erste Mal sahen, mit Befremden zur Kenntnis nahmen –, öffnete die Seitentür in der Aslangasse und querte langsam die erste Gräberstraße. Es war ein selten schöner Novembertag, windstill, die gelben Ahornblätter hingen wie gefrorener Honig an den Zweigen. Das Rostrot und Altrosa der Astern glühte gegen grelles Chrysanthemengelb an, dazwischen blitzten die Josephslichter, die in den letzten Wochen vermehrt auf den Gräbern abgestellt worden waren. Der Staubige in seiner Tasche, fand Rudolf, passte genau richtig, vollendete diese Farben, war reich an den Primäraromen, die Martin jährlich in Vorfreude versetzt hatten.

Rudolf selbst pflegte eine zwiespältige Beziehung zum frisch Gärenden. Einige jugendliche Abstürze in Katermorgen mit grausamen Darmeruptionen hatten ihn gelehrt, sich selbst beim wetternden Sturm nicht allzu sehr zu vertrauen. Aber die Transformation, so kurz und daher zeitgerecht zu verkosten, hatten beide Freunde immer genossen, ging es doch auch ums Voraussagen, Herausschmecken, Hineinschmatzen und lyrische Beschreiben dieser önologischen Versprechung, das dann meist nur den Winzer zum Lachen brachte. Dies war der vierte Staubige seit Martins Tod.

Wie schön, dachte Rudolf und genoss die unerwartete Wärme. Er blieb stehen. Ach, diese Stadtfriedhöfe! Eingemummelt lagen da die Toten dicht an dicht, umzäunt von den blinden Häusern der Lebenden. Gärten eines geräuschlosen Schlafes, der grausam unterschied zwischen friedlich Losgelösten im Erddunkel und den Verlassenen in ihren traumbesetzten Betten. Auf manchen Steinen standen so viele rote Plastikbecher und Kerzenstumpen, dass es Rudolf an die frühmorgendlichen Reste eines Festes erinnerte. Wann hatte er zum letzten Mal Gäste bewirtet? Die Tarockrunde zählte nicht, da ging es um anderes. Als Martin noch … Das, das sollte er sich verbieten! Es reichte, dass früher alles, was wichtig war, von seinem Freund erdacht, entschieden und oft auch noch organisiert worden war. Er sollte endlich aufhören, darauf zu warten. Es würde sich keiner finden, der für ihn die Wahl traf. „Mein Lieblingsjünger“, so hatte Martin ihn einmal genannt. Marie hatte ihn weniger schmeichelhaft und auch grausam bloßstellend als „die loyalste Drohne des Königs“ bezeichnet. Vermutlich hatte sie darunter gelitten, nicht der wichtigste Mensch in seinem Leben gewesen zu sein. Er selbst empfand sich als perfekter Zweiter Mann, teamkompatibel. Das klang viel freundlicher und hatte auch einen wahren Kern.

Hier ruht
Rosalie Margarethe
treue Witwe des
k. & k. Stabsregimentsarztes Dr. Karl Warzinger

Fünftes Grab links, ein Schnörkselkreuz der üblichen Art, aufgepfropft später auf die dumpfschwarze Steinumfassung, sicher aus der Zeit der Ersten Republik, als der tote Sohn der Rosalie dazugelegt wurde. Der Doktor fehlte, war wohl im vaterländischen Krieg weit weg von Döbling zu Erde geworden. Ein blöder Name für einen Arzt, dachte Rudolf und ärgerte sich, weil ihm der Gedanke jedes Mal einschoss, wenn er hier vorüberging. Und warum war die Treue so sehr hervorgehoben worden? Gab es damals in dieser Gegend so viele auffallend lustige Witwen?

Martin lag ja viel weiter drüben, im neuen Teil. Da waren die Gräber entschieden einfacher, der Schmuck austauschbar, die Inschriften erzählten nichts. Namen und Daten, mehr gaben die pflegeleichten Steinplatten nicht preis, förderten kein Mutmaßen, kein Überdenken möglicher Biografien, keine aufflammende Neugier. Martins Wunsch nach einer besonderen, von ihm schon vor dem endgültigen Verfall verfassten Inschrift

Eine Stärke für gute Weine
Eine Schwäche für schöne Menschen
Ein Körper, der Stärke und Schwäche
nicht gewachsen war

war von der Verwandtschaft ignoriert und die Erfüllung erfolgreich verhindert worden. Spießer und Kleindenker alle zusammen.

Die Familie hatte einen Hessevers erwogen, etwas fein Erlesenes, aber zum Schluss blieben dann nur Name, Profession und Lebensdaten übrig, eine günstige Variante, auf die sich diese bornierten Fassadenpfleger einigen konnten. *Physiker.* Mehr wollten sie alle miteinander nicht zahlen und wehrten sich gegen Rudolfs lästiges Insistieren und den Hinweis auf Martins Entwurf, verbaten sich seine Einmischung. Was die Leute wohl sagen würden, wenn der Freund so einen Spruch bezahlte! Die Krankheit wäre ja schon Fluch genug gewesen, da müsste man nicht noch mehr Gerede provozieren, das den Kummer am Köcheln hielte. So ein Blödsinn! Rudolf wusste ganz genau, dass niemand in diesem Clan um Martin so trauerte wie die Freunde, diese verschworene Bande. Wider Erwarten hatte sie sich jedoch aufgelöst, schlecht geleimtem Holz gleich. Ein jährliches Treffen bei einem Heurigen vermittelte eher die Atmosphäre eines unverbindlichen Klassenabends, von der echten Intimität war nichts übrig. Rudolf hatte den Verdacht, dass er von möglichen Aktivitäten ausgeschlossen war, er wusste, dass er sich im ersten Jahr, vom Tod und der Scheidung gebeutelt, manchmal seltsam bis unmöglich benommen hatte.

Und er wusste auch, dass die Rituale an Martins Grab anderen skurril erscheinen konnten. Aber so war das eben, gemeinsames Trinken über den Tod hinaus zelebrierte man ja anderswo auch. Und es war so tröstlich, es tat so gut, auf der Grabplatte zu sitzen, Flasche und Gläser neben sich, dem Wind den Alltag zu erzählen, dem Vogelgezwitscher im Frühling, dem Rabengekrächze im Herbst zu lauschen, den jeweiligen Wein zu verkosten, Martins Anteil danach aufs Grab zu schütten wie ein biblisches Trankopfer. Dabei war es doch nur ein Festhalten von Erinnerung und ein wackeliges Geländer vor dem Abgrund. „Kurzer", hatte Martin einmal festgestellt, „ich bin nicht dein Hüter, probier doch einmal was, ohne mich vorher um Rat zu fragen. Sei spontan! Einmal wenigstens! Spring über deinen Schatten, auch wenn der lang ist. Du tätest mich nerven, wenn ich dich nicht so gern hätt."

So gerne wäre Rudolf mutiger, lebendiger. So gerne hätte er immer schon mehr von Martins Fähigkeiten haben wollen. Und was tat er? Er grübelte. Er versteckte sich hinter dem verrückten Versprechen, das er dem Sterbenden gegeben hatte, und trank Wein an einem Ort, der dafür nicht gedacht war. Das brachte Rudolf zum Lächeln. Der Staubige in seiner Tasche hätte Martin geschmeckt, schon beim Verkosten war ihm klar gewesen, dass er diesen einen speziellen mitnehmen musste. Eine Ahnung von

Marille, eine Andeutung von Eleganz, die in einem halben Jahr vollmundig halten würde, was jetzt nur vager Schimmer, perlende Süße war.

Rudolf bog um die kräftige Zypresse in Reihe sechs, die bereits ein Grab zu sprengen drohte, und stoppte. Etwas war anders. Etwas fehlte. Sorgsam sah er sich um. Die vielen alten Gräber in diesem Segment kannte er alle, lieb gewordene Hügelchen, vertraute Engelskulpturen, Schmiedekreuze, in deren Spiralen der Rost lauerte. Namen, die während seiner vielen Exkursionen ins Endliche, wie er diese Besuche von Martins finalem Schlafplatz nannte, zu Wegweisern geworden waren.

Ruprecht Hodina
Förster und Jagdaufseher, liebevoller Gatte und Vater

Das war sicherlich nicht der Förster, der den raffgierigen Herrn Sothen vor 160 Jahren nicht weit von hier ermordet hatte. Verurteilte Verbrecher erhielten keinen so guten Liegeplatz, selbst wenn die halbe Stadt die Tat gutgeheißen und dem schmierig-reichen Besitzer des Cobenzl ein böses Traktat nachgesungen hatte. Wie unfair war es doch, dass der Magistrat noch immer eine Kapelle mit beschönigender Inschrift zugunsten des Falotts Sothen auf Gemeindekosten erhielt, während der arme Mörder im Nirgendwo verrottet war.

Typisch, dass ihm solche Geschichten nicht aus dem Kopf gingen, weil Martin sie so unnachahmlich zu erzählen gewusst hatte.

Neben Hodina lagen drei Generationen von Bäckermeistern, deren Namensschilder ganz wunderbare Kringel und Brezeln … – doch halt! Wo waren sie? Rudolf trat näher. Das wuchtige Kreuz wirkte seltsam nackt, obwohl der silberne Jesus immer noch jämmerlich daran hing. Darunter baumelte eine rostige Schraube im Längsbalken; die anderen Löcher zeigten Hiebspuren, Kratzer, ein Blinken im schwarzen Eisen. Alle drei Plaketten waren verschwunden! Diese hübschen Kitscharbeiten, luftiges Art déco mit dem gehämmerten Gebäck, den verschlungenen Kipferln! So auffallend komische Ornamente, die ihn jedes Mal an die Laugenbrezeln erinnerten, die Martin manchmal spätnachts zu einem letzten Glas gereicht hatte. *Denn es ziemt des Tags Vollendung mit Genießern zu genießen.* Und das war jetzt alles weg! Auf dem Boden lagen verbogene Schrauben, abgesplitterter Lack. Da hatte einer recht gewalttätig agiert.

Rudolf kratzte sich am Kopf. Wer war an Grabplaketten interessiert? Wem mochte es Freude bereiten, Totennamen im Wohnzimmer hängen zu haben? Wie kamen die Bäcker der Dynastie Obersauthaler dazu, unter einem Jesus, der melancholisch eine geknickte Schraube betrachtete, namenlos ins Mikroskopische zu zerfallen? So etwas gehörte sich nicht, weder für den Christus noch für die Begrabenen. Diebstahl oder Schändung?

Rudolf holte sein Handy aus der Aktentasche, in der sich, weich gebettet, die Flasche Staubiger samt zwei Weingläsern befand. Martin würde in so einem Fall alles fotografieren und dann die Polizei verständigen. Rudolf stellte die Aktentasche sanft ab und fuhrwerkte herum, um das Objekt in der Mitte des Displays zu platzieren. Da war doch noch etwas!

Er schaute über das Gerät hinweg: beschnittener Liguster in Säulenform, schmales Kreuz, blasser Granitstein, Lücke, rot geäderter Marmor, Schwenk zurück.

Die Lücke war falsch. Hier sollte ein graziler Engel knien, getrieben aus einer Eisenplatte, ein Scherenschnitt, der Körperlichkeit nur vortäuschte, armlang, mit einem simplen Kreuzlein, das er vor sich hielt wie einen Talisman. Weg. Futsch. Gestohlen.

So schnell war Rudolf schon lange nicht mehr gelaufen. Das rostig angelaufene Fundament zeigte Kratzer, tiefe Schrunden. Wie eine Wunde, dachte Rudolf, geradezu grell leuchtende Hiebe, und dass so etwas nicht leise passieren konnte, dass es ein sehr hässliches Geräusch gegeben haben musste, wie mit dem Fingernagel eine Schultafel entlang, vielfach verstärkt. Er erinnerte sich an den Engel, pausbäckig, eine versuchte Kopie der Süße eines Botticelli, natürlich misslungen, aber so herrlich naiv, dass es zum Lachen rührte. Auf einem Friedhof kam Lächeln viel zu selten vor, und deshalb betrachtete Rudolf den Scherenschnittamor als eine Art Freund. Was für eine Flegelei, was für eine Impertinenz! Hier war jemand gezielt am Werk! Hier ging es nicht um Störung der Totenruhe durch fehlgeleitete Jugendliche. Rudolf erledigte die Fotos, hastete zurück zu seiner Aktentasche. Was sollte er tun? Was war richtig? Konnte er etwas falsch machen? Warum hatte er niemanden zur Beratung? Martin fehlte schon wieder. Wie immer.

Er musste zu ihm. Mit Martin reden und trinken. Das letzte Mal hatte er einen köstlichen Riesling serviert, ihn viel zu schnell getrunken, eine ganze Bouteille, bis auf das obligate Glas, das dem Toten zustand. Was hatte sich Martin nur bei diesem letzten Wunsch gedacht? Oder sollte er sich nicht eher fragen, warum er das mitmachte, sein Tun zwar in Frage stellte, aber nichts änderte? Immer noch wie früher: Martin entschied und Rudolf folgte. Martin hatte Ideen und Rudolf setzte sie um. Martin traf eine Wahl, Martin gab die Richtung vor. Rudolf lief hinterher, zog nichts in Zweifel. Es war immer zu seinem Vorteil gewesen. Und nun war er ein verwaister Pollux, der seinem Castor nachweinte, ein verkümmerter Zwilling, der sich lächerlich machte, indem er mit einem Toten parlierte, mit ihm Wein verkostete und in hohem Bogen aufs Grab goss. Eine Groteske, selbst in dieser Stadt, wo man sich bewusst zu Tode soff und trotzdem versuchte, den Sensenmann gallig wegzulachen.

Da war er.

Hier ruht in Frieden Dr. Martin Silberbauch
Physiker
11.12.1954 – 18.4.2006

So ein Blödsinn. Was sagte so eine lapidare Berufsbezeichnung über den Menschen aus! Und gerade zu diesem Nachnamen hätte Martins eigenes Epitaph viel, viel besser gepasst.

Wie immer war niemand hier gewesen, kein verfaultes Wasser in der Vasentülle, die einem schwarz angemalten

Maronistanitzel glich, kein verwelktes Blümelein, nur die heruntergebrannte Kerze in der hellblauen Laterne, die Rudolf vor einem Jahr verwegen auf die Mitte der Steinplatte gestellt hatte. Er hatte damit gerechnet, dass die Verwandtschaft sie schleunigst entsorgen würde, so ein auffallender Stilbruch! Aber außer ihm schien niemand das Grab zu besuchen.

„Martin, du wirst es nicht glauben", setzte Rudolf an und öffnete die Aktentasche, um Flasche und Gläser herauszuholen, „da gibt's Irre, die Grabteile stehlen. Kannst dir das vorstellen? Was macht man damit? Verkaufen? Sind wir pervers genug, um uns mit den Namensschildern fremder Verstorbener zu schmücken, sie als Schmuck, als Geldanlage zu betrachten?"

Er schenkte die Gläser voll, stellte sie sorgsam neben die Laterne. Hübsch sah das aus, die nun gelbtrüben Kelche vor dem hellblauen Blechgehäuse. Er hätte etwas von einem Staubigen an sich, hatte Martin einmal zu später Stunde behauptet, ein undurchsichtiger Charakter in voller Gärung. Rudolf erinnerte sich, er hatte gelacht, obwohl er es nicht lustig fand, und Martin hatte noch eins draufgesetzt, von den stillen Wassern, zu denen er ihn aber nicht zählte, denn da wären zu viele Gerbstoffe, zu viel in Aufruhr, zu viel am Kochen.

Noch hielt Rudolf die Flasche in der Hand, als er die Bewegung weit links von sich wahrnahm. Gebückt drehte er sich langsam um. Tatsächlich! Da war ein Mann, vorgeneigt wie zum Gebet, halb verdeckt von einer zum Krüppel fassonierten Thuje. Rudolf hörte Knirschen, metallisches

Jammern. Das war doch nicht fassbar! Am helllichten Tag! Andererseits: Wie viele schlenderten schon zu Mittag unter der Woche auf einem Friedhof herum? Die alten Witwen waren schon längst daheim oder kehrten erst nach der Nachmittagsmelange wieder, und wer sonst, außer einem so verquer Trauernden wie ihm, der sich extra Stundenausgleich dafür nahm, schlich hier herum?

Ohne wirklich zu denken, näherte sich Rudolf vorsichtig dem Mann von hinten. Er sah das Werkzeug auf dem Boden liegen, eine Tasche, aus der ein getriebenes Metallbrezel hervorlugte, hörte schweres Atmen und einen Fluch. Offensichtlich war es nicht leicht, diese alten Gewinde aufzuschrauben, die einzelnen Dekorationen abzumontieren. Wie er sich plagte! Was brachte einen dazu, halb Rostiges zu stehlen, für lausig wenig Geld vermutlich. Wie er sich anstrengte! Verbissen kämpfte der Mann mit dem widerborstigen Material. Feuchte Haut unter strähnigem Haar! Rudolf spürte, wie ihm selbst der Schweiß ausbrach. Hier geschah Unrecht. Aber da war noch etwas, klammheimlich trieb es hoch in ihm, verdickte sein Blut, verstopfte die Poren wie klumpige Brühe, Schlamm, der in Blasen hochkochte. Plopp! Saftiges Zerplatzen. Das fühlte sich neu an. Fremd, aber nicht unangenehm. Sollte er ihn nicht aufhalten, diesen Dieb, der den schläfrigen Frieden störte? Diese Kraft, mit der der Mann die Beißzange einsetzte, diese rohe Gewalt! Wieder knirschte Eisen an Stahl, ein Klang, der Rudolf bis ins Innerste traf. Vom Bauch aus rieselte es ihm heiß in Beine und Arme, als krümmten sich neue Wurzeln gierig durchs Fleisch, ein Pochen in den

Knochen. Wie eine Auferstehung, ein Blitz aus dem Dunkel, eine kolossal orgiastische Metamorphose.

Etwas knirschte unter Rudolfs Füßen, der Mann wandte sich um. Und Rudolf, immer noch ohne zu denken, hob die Rechte, in der er, immer noch, die mehr als halbvolle Flasche hielt, und holte aus und schlug zu, kräftig und ohne Vorwarnung. Der Mann wankte. Splitter flogen, der Staubige verwandelte sich in Tropfen, die in silbernen Bögen wegspritzten, und in ein schmieriges Rinnsal, das aus den Haaren über die Stirn lief. Blutschlieren mischten sich ein, ein ekliges Triefen über die sich langsam schließenden Lider. Rudolfs Arm ruckte hoch, im Zusammensacken schob der Mann die Hand mit der Zange vor, der abgebrochene Flaschenhals zwischen Rudolfs Fingern fing einen Sonnenstrahl ein, ein gelbgrünes Flimmern, das plötzlich verlosch, als in der Vorwärtsbewegung beider Körper das Glas im Mann verschwand.

Was für ein Ballett, dachte Rudolf und dann setzte sein Hirn komplett aus und er starrte auf das fahle Gesicht, den verdrehten Leib, den dunklen Fleck auf dem Hemd unter der offenen Lederjacke. Wäre sie geschlossen gewesen, wäre nichts, fast nichts passiert, dachte es in Rudolfs Kopf.

Ein Blatt raschelte. Ein Spatz tschilpte. Oben am Himmel brummte ein Flugzeug. Die Hand hielt den blutigen Flaschenrest.

Es roch nach Herbst, gärenden Trauben, einem Schimmer von Süße. Die Hand öffnete sich. Grüne Scherben, nass und verschmiert, kein Etikett, wie immer, wenn er diese Flasche vom Winzer holte.

Das Denken setzte wieder ein.

Rudolf sah sich um. Niemand zu sehen, niemand zu hören. Er drehte sich um, schlug einen Bogen, weg aus dem alten Friedhofsteil, kam von der anderen Seite zurück zu Martins Grab mit den gefüllten Gläsern. Und zu Staub wirst du werden. Natura Morte, wie passend für hier, Stillleben mit Staubigem.

„Vorsichtsmaßnahme", flüsterte er und fühlte sich blöd dabei. Eine Notlüge ist immer verzeihlich, war das Credo seines Freundes gewesen. Aber einen Totschlag zu leugnen, fiel wohl nicht darunter.

Er hob ein Glas, trank es in einem Zug leer, nahm das zweite, unsicher hielt er inne. Im Hirn galoppierten Ideen, seltsam verknüpft, zerrissene Sätze, Rösselsprünge halbgarer Überlegungen. Eigentlich sollte er den Wein ausleeren, direkt in den Boden, und Martin zuprosten und ihm erzählen, wie er den Tropfen fand, was er davon hielt. Das wäre zumindest der übliche Verlauf gewesen. Davor.

Aber das ging nun nicht mehr, er durfte keine Spuren hinterlassen, den Staubigen konnte man riechen, vielleicht hatte die Polizei ja Alkoholhunde, eigens abgerichtete Weinschnüffler, wer wusste das schon. Und Martins Grab stünde dann im Mittelpunkt. Was konnte der Freund dafür, ach, dieses Gewäsch war doch vorauszusehen, alle die Tratschereien, die endlich verstummt waren. Nein, er musste austrinken, die Gläser einpacken, schleunigst verschwinden, die Fotos aus seinem Handy löschen. Schnell, leise, ruhig. Das war er Martin schuldig. Jetzt, einmal noch. Und Marie würde außerdem zwei und zwei zusammenzählen, falls sie davon in der Zeitung las. Auch wenn sie nichts von diesem monatlichen Trinkritual wusste. Marie hatte doch bei allem, was mit Martin zusammenhing, besonders feinfühlig reagiert.

Rudolf versicherte sich noch einmal, dass er nichts am Grab zurückgelassen hatte, sein Mantel fleckenlos war, dann verschwand er über den Mittelachsenweg, begegnete keinem Menschen, durchschritt das Haupttor, marschierte flott die Senke zur Straßenbahn hinunter. Erstaunt registrierte er die Kraft, mit der sein Körper ausschritt, die Sicherheit, mit der seine Muskeln agierten. Kein Schuldgefühl! Kein Zähneklappern und keine Verzweiflung. Klarheit im Kopf, als hätten sich Schlackenstoffe gesenkt, nichts trübte seinen Blick, seinen Geist. Ein wenig Angst, dass man ihn doch ausforschen würde, aber keine Reue. Das überraschte ihn. Es war ein unerforschtes Land, in das er vordrang, eine unbekannte Region seiner Persönlichkeit. Ein Toter lag hinter ihm und es tat ihm nicht leid. Er hatte agiert. Reagiert. Alleine und aus sich heraus. Das war etwas wirklich Neues. Wie eine vollendete Gärung. Er lebte.

Leben, so dachte Rudolf, Leib und Leben haben dieselbe Sprachwurzel, kommen vom germanischen *Lip* – und dass es wirklich schade um den Staubigen war. Das Wort Leber, fiel ihm ein, hatte sich ebenfalls aus derselben Silbe entwickelt, und nun musste Rudolf lächeln, während er seine Wohnungstür aufsperrte. Keine Friedhofstrinkerei mehr, zumindest so lange, bis er sich an dieses neue Leben gewöhnt hatte, an diese Kraft, diese Eigenbestimmtheit, bis er entdeckt hatte, was die Terra incognita in ihm an Überraschungen noch bereithielt.

Er zog sich aus, duschte, zog sich frisch an, holte aus dem Kühlschrank eine Flasche, die er für einen speziellen Anlass aufgehoben hatte. Immer noch krümmte ein neues Lächeln seinen Mund. Das Herz ist ein ungestümes Organ, erinnerte er sich und schenkte in hohem Bogen ein, die Leber das regulierende.

Pinot Noir

Herb im Abgang

LISA LERCHER

Blauer Burgunder (oder Pinot Noir): stammt aus dem Burgund (14. Jh.); wird mit Chardonnay für Champagner verwendet. Die anspruchsvolle Rebe verlangt Kalk, Wärme und Feuchtigkeit. Anbaufläche in Wien: 1,8 %; Farbe: Rubinrot; Geschmack: je nach Boden von fruchtig bis wuchtig, samtig, vollmundig, erinnert oft an Laub und Pilze; beste Lage in Wien: Hungerberg in Oberdöbling.

Sie nannten ihn den Zappa von Brigittenau. Aufgewachsen war er im Chicago-Hof. So hieß der Gemeindebau im Bezirk, seit man die Leiche im Koloniakübel gefunden hatte. Seine Kindheit hatte er auf den Donauwiesen verbracht. Die Oma, die oft auf ihn achtgegeben hatte, war auf ihrer Parkbank Anlaufstelle fur Schmalzbrot und Himbeerwasser gewesen. Das war, bevor die Stadtväter beschlossen, die Insel aufzuschütten, die heutzutage von Radfahrern, Skatern und anderen Frischluftfanatikern bevölkert wird. Als er älter wurde, vertrieb er sich die Zeit im Allerheiligenpark, rauchte Shit und trank Bier, unterhielt sich mit seinen Haberern über seinen Lieblingsfußballverein, die Elektra, das letzte Match, ein extraschiaches Foul. Manchmal nahm ihn sein älterer Bruder mit zu einem der zahlreichen Wirten im zwanzigsten Hieb, zum Pfeiler, dem Heptna, dem Futterknecht oder in die Gruam. Der versaß dort seine Abende, sofern er nicht beim Matrosen tarockierte oder wieder einmal Wickel mit einem anderen Tschecheranten hatte.

Er selbst hatte andere Pläne, ließ sich die Haare wachsen, sparte erst auf einen Kassettenrecorder, dann auf eine E-Gitarre. Die Musik hatte es ihm angetan. Er liebte den Blues und auch Rock, war ein Fan von Novak's Kapelle und deren erstem Hit „Hypodermic Needle". Er suchte Kontakte in den einschlägigen Lokalen – viele waren es zu der Zeit nicht –, machte die Bekanntschaft von zukünftigen Szenegrößen, die, so wie er, in den Startlöchern scharrten. Anfang der 1970er half er bei der Organisation des Mini-Woodstock-Festivals in Poppendorf, lernte Ratzer und Stojka kennen, begeisterte sich für Gipsy Love. Sie waren es, die ihm endlich zu einer Chance in der Musikbranche verhalfen – nachdem er in Poppendorf in einen Hühnerstall eingebrochen und seine große Liebe kennengelernt hatte. Sie sprach ihn an, während die gefladerten Gummiadler über dem Lagerfeuer brutzelten. Er teilte sein Fleisch mit ihr, gegen Morgen auch den Schlafsack, fühlte sich von ihrer Gegenwart elektrisiert. Sie war seine Frau, groß, schlank, voll leiwand, ein Energiebündel und definitiv schräger drauf als er. Dass sie aus Döbling stammte, mit bürgerlichem Hintergrund, war ihm wurscht. Seine Haberer beneideten ihn, und er war geschmeichelt, dass sich eine wie sie gerade für ihn interessierte. Sie sprudelte über vor Ideen, gestaltete seine Auftritte als Performance. Sie erzählte ihm von ihrer besonderen Gabe, erklärte, sie wisse instinktiv, welche Lebensmittel zu wem passten. Überredete ihn, als Höhepunkt seiner Show, Plastikhühner, Salat und Wachsäpfel in die Menge zu schmeißen. Das spärliche Publikum ging zögerlich mit. Sie überzeugte ihn, dass die Zeit schon noch dafür reif werden würde. Die Konzerte von Drahdiwaberl gaben ihr später recht. Nach den Gigs fuhren sie meistens zur Donau, träumten vom großen Aufbruch, der Revolution und von Kalifornien. Er würde es auch irgendwann schaffen, so wie Zappa, Hendrix oder die Doors.

Das Schicksal gab seinem Leben eine unerwartete Wendung. Er hatte seine große Liebe geschwängert, an einem lauen Abend unter einem Hollerbusch ein Kind gezeugt. Er wusste nicht recht, was er davon halten sollte, und ließ sich zu einer Heirat überreden. In die Brigittakirche kam er in Jeans. Ihre Schwester, erdverbunden und tüchtig, verstand nicht, was man an einem wie ihm finden konnte.

Die Mitgift bestand aus einem alten Winzerhaus am Rand von Grinzing, mit großem Garten, umgeben von einem hohen Zaun. Es hatte ihrem Opa gehört.

Als seine Frau begann, sich dort einzurichten, das Familienleben zu planen, schob er es auf die Hormone, war überzeugt, dass sie bald in ihr altes Leben zurückkehren würde. Nichts dergleichen geschah. Sie sprach plötzlich davon, sich endlich selbst finden zu wollen, begann zu töpfern, bearbeitete Holz und versuchte sich als Malerin. Er fühlte sich um ihre Inspiration betrogen, suchte Trost in seinem angestammten Grätzel, besoff sich und blieb immer öfter nächtelang fort. Er fing an, das Haus, die Abgeschiedenheit, die Enge der Zweisamkeit zu hassen.

Sie war allein, als sie das Kind verlor. Ihre Trauer benebelte sie mit rosa Pillen, nahm noch weiße mit ein paar Gläsern Wein dazu, wenn er wieder einmal unterwegs war.

An jenem Abend war es ziemlich spät geworden. Sie war verärgert, er merkte es sofort. Auf der Kredenz stand eine Flasche Wein, es roch nach würzigem Fleisch, sie hatte das gute Porzellan aus der Vitrine geholt. Hatte er auf etwas vergessen? Ihr Geburtstag war doch erst im Februar! Alles leiwand?, fragte er zur Begrüßung. Sie nickte mit verkniffenem Gesicht, trug das Essen auf. Im Radio spielten sie Udo Jürgens, einen neuen Schlager über einen, der noch nie in New York gewesen war. Er setzte sich an den Tisch, stocherte lustlos im Essen. Ein Schweinsbraten wäre ihm lieber gewesen. Dann fiel ihm auf, dass er keine Zigaretten mehr hatte. Er wäre gleich wieder da, würde vielleicht später noch einen Happen essen, ließ er sie wissen. Den Rotwein kippte er in einem Zug – er mochte die Sorte, trank immer nur diesen oder eben Bier.

Als die Haustür ins Schloss fiel, spürte er große Erleichterung. Er sog die kühle Abendluft ein und machte sich auf den Weg.

Der Ablauf wiederholt sich Jahr für Jahr. Früher hat sie dem Hasen das Fell selbst abgezogen. Heute kauft sie ihn ohne Pelz, bei einem Bauern in der Lobau. Den Tischherd hat sie zeitig in der Früh eingeheizt. In der Küche ist es wohlig warm. Sie zieht die Strickweste aus und bindet die Schürze um.

Das Kochen ist ihre wahre Bestimmung, Leidenschaft, man könnte es auch Berufung nennen. Sie hat sich lange dagegen gewehrt. Wäre gern Künstlerin geworden – Malerin oder Bildhauerin, auch Regisseurin hätte ihr gefallen. Sie hat sich in vielem versucht. Doch die Gene der böhmischen Großmutter sind stärker gewesen.

Sie holt den Wein aus dem Abstellraum, entkorkt die Flasche bedächtig. Erst im Dekanter entfaltet der Pinot Noir sein unverwechselbares Aroma – samtig und vollmundig. Sie schnuppert, zieht genießerisch den Duft nach Laub und Pilzen ein.

Sie krempelt die Ärmel auf, wickelt den Hasen aus dem Papier, spült das rote Fleisch unter kaltem Wasser. Mit Küchenpapier tupft sie es trocken, reibt es mit Salz, Pfeffer und zerdrücktem Wacholder ein. Während sie Karotten, Sellerie und eine Petersilwurzel putzt, fällt ihr Blick auf die Weinflasche. Ihr Großvater hatte es sich damals in den Kopf gesetzt. Das Wagnis war groß gewesen, die Traube heikel, der Ertrag fraglich. Doch die Riede am Döblinger Hungerberg hatte sich geradezu dafür angeboten. Der Boden des Weingartens ist kalkreich, genau richtig für diese Rebsorte.

Sie schneidet das Gemüse würfelig, zieht die Rein auf die heiße Platte, brät den Hasen im Öl an. Sie röstet das Gemüse mit dem Fleisch, holt den Dekanter von der Kredenz und gießt mit Wein auf. Seine feinwürzig-mineralische Note steigt ihr in die Nase. Sie schenkt sich einen Schluck ein, erhebt das Glas auf ihn, den Geliebten! Der Wein schmeichelt ihrem Gaumen, ist samtig, weich, mit wunderbarer Kirsch- und Himbeerfrucht, breitet sich in der Mundhöhle aus. Sie schluckt bedächtig, ganz Kennerin – die Sorte ist herb im Abgang. Gewöhnungsbedürftig – es hat gedauert, bis sie ihn schätzen gelernt hat. Anders als ihn, der ihr auf den ersten Blick gefiel, mit seinen breiten Schultern, dem lässigen Gang, dem gewinnenden Lächeln, seinem unwiderstehlichen Schmäh. Der nach Schokolade und Preiselbeeren roch – viele gute Gründe, ihn sympathisch zu finden. Seine Begeisterung für die Musik war ansteckend – auch wenn sie noch heute lieber Hirsch, Danzer oder Ostbahn hört.

Sie stellt die Rein ins Rohr, hackt eine Zwiebel, lässt sie im Öl glasig werden. Sie übergießt das Knödelbrot mit warmer Milch, mischt Salz, Eier, gehackte Petersilie dazu, vermengt zuletzt die Masse mit der Zwiebel. Der Teig muss nun rasten, derweil das Fleisch brutzelt.

Sie denkt oft an ihn – ihre große Liebe. Fragt sich, warum ihr Leben gerade so verlaufen ist.

Sie breitet das frisch gebügelte Damasttischtuch über den blank geputzten Esstisch, poliert das Besteck, deckt Teller und Gläser auf, rückt die Sessel zurecht. Sie betrachtet ihr Werk, seufzt zufrieden.

Sein Bett bezieht sie immer noch, wischt regelmäßig Staub von dem gerahmten Foto auf ihrem Nachtkästchen, hängt seine Jeans zum Jahrestag über die Sessellehne, legt ein schwarzes Hemd dazu. Vor ihrer Schwester hält sie das geheim. Die würde sie auslachen, wunderlich schimpfen, nicht verstehen, dass sie an manchen Tagen immer noch auf ihn wartet.

Sie sieht nach dem Braten, übergießt ihn mit Saft, fügt noch einen Schuss Wein von der Riede ihrer Schwester zum Fleisch. Er gibt dem Hasen die besondere Note, macht das Gericht nahezu perfekt.

Ihr Talent hat sie gerettet – und die Schwester, der sie heute noch dankbar ist. Die hat sie angestellt, in ihrem Heurigen in Grinzing. Damit sie endlich auf andere Gedanken kommt, weil es so einfach nicht weitergehen kann. Den Heurigen hat die Schwester vom Großvater geerbt, so wie die Rieden um Wien und das Interesse für den Wein. Die Tradition hat sie beibehalten, noch immer keltert sie Pinot Noir, lässt ihn im Bottich vergären, in kleinen Fässern aus französischer Eiche reifen.

Es wird Zeit für die Knödel. Sie stellt das Wasser zu, salzt es und legt einen Deckel auf den Topf.

Zuerst hat sie nur ausgeholfen, später ganz allein gekocht. Bald war ihre Küche über die Bezirksgrenzen hinaus bekannt. So wie ihre spezielle Gabe – sie weiß instinktiv, welche Gerichte mit welchem Gast harmonieren. In manchen Monaten, speziell im Herbst, kann sich der Heurigenbetrieb vor Anfragen kaum retten.

Vergessen hat sie ihn nie. Wie auch? Immer wieder hat er geschworen, dass sich alles ändern wird, ist auf Knien vor ihr gelegen, hat seinen Kopf in ihren Schoß gedrückt. Und dann ist er ebenso plötzlich aus ihrem Leben verschwunden, wie er seinerzeit aufgetaucht war – beim Lagerfeuer, den Hendlhaxn in der Hand.

Sie holt das Blut aus der Speis. Es ist dunkel, fast braun. Sie kramt nach der Kochschokolade.

Nach drei Tagen hat sie die Polizei verständigt. Unkraut vergeht nicht, haben die gescherzt, sie zunächst abgewimmelt, dann halbherzig nach ihm gesucht.

Sie befeuchtet die Handflächen, formt Knödel mit geübtem Griff, lässt sie ins Salzwasser gleiten, wirft einen Blick auf die Küchenuhr.

Wenig später hat das Gerede begonnen. Viele wollten etwas von ihm gehört oder gesehen haben, quälten sie mit Vermutungen, manchmal mit einem Verdacht.

Sie holt die Rein aus dem Rohr, sticht den Braten an, legt ihn auf ein Holzbrett, löst die Knochen vorsichtig vom Fleisch, schneidet es in Stücke. Den Saft aus der Rein gießt sie durch ein Sieb in eine Kasserolle, fügt einen letzten Schuss Pinot Noir dazu.

Wieder schaut sie auf die Uhr. Noch ist Zeit. Wird er heute kommen? Sicher ist sie sich nie.

Mit dem Schneebesen rührt sie vorsichtig das Blut unter, sowie die Schokolade, die in der warmen Sauce langsam schmilzt. Die Knödel sind auch schon fertig. Sie stellt sie warm, so wie das Hasenfleisch.

Ein Letztes bleibt noch zu tun, bevor sie die Mahlzeit anrichtet. Sie steigt die Stufen zum Weinkeller hinab. Sie sind rutschig. Sie stützt sich mit einer Hand an der Wand ab, balanciert in der anderen das Glas Wein, geht vorsichtig. In ihrem Alter kann ein Sturz fatale Folgen haben. Die alte Holztür klemmt, sie zieht mit aller Kraft, die Tür quietscht in den Angeln. Feucht-modriger Geruch dringt ihr entgegen. Sie schaltet die Taschenlampe ein. Der Weg ist ihr vertraut, ein paar Stufen noch bis zum gestampften Lehmboden. Es ist kühl hier, wie in einer Gruft. Sie geht an alten Eichenfässern vorbei, an Weinregalen, einem massiven Tisch. Ganz hinten zweigt ein Seitengang ab, ein Relikt aus dem großen Krieg. Sie geht noch ein paar Schritte, bleibt schließlich vor den bunt bemalten Fässern stehen. Die Motive zeigen ihre Vorstellung von Ewigkeit. Die Farben strahlen – Meisterstücke. Die Arbeit hat ihr Spaß gemacht. Gern würde sie ihre Werke der Öffentlichkeit präsentieren. Demnächst wird sie ein neues Fass gestalten. Wahrscheinlich in Grün mit einem Schuss Gelb, vielleicht einer Spur Orange. Die letzte Entscheidung wird sie treffen, wenn alles vorüber ist. Jetzt hebt sie das Glas und nimmt einen großen Schluck. Herb im Abgang, denkt sie und hält dann inne, so wie jedes Jahr, wenn sie hier an ihn denkt.

Er ist einfach aufgestanden, hat etwas von Zigaretten gemurmelt und die Haustür hinter sich zugezogen. Sie ist hinterdreingestürmt, hat ihn beim alten Presshaus erreicht, ihn am Ärmel erwischt und gefragt, ob er schon wieder ihren Hochzeitstag vergessen hat. Ihr Tonfall vorwurfsvoll, gespickt mit lange unterdrückter Wut.

Er murmelt ein paar Worte der Entschuldigung, halbherzig, wie ihr scheint, will seinen Weg fortsetzen. Sie stellt sich ihm entgegen, spürt die Wut, die sich aufbäumt, sie dazu zwingt, mit den Fäusten gegen seine Brust zu trommeln. Er leistet wenig Widerstand, hebt zögerlich die Arme, weicht ein paar Schritte zur Seite. Sie lässt nicht von ihm ab. Er greift nun doch nach ihr, packt ihren Arm, hält sie endlich fest.

Sie reißt sich los, stößt ihn von sich, sieht, wie er stolpert. Seine Füße finden keinen Halt, er taumelt. Die Stiege zum Weinkeller ist feucht, rutschig vom Herbstnebel.

Sie erstarrt, als er fällt, mit der Schulter gegen den Stein schlägt, liegen bleibt, den Kopf seltsam verdreht. Ihr Aufschrei, erstickt von der Hand, folgt unmittelbar. Sie läuft zu ihm, kniet sich daneben, birgt seinen Kopf in ihrem Schoß, streicht ihm übers Haar. So hat sie das nicht gewollt.

Das Glas rutscht aus ihrer Hand, zerschellt auf dem Boden. Sie zuckt zusammen, schiebt die Scherben mit der Schuhspitze zur Seite.

Sie ist lange neben ihm geblieben, hat sich geweigert, einzusehen, dass jede Hilfe zu spät kommt. Irgendwann hat sie den Wein geholt und die weißen Pillen. Sie hat die Flasche leer getrunken. Als sie aus dem Nebel erwacht ist, hat sie ihn an den Beinen in den Keller hineingezogen. Der Traum in der folgenden Nacht war aufschlussreich. Erst da hat sie den tieferen Sinn ihrer besonderen Gabe erfasst. Gänsehaut rieselt ihr noch heute über den Rücken, wenn sie an dieses erste Mal denkt.

Er war ein klarer Fall für Wild – Hase oder Kaninchen –, harmonierte mit Schokolade, entfaltete seinen besonderen

Geschmack mit Pinot Noir, verband sich mit dem eingebundenen Holz des Rotweins zu einer durch und durch bodenständigen Komposition.

Sie hat sich sofort an die Arbeit gemacht. Die gerade stattfindenden Wildwochen waren ein Glücksfall. Unter die Leute brachte sie ihn Stück für Stück, gemeinsam mit den Hasenteilen, für die sie sich letztlich entschieden hatte. Eine gute Wahl. Die Performance hätte ihm gefallen, schon allein wegen der Begeisterung des Publikums. Ihre Wildhasenvariation in Schokoladensauce wurde sogar im Bezirksblatt gelobt.

Was sich nicht für den Kochtopf eignete, legte sie in ein Fass, bedeckte die Überreste mit ungelöschtem Kalk, häufte Erde darauf. Nach all der Zeit ist wohl kaum mehr etwas von ihm übrig – außer ihren Erinnerungen, die sie über all die Jahre pflegt.

Nach dem großen Erfolg kam zunächst die Erschöpfung, später fühlte sie sich erleichtert, wiegte sich in Sicherheit. Bis sie ihn traf, den Unternehmer aus Berlin. Er duftete herrlich nach Lorbeer. Sie wurde den Gedanken an Kalbsgulasch nicht mehr los. Über die Jahre folgten weitere – sie erinnert sich nur vereinzelt –: an die Hofratswitwe aus Hernals, den Langzeitarbeitslosen aus Hietzing, den Wanderprediger aus Südtirol. Bei manchen hat sie sich gewundert, dass sie niemandem fehlten. Schließlich ist Wien auch nur ein Dorf.

Bei der Gestaltung der Fässer gibt sie sich immer viel Mühe – so wie bei den Gerichten, zu denen sie ihre Gäste inspirieren. Es sind die Gerüche, Aromen, Essenzen, die sie leiten und die Aura, die den letzten Ausschlag gibt.

Sie steigt ächzend die Stufen zu ihrem Garten hinauf. Nicht jeder eignet sich für die Küche, aber diesmal hat sie vielleicht wieder Glück.

Der ehemalige Sektionschef aus der Aslangasse hat sich zum Essen angesagt. Sie hat sich lange geziert, dann endlich seinem Werben nachgegeben.

Er reibt sich die Hände, als er ihr liebevoll gekochtes Festmahl erblickt. Sie nimmt sein Aroma auf, hält die Nase möglichst unauffällig nahe an seinen Nacken.

Auch er ist ein Fall für Wild – Terrine oder doch Pastete? Die Entscheidung soll reifen. Gut Ding braucht schließlich Weile. So wie das Marinieren – mit dem man übrigens nicht früh genug beginnen kann. Sie schenkt Pinot Noir ein und prostet ihm zu. Er lässt den Wein genussvoll durch die Kehle rinnen. Herb im Abgang, murmelt er. Sie nickt.

Weißer Burgunder

Beim Wein und meiner Seele! Grinzinger Kellerdialog

BEATE MAXIAN

Weißer Burgunder (Pinot Blanc, in Dtl. auch Klevner): kommt ebenfalls aus dem Burgund (14. Jh.) und wird weltweit als klassisch angesehen; bevorzugt kalkhaltige Böden und warmes Wetter. Anbaufläche in Wien: 6 %; Lese: erste Oktoberhälfte; Gärung und Reife: zunehmend kleines Holzfass; Farbe: von grüngelb zu weißgelb bei Reifung; Geschmack: nussig; beste Lage in Wien: Bisamberg.

Sepp: „Geh, bleib doch noch a wengerl sitzen, Rudi, trink ma noch ein Flascherl vom Weißen Burgunder! Heut ist doch der Hanni ihr Sterbetag. Da hast noch ein Glaserl."

Rudi: „Eigentlich wollt ich schon gehen. Ich spür ihn schon, den Wein. Aber was soll's. Bei dir da im Weinkeller ist's echt gemütlich, seit du das Stüberl ausgebaut hast. Prost. Auf die Hanni."

Sepp: „Ja, auf die Hanni. Meine Hanni, das war schon eine liebe Ehefrau."

Rudi: „Obwohl ... gestritten habts schon sehr oft."

Sepp: „Na ja, das war ihr Sturschädel ... Ich mein, ich hab ja auch einen, aber der Hanni ihrer war schon größer als meiner. Und als unsere Tochter, die Susi, ausgezogen ist, da war die Hanni zweiundvierzig. Das ist ein schlimmes Alter für die Frauen, sag ich dir, da wollen s' auf einmal noch was erleben."

Rudi: „Ach ja ... da kann ich mich erinnern. Kam da nicht dieser ... wie hat der geheißen? Mirko? Da kam doch dieser Mirko."

Sepp: „Der Tschusch, der Elendige. Aus Kragujevac. Und Perc hat er geheißen. Lauter Vatsch und Tsche. Wenn ich das nur hör ... Kann doch kein normaler Mensch aussprechen."

Rudi: „Aber fesch war er und deiner Frau hat er gefallen."

Sepp: „Na, was willst denn? Ich war fünfzig, habe jeden Tag im Weingarten oder Weinkeller gearbeitet. War dreckig und verschwitzt, und am Abend wollte ich nur noch meine Ruhe haben. Und der Mirko war damals Mitte dreißig, ein Sportler und noch dazu mit so einem schwarzen BMW-3er-Cabrio unterwegs. Der hat der Hanni schöne Augen gemacht und die ist darauf reingefallen."

Rudi: „Aber dass sie gleich mit ihm an den Wörthersee gefahren ist ..."

Sepp: „Urlaub von der Ehe! So ein Blödsinn. Aber, so sind s', die Frauen. Da ist mir der Weiße Burgunder hier schon viel lieber. Das ist halt noch was Ehrliches ... eine klassische Rebe. Hast du gewusst, dass es Weinexperten gibt, die den Weißen Burgunder als erotischen Vollmondwein bezeichnen?"

Rudi: „Erotischer Vollmondwein? Ich brauch keinen Weinexperten, um zu wissen, dass dir der Wein eh schon immer lieber war als die Frauen. Obwohl früher ... da warst kein Kostverächter. Weißt noch, wie wir beide im Puff waren, am Gaudenzdorfer Gürtel und da beim Westbahnhof, du mit der feschen Irmi?"

Sepp: „Na sicher, so was vergisst man nicht. Und die Irmi war super und für alles zu haben. Bei einem Mann ist das eben auch ganz was anderes. Man lebt ja nur einmal. Außerdem hab ich die Hanni da ja nur ein bisserl betrogen, verstehst schon. So eine Hur is ja nix Fixes, aber der Mirko, der hat seine Finger regelmäßig an meiner Frau ghabt. Dein Glaserl ist leer. Schau, ich schenk dir noch ein. Prost!"

Rudi: „Prost, Sepp. Also, ein feiner Tropfen ist er schon, dein Weißer Burgunder ... Die Frucht spürt man schön am Gaumen."

Sepp: „Sag ich doch. Ist ja auch mein Lieblingswein. Mein einziger, der nicht aus Grinzing kommt, sondern aus Floridsdorf. Also aus Transdanubien, von meinem kleinen Weingarten am Bisamberg. Dort hat er ideale Bedingungen. Und reifen tut er in den kleinen Holzfässern, weißt eh, die ich mir vor fünf Jahren aus dem Burgund mitgenommen hab."

Rudi: „Ja, wirklich gut. Und der leichte Nusston. Der da ist dir aber auch besonders gut gelungen."

Sepp: „Warst eh bei der Lese dabei. Im Oktober vor zwei Jahren. In der Nacht beim Vollmond haben wir die

Trauben im Kipferlgarten am Bisamberg geerntet. Da bei Jedlersdorf raus. War eine milde Nacht ... und die Hanni war damals schon drei Jahre tot."

Rudi: „Du, Sepp, was mich interessieren täte ... Wie hast du's eigentlich wirklich geschafft, den Mirko loszuwerden?"

Sepp: „Ach. So, wie ich dir's damals erzählt hab. Ich hab ihn niedergeschrien, ihm ein paar Watschen angedroht und ihn vor allen seinen Freunden zur Sau gemacht. Und die Hanni hab ich vor die Alternative gestellt: ICH oder ER! Wie sie gesagt hat, sie bleibt bei mir, war er ganz schnell weg. Pfiat di Gott! Angeblich zurück nach Serbien, zu die anderen Tschuschen. Jedenfalls habe ich den Oarsch nie wieder zu Gesicht bekommen!"

Rudi: „Und dann habt ihr euch, also die Hanni und du, wieder versöhnt?"

Sepp: „War anfangs nicht leicht, aber dann hat auch die Susi, unsere Tochter, auf uns beide eingeredet. Sozusagen an unsere Vernunft appelliert. Ja, so war's."

Rudi: „Angeschrien? So was. Das hätt ich dir gar nicht zugetraut. Bist ja sonst eher ein Phlegmatiker, gell? Und wie geht's dir jetzt so, nach fünf Jahren Alleinsein?"

Sepp: „Ah ... für meine fünfundsechzig eigentlich sehr gut, wenn ich andere so jammern hör. Gut, die Arbeit in den Weinbergen ist halt manchmal schon beschwerlich. Jetzt hoffe ich auf die Tochter und auf meinen neuen Schwiegersohn, dass die das alles hier übernehmen. Weißt eh, den Weinkeller hat noch der Großvater gebaut und später der Vater übernommen. Beide waren ja schon Winzer in Grinzing, damals mit Weingärten bis rüber nach Salmannsdorf. Bis der Vater gestorben ist, hab ich mit ihm den Wein angebaut. Zehn Jahre vor seinem Tod haben wir den Weingarten am Bisamberg gekauft. Ja, und nach seinem Tod hab ich die ganze Arbeit allein mit der Hanni gemacht. Auch das Stüberl da neben der Presse umgebaut. Kannst dich noch erinnern? Das war früher der Lagerraum."

Rudi: „Eh."

Sepp: „Aber viel zu feucht war's da. Die Weinkartons sind alle hin geworden. Jetzt lagern s' draußen im Zubau. Ja, und dann haben wir das da alles trockengelegt und das Stüberl reingebaut. Mit Klo und Waschgelegenheit für die Kunden. Die bleiben gerne sitzen, trinken, und ich mach halt so eine Heurigenjause. Bleibt auch was über. Ja, und ohne Häusel geht das nicht. Ist Vorschrift."

Rudi: „Du bringst mich auf eine Idee. Ich muss mal!"

Sepp: „Und ich hol uns aus dem Keller noch einen Wein."

Rudi: „Was, ist nichts mehr drin in der Flasche?"

Sepp: „Wir trinken ja aus keiner Magnumflasche. Die Nullsieben sind gleich leer."

2.

Sepp: „Da, Rudi. Trink! Bist schon immer ein guter Haberer gewesen."

Rudi: „Ah. Das war jetzt fein. Die Blase ist leer und das Glas wieder voll. Mein Gott, geht's uns gut."

Sepp: „Ja, soll uns nie schlechter gehen. Ich hab noch dreiundsechzig Flaschen vom Kipferlberg. Da können wir noch lange sitzen. Mit dir trinke ich auch gern, weilst ein wirklich guter Freund bist und was vom Wein verstehst. Nicht so wie die Germanen da von gestern. Wo immer die her waren. Und dieser Hans Georg. Keine Ahnung vom Wein, aber angegeben vor seinen Freunden, als wär er der Sommelier schlechthin. Er kennt sich aus mit dem österreichischen Wein, hat er gsagt. An Lieblichen wollt er haben, der Hans Georg, der Trottel."

Rudi: „Ja, ja, die Piefke!"

Sepp: „Weißt eh, was ich ihm gegeben hab. Den Gemischten Satz vom Vorjahr, der mir nicht gelungen ist. Und wo ich dann alles reingeleert hab, was weg müssen hat."

Rudi: „Hast den nicht in den Doppler abgefüllt? Für den Schneider Franz?"

Sepp: „Ja, der Bsuff sauft einfach alles, was man ihm hinstellt. Dem verkauf ich den Doppler um drei Euro, damit er weiterkommt. Aber stell dir vor, für die Germanen hab ich die Doppler unten im Keller schnell in die Bouteillen umgefüllt und ihn um acht Euro die Flaschen verkauft!"

Rudi: „Und der hat nichts gemerkt?"

Sepp: „Nichts gemerkt? Geschmeckt hat's ihm. Zehn Bouteillen hat er da mit seiner Runde gesoffen und zwölf Sechserkartons haben s' mitgenommen. Und gesungen haben s' dann: Warum ist es am Rhein so schön, und irgendwas von einer Hannelore, Rosamunde oder so. Ich hab dann nimmer zugehört, nur mehr das Geld gezählt."

Rudi: „Na, da hast doch ein Bombengeschäft gemacht. Gratuliere!"

Sepp: „Na ja. Aber die Runde gestern war ja selber schuld … Wenn s' so blöd sind, dann gehören s' bestraft. So wie damals der Mirko. Dem hab ich's auch gegeben. Nie wieder ist der Tschusch aufgetaucht. Oder so … na ja. Jetzt spür ich ihn auch schon, den Wein. Hat doch seine vierzehn Prozent."

Rudi: „Dein Glas ist ja schon wieder leer. Komm, ich schenk dir ein. Oje, jetzt hast ein Stückerl Korken im Glas."

Sepp: „Dann nimm 'n halt wieder raus."

Rudi: „Ja die Korken heißen auch nichts mehr. Aber, wie meinst das: Dem Mirko hab ich's auch gegeben – oder so, na ja? Ist er doch nicht so einfach obpascht?"

Sepp: „Ist mir jetzt einfach nur so rausgerutscht. Hab nichts Bestimmtes gemeint."

Rudi: „Geh, Sepp. Das glaub ich dir nicht. Dir ist noch nie was einfach so rausgerutscht, außer ein Schas."

Sepp: „Na ja …"

Rudi: „Ja, was denn?"

Sepp: „Rudi, ich hab dir nicht die ganze Wahrheit gesagt."

Rudi: „Na, siehst. Ich kenne dich doch schon über vierzig Jahre. Hab doch gleich gemerkt, irgendwas stimmt da nicht an der Geschichte mit deiner Hanni und dem Mirko. Schon damals, als du sie mir zum ersten Mal erzählt hast … Aber mir kannst doch die Wahrheit sagen, ich bin doch dein bester Haberer. Hast ihm Geld angeboten, damit er abhaut?"

Sepp: „Nun ja, wie soll ich's sagen? Also gut. Ich hab den Mirko nicht zur Rede gestellt. Kennst mich doch. Ich bin ja eine feige Sau. Er ist nicht wegen mir gegangen, er hat sich ein junges, fesches Mädel aufgerissen. Und weg war er, auf nach Serbien zu die Hatscheks und Metscheks. Und ich Trottel hab ihm sogar noch Geld gegeben, damit er nur ja schnell abhaut."

Rudi: „Hab ich mir's doch gleich gedacht, dass du ihm was zahlt hast."

Sepp: „Gib dein Glas her, ist ja schon wieder leer. Da, Brot und Schmalz sind auch noch am Tisch, nimm dir einfach."

Rudi: „Danke, wir sollten eh was essen, wenn wir so weitersaufen."

Sepp: „Trinken. Es heißt immer noch trinken, bei so einem guten Tröpferl darfst nicht saufen sagen."

Rudi: „Der Wein befreit die Zunge. Erzähl weiter!"

Sepp: „Ich glaub, dass ihm das Verhältnis mit der Hanni einfach zu mühsam war. Und vielleicht war sie ihm dann doch auch zu alt, was weiß ich. Außerdem war sie ja echt blad … hast sie ja gekannt. Mir hat das nichts gemacht. Schau mich an! Mein Bauch … meine hundertzwanzig

Kilo. Eine Waage hab ich schon zu Schrott getreten. Ich hab mir damals eh immer gedacht: Was interessiert so einen Sportstypen an meiner bladen Hanni? Vielleicht ein Mutterkomplex? Aber gut, in Serbien sind die älteren Frauen alle blad und ausgefressen, hab ich mir sagen lassen. Vielleicht hat ihm das gefallen. Da Rudi. Prost, auf die feige Sau!"

Rudi: „Geh hör auf. Ich weiß nicht, was ich an deiner Stelle gemacht hätte. Und hat die Hanni das gewusst? Dass der Mirko wegen einer anderen gegangen ist und du ihm Geld geben hast?"

Sepp: „Bin ich blöd? Nein, sie hat nur die andere Version gekannt. Ich wollte Stärke zeigen und wer der Herr im Haus ist. Wahrscheinlich hätt sie die Wahrheit auch gar nicht ertragen, dass er mit einer Jüngeren fort ist."

Rudi: „Na, jetzt ist es eh schon egal. Die Hanni lebt ja nicht mehr. – Was ist denn, bist auf einmal so nachdenklich. Soll ich gehen, magst allein sein?"

Sepp: „Nein, nein. Tut gut, wenn du da bist. Heute sauft sich die feige Sau Mut an. Ich bin noch nicht fertig. Ich geh zuerst aufs Klo und hol uns gleich noch zwei weitere Flaschen vom Kipferl-Wein. Bin gleich da."

Rudi: „Na, servas, das wird eine Nacht!"

3.

Sepp: „Also dann. Ich bin dem Tschusch schon noch ordentlich auf die Zehen getreten, hab mich gerächt für die Schmach. Ich hab einfach sein Auto genommen und verkauft!"

Rudi: „Geh, hör auf. Einfach so verkauft? Ja, wo denn?"

Sepp: „Einem Russen am Mexikoplatz. Der weder nach Papieren noch sonst was gefragt hat und gleich die alten Nummern gegen ungarische Kennzeichentafeln ausgetauscht hat. Und glücklich war er, dass er so ein Auto so günstig kriegt. Hunderttausend Schilling waren das damals."

Rudi: „Aber das ist ja Diebstahl. Wegen so einem Idioten machst du dich strafbar? Na, vielleicht ist das heute schon verjährt. Und was hast du mit dem Geld gemacht? Einen Urlaub mit der Hanni?"

Sepp: „Nein, in Opferstock bei der Kirche am Kaasgraben hab ich's reingestopft. Die haben damals gerade die Kirche renoviert und Geld gebraucht. Dem Mirko sein Geld hätt ich nie behalten. Das wäre eine Sünde gewesen."

Rudi: „Na, wenn du meinst. Aber das ist schon ein sonderbarer Moralbegriff."

Sepp: „Es kommt noch besser. Hihihi."

Rudi: „Na mir scheint, jetzt kommst in Fahrt."

Sepp: „Prost! Ich trinke weiter, das tut gut. Also, wie gesagt, es kommt noch besser. Ich war in seiner Wohnung. Einer Hausbesorgerwohnung in Ottakring. Allein hat er gelebt, der Steiger und Hochstapler. Ganz verdreckt war die Wohnung und gestunken hat's, wie in einem Ziegenstall. Kannst dir nicht vorstellen. Ein BMW-Coupé fahren und wohnen wie ... Egal. Nur in einem Kasten war teure Kleidung. Hilfsarbeiter, Pfuscher war er, in einer Maurerpartie. Der Hochstapler, der blöde. Aber seine ganzen Ersparnisse hab ich ihm weggenommen. Fünf Sparbücher, alle auf Überbringer lautend, gesamt über dreihunderttausend Schilling hab ich im Kasten versteckt in einer Lade gefunden. Ruiniert hab ich ihn, aus der Traum vom Haus in Kragujevac. Hätte er die Hanni in Ruhe gelassen, wäre ihm das nicht passiert – Prost! Jetzt brauch ich einen großen Schluck. Und noch einen Burgunder."

Rudi: „Sepp, du wirst mir unheimlich. So viel Geld. Das ist ja ein Riesendiebstahl, mehr als du bei einem Bankraub holen kannst. Wenn sie dich da erwischen, sitzt du Jahre im Häfen. Wo hat der denn so viel Geld hergehabt?"

Sepp: „Das weiß doch ich nicht."

Rudi: „Und wo ist das Geld hin?"

Sepp: „Haha, alle Sparbücher aufgelöst. Und alles wieder in den Opferstock gestopft. Diesmal auf mehrere Kirchen verteilt, damit es nicht so auffällt. Nein, das Geld von dem Falott hätt ich niemals ... niemals angerührt. Aber der war fertig, aus und fertig. Verstehst du?"

Rudi: „Du hast sein Auto verkauft, warst in seiner Wohnung. Hat sich das der Mirko einfach so gefallen lassen?"

Sepp: „Was hätte er denn machen sollen? Das hat der ja nicht gewusst. Das hab ich ja alles heimlich gemacht."

Rudi: „Geh, heimlich. Dem ist doch aufgefallen, dass alles weg ist, der ist doch sicher zur Polizei gegangen."

Sepp: „Nein …"

Rudi: „Was nein? Das gibt es nicht. War der bei der Mafia? Mein Gott, Sepp! Die bringen dich heut noch um, wenn s' das herausfinden."

Sepp: „Nein, habe ich gesagt und damit basta. Da, red ma nicht so viel, sondern trinken noch etwas, ist gescheiter. Prost!"

Rudi: „Du verschweigst mir doch noch etwas, oder? Komm schon, Sepp, ich bin's, dein bester Freund."

Sepp: „Hast schon recht. Er hat sich nicht mehr beschweren können …"

Rudi: „Was, Sepp? Hast ihn vielleicht gar umgebracht? Das kann doch nicht sein, oder? Sag schon was!"

Sepp: „Ich bring doch niemanden um, kann ich gar nicht. Bin doch eine feige Sau. Er ist … wie soll ich sagen? Eine Leiche und alles voll von Blut. Nein, das ist nicht meins. Er ist ganz von selbst gestorben. Verstorben. Und wenn ich nur daran denke …"

Rudi: „Na, wie ist er denn dann gestorben? Einfach vom Sessel wird er ja nicht gefallen sein?"

Sepp: „Okay, ich sag's dir. Aber du musst mir versprechen, es niemandem, wirklich niemandem zu erzählen. Versprochen? Dein Ehrenwort?"

Rudi: „Mein Ehrenwort. Beim Wein und meiner Seele!"

Sepp: „Da … da sind wir gesessen, so wie wir heute da sitzen, und haben Wein getrunken. Miteinander, nur wir zwei. Mit mir reden wollt er. Darüber, dass ich ihm gestatte, meine Hanni zu sich zu nehmen. Der Wappler wollt s' tatsächlich heiraten."

Rudi: „Darauf hast du getrunken? Mit ihm? Bist deppert?"

Sepp: „Des war doch nur Teil meiner Strategie. Er wollte nur den picksiaßen Roten trinken. Weißt eh, den ich dem Oberösterreicher aus Linz verkauft hab, der auch glaubt, so viel vom Wein zu verstehen, und keine Ahnung hat. Stell dir vor, der hat geglaubt, mein Weißburgunder kommt aus Frankreich. Und er trinkt keine Weißweine wegen seinem Magen. Dann wär er halt zu Hause geblieben, hätt weiter sein Bier trunken. Was kommt er da her, nach Grinzing, wo es ja fast nur Weiße gibt. Jetzt braucht er eh nimmer kommen. Ich bin froh, dass ich das Gesöff los bin. Alles hat er mitgenommen."

Rudi: „Du lenkst schon wieder ab. Was war mit dem Mirko?"

Sepp: „Dem hab ich damals ordentlich Wein eingeschenkt. Der hat einen argen Rausch gehabt. In die letzte Flasche hab ich dann Schlaftabletten reingegeben. Irgendwann war die Flasche leer und er ist vom Sessel gefallen. Er war aber nicht tot, wenn du das glaubst!"

Rudi: „Bist du dir da sicher?"

Sepp: „Er hat geschnarcht."

Rudi: „Und, was war dann?"

Sepp: „Des Zeug war ja schon da …"

Rudi: „Was für ein Zeug, Sepp?"

Sepp: „Die Ziegeln, der Zement … Hab doch grad die Baustelle gehabt, wegen dem Klo und so."

Rudi: „Sag nur?"

Sepp: „Eingemauert hab ich ihn."

Rudi: „Was?“

Sepp: „Gell, da schaust.“

Rudi: „Jetzt sag ich nichts mehr. Wo? Wo hast ihn eingemauert?“

Sepp: „Na ja, da hinten im Vierer-Keller. Dort, wo die alte kleine Kellerabzweigung eingestürzt ist. Da hab ich ihn reingezogen und eine Mauer aufgestellt. Ist niemandem aufgefallen.“

Rudi: „Das heißt ... da liegt er heute noch?“

Sepp: „Na, ausgraben werde ich ihn ... Glaubst du, ich bin blöd? Ich störe doch keine Totenruhe.“

Rudi: „Und dann hast das Auto verkauft und das Geld geholt. Aber das war ja Mord ...“

Sepp: „Geh, hör auf. Friedlich und mit einem exzellenten Suff ist er im Schlaf für immer von uns gegangen. Und nix ist geschehen. Keiner hat ihn vermisst ... Na ja, die Hanni vielleicht ... aber nur kurz, weil ich der doch das mit der jungen Freundin erzählt hab. Keiner war jemals da, hat nach ihm gefragt. Seine Wohnung hat die Hausverwaltung aufgelöst. Mirko Perc, verzogen, unbekannten Aufenthalts. Tschau und baba. Und keiner trauert ihm nach, nicht einmal mehr die Hanni, die friedlich von uns gegangen ist.

So, jetzt geht's mir besser. Darauf trinken wir. – Komm schon, der Wein schmeckt jetzt noch besser. Bist wirklich ein guter Freund, Rudi.

Was? Haben wir schon wieder alles ausgetrunken?“

Rudi: „Ja, und jetzt holst einmal etwas ganz Besonderes, Sepp. Den Jahrhundertwein, den Weißburgunder, der als bester Wiener Wein ausgezeichnet wurde … Weißt schon, welchen ich mein … den 2000er-Jahrgang. Und die wenigen restlichen Flaschen, die du noch von dem hast, packst mir ein, für zu Hause, weil ich glaub, ab heut bin ich dein bester Freund. Gell, Sepp?“

Gemischter Satz

Die Wahrheit liegt im Wiener Wein

ILONA MAYER-ZACH

Gemischter Satz: Früher, zu gemischt-landwirtschaftlichen Zeiten, wurden auch die Reben bunt gemischt gesetzt, etwa Grüner Veltliner, Welschriesling, Neuburger und Traminer. Aufgrund der verschiedenen Lesezeit der Trauben war das Ergebnis stets eine Überraschung. Der Gemischte Satz war auch ein beliebter Heurigenwein. Nachdem er schon fast verschwunden war, erlebt er eine Renaissance. Beste Lage in Wien: Nussberg.

Kopfschüttelnd betrachtete er das Foto am Bildschirm. Seit der Aufnahme waren einige Jahre vergangen, doch es gab keinen Zweifel. Zufrieden speicherte er den Artikel ab und druckte ihn aus. Mehr brauchte er nicht.

„Hallo Paula. Was hältst du davon, wenn wir heuer unser Treffen am Wiener Weinwandertag abhalten? Mit einer Verkostung vom *Gemischten Satz?*", tönte es aus dem Handy.

Paula Ender erkannte die Stimme der Anruferin sofort. Ute war früher die Klassenzicke gewesen. Nach der Matura hatte Paula nichts mehr von ihr gehört. Dann, vor einigen Jahren, war Ute aus heiterem Himmel wieder aufgetaucht und organisierte seither alljährlich Treffen mit einigen ehemaligen Schulkollegen. Auch wenn Ute nicht ihre Freundin war, so war Paula froh, dass es jemanden gab, der sich diese Arbeit antat, und sie sagte auch diesmal zu.

Zudem gefiel Paula die Vorstellung, eine Tour durch die idyllischen Weinberge des 19. Bezirks zu machen und bei Winzern und Heurigen den fruchtig-würzigen *Gemischten Wiener Satz* zu verkosten. Die Weinberge waren ein stimmungsvolles Wandergebiet, das an vielen Stellen einen herrlichen Blick über die Stadt und die sich dahinschlängelnde Donau bot.

Der Weinwanderweg führte von Neustift am Walde über den Cobenzl und Grinzing bis nach Nussdorf. Da die Klassenkollegen aber nicht den ganzen Wanderweg bewältigen wollten – schließlich waren sie alle schon über dreißig –, beschloss man, sich am Cobenzl zu treffen. Dorthin konnte man bequem mit dem 38A-Bus oder dem Heurigenexpress fahren.

Als Paula an besagtem Sonntag ankam, wartete Ute schon beim Treffpunkt. Ihre kurzen Haare waren rot gefärbt und sie war ganz in Orange gekleidet, mit einer auffälligen Kette mit viereckigen Steinen um den Hals. Wahrscheinlich stammte alles aus ihrer eigenen Boutique, dachte Paula – in der sie wohl niemals einkaufen würde, weil ihr derart schrille Outfits ein Gräuel waren. Utes schmächtiger Ehegespons Max war dafür umso unscheinbarer, was durch seine dunkle Kleidung noch verstärkt wurde. Seine Augen zuckten nervös im fahlen Gesicht. Das einzig Auffallende an ihm war die rosafarbene Krawatte.

Als Nächste kamen Ferdinand, der Computerfreak, und Valentin, der Zahnarzt. Seit Schultagen ein unzertrennliches Duo, das gegensätzlicher nicht sein konnte: Ferdinand ein Typ zum Davonlaufen, Valentin ein Mädchenschwarm.

Wenig später erschien die dürre Agnes mit ihrem indischen Begleiter Dhanesh.

Besonders freute sich Paula, dass Katharina kam. Sie beide waren während der Schulzeit unzertrennlich gewesen. Dann war die Freundin nach Italien gegangen, um dort zu studieren, und sie hatten sich aus den Augen verloren. Nach dem Studium war die promovierte Kunsthistorikerin nach Wien zurückgekehrt und arbeitete bald erfolgreich als Unternehmensberaterin.

Mit dem nächsten Bus trudelte Ernst ein, wie aus dem Ei gepellt. Er war Anwalt und hatte die Kanzlei seines alten Herrn übernommen. Wie sich herausstellte, war er nicht nur Max' Rechtsberater, sondern auch mit dem Gutsleiter des Weinguts Cobenzl bekannt. „Wenn der Andrang nachlässt, macht er mit uns eine Führung durch den historischen Keller“, verkündete Ernst stolz.

Das Grüppchen bummelte vor zur Höhenstraße, dorthin, wo der Reisenberg lag, um den wunderbaren Ausblick über die Stadt zu genießen.

„Für alle Fans des Gemischten Wiener Satzes“, trompetete Ute laut genug für alle, die es hören wollten oder auch nicht. „Da, direkt vor uns, stehen die Weinstöcke, aus denen der *Wiener Satz,* wie er hier am Weingut Cobenzl genannt wird, entsteht.“ Stolz blickte sie in die Runde. Doch die meisten hörten ihr nicht einmal zu. Max und Katharina standen sogar abseits und unterhielten sich lebhaft.

„Habt ihr eigentlich gewusst, dass Sigmund Freud in dieser Gegend oft seine Sommerfrische verbracht und seine Traumdeutung entwickelt hat?“, sinnierte Agnes vor sich hin und lächelte ihrem Inder zu. Sie hatte sich vor Jahren der Esoterik verschrieben und Dhanesh schien sämtliche ihrer Chakren zum Fließen zu bringen.

„Die beiden leben wohl von Luft und Liebe“, raunte Ferdinand Paula zu. „Die paar Seminare, die sie veranstalten, können nicht genug einbringen. Würde mich interessieren, wo die ihr Geld herbekommen.“

Paula zuckte mit den Schultern. Sie wusste, dass er nur von sich auf andere schloss: Er war vor Jahren mit seinem Computergeschäft pleitegegangen und lebte seitdem wieder bei seiner Mutter.

Ute indes fuhr unbeirrt fort, ihren Vortrag zu halten.

Dabei war Paula überzeugt, dass jeder von ihnen ohnehin wusste, dass der Gemischte Satz *die* traditionelle Wiener Weinspezialität schlechthin war. Bis in die Fünfzigerjahre war es üblich gewesen, verschiedene Weißweinreben bunt gemischt in den Weingärten zu setzen. Erst in den Sechzigern war man dazu übergegangen, reinsortig zu pflanzen, und der Gemischte Satz war von der Bildfläche verschwunden. In den letzten Jahren hatte es einen neuen Boom gegeben, und so wurden, wie hier am Reisenberg, wieder trockene, resche und gschmackige Sorten, wie etwa Traminer, Grüner Veltliner, Weißer Burgunder, Welschriesling, Müller-Thurgau, Ruländer und Neuburger, nebeneinander angebaut, gleichzeitig geerntet und verarbeitet. Die Mischung aus reifen süßen und säuerlichen Trauben ergab einen besonders süffigen, würzig-fruchtigen Wein.

„Also, Theorie ist gut, Praxis ist besser. Ich bin dafür, dass wir jetzt ins Weingut Cobenzl gehen und die Mischung verkosten“, mischte sich Valentin mit blendend weißem Zahnarztlächeln ein und erntete dafür einen verärgerten Blick von Ute.

Die Herbstsonne strahlte vom Himmel und brachte die Blätter und Pflanzen zum Leuchten. Sie ergatterten einen Tisch unter einem Lindenbaum und von Weiterwandern war keine Rede mehr. Hier am Cobenzl hatten sie alles, was das Herz begehrte: ein gemütliches Ambiente, einen mehrfach prämierten *Wiener Satz* und allerlei Schmankerln. Es gab viel zu erzählen und die ersten Gläser waren rasch geleert.

Irgendwann erhob sich Max, weil er einen Spaziergang machen wollte. Das war der Auftakt, bald herrschte ein reges Kommen und Gehen am Tisch. Ute und Valentin beschlossen, sich die Tiere im nahe gelegenen Landgut Cobenzl anzusehen. Als die beiden nach einer Weile wieder zurückkamen, sahen sie erhitzt aus. Auch die anderen trudelten alle wieder ein, nur Max war noch auf seinem

Spaziergang, was Ute jedoch nicht besonders zu stören schien.

Obwohl die Veranstaltung mittlerweile offiziell längst beendet war, blieben einige Gäste im gemütlichen Hof des Weinguts Cobenzl sitzen. Endlich hatte auch der Gutsleiter Zeit, um sich zu der feuchtfröhlichen Runde zu gesellen. Sie versuchten, seinen interessanten Erzählungen über den Wiener Wein und das Weingut so gut es noch ging zu folgen. Schließlich lud er sie alle auf eine kurze Besichtigung des historischen Kellers ein und erzählte ihnen auf dem Weg dorthin, dass dieser bereits zweihundertfünfzig Jahre alt war.

Vor der Kellertür blieb er stehen. „Eigenartig", hörte Paula ihn murmeln. Irgendetwas schien mit dem Schloss nicht zu stimmen.

Sie stiegen die steinerne Treppe in den Keller hinab. Aus einem dunklen Abteil hörten sie Wasser gluckern. Obwohl die Räume nur schwach beleuchtet waren, sah Paula die auffallende orangefarbene Kette, die Ute bei der Begrüßung um den Hals getragen hatte, aus einer Ecke hervorblitzen. Doch bevor sie sich darüber Gedanken machen konnte, stieß Agnes einen spitzen Schrei aus. Und dann sah ihn auch Paula: Hinter dem Vinothekregal lag ein Mann. Leblos. Seine rosa Krawatte stach ihr sofort ins Auge: Es war Max. Und wie sich bei näherem Hinsehen herausstellte, war er keines natürlichen Todes gestorben. Ute begann laut zu schluchzen. Der Gutsleiter bat alle, nach oben zu gehen, damit er die Polizei verständigen konnte.

Wenig später trafen der Notarzt und die Kriminalbeamten ein. Ute stand mit kreidebleichem Gesicht abseits und weinte. Valentin, mit nun gar nicht mehr breitem Lächeln, reichte ihr ein Taschentuch nach dem anderen.

„Was für ein Auftritt", zischte Katharina Paula zu, als sie oben in der Halle warteten. „Dabei wusste ohnehin jeder, wie es um die beiden stand. Max war doch nur noch mit ihr zusammen, weil er einen Großteil seines Geldes in ihre Boutiquenkette und in die Villa gesteckt hat."

Paula hatte keine Ahnung gehabt.

„Vielleicht hat ihn einer seiner Kreditnehmer um die Ecke gebracht", flüsterte Agnes. Als sie die Fragezeichen in Paulas Augen sah, fuhr sie fort: „Max war ein Kredithai. Er hat Geld an Leute vergeben, die von der Bank keines bekommen haben. Zu horrenden Zinsen versteht sich." Plötzlich hielt Agnes inne und blickte unsicher zu Dhanesh. Hatten die beiden auch Schulden bei Max gehabt oder woher wusste Agnes so gut Bescheid?

Auch Valentin war bei Max beträchtlich in der Kreide gestanden. Das erfuhr Paula wenig später von Ferdinand. Er erzählte mit einem Seitenblick auf Valentin, dass dieser sich Geld für eine neue Praxiseinrichtung geliehen und sich dann geweigert habe, es zurückzuzahlen.

„Max war mir nicht sympathisch", stellte Ferdinand klar, „er war geldgierig und verschlagen. Aber dass Valentin ihm die Dreihunderttausend nicht zurückgezahlt hat, noch dazu, wo er ihn mit Ute nach Strich und Faden betrogen hat, finde ich nicht okay." Paula überlegte, ob der Neid aus ihm sprach. Anders konnte sie es sich nicht erklären, warum Ferdinand seinen besten Freund derart belastete. Oder wollte er von sich ablenken? Paula fiel ein, dass ihr Ferdinand bei einem früheren Treffen erzählt hatte, dass ihm die Bank seinen Kredit aufgekündigt hatte. Vielleicht war auch er ein Schuldner von Max?

„Max wird nichts verlieren“, unterbrach Ernst, ganz Anwalt, ihre Gedanken. „Ähm, ich meine natürlich, er hätte nichts verloren, wenn er nicht ...“ Er stockte.

Unter dem Siegel der Verschwiegenheit erzählte er ihnen dann, dass Max vor einigen Wochen zu ihm gekommen sei und ihn einen bitterbösen Anwaltsbrief habe schreiben lassen, in dem er Valentin mit einem Gerichtsverfahren gedroht habe, falls dieser ihm nicht bis Anfang Oktober die ausständige Summe samt Zinsen zurückzahle. Paula rechnete nach. Es wären nur noch wenige Tage bis dahin gewesen. Max' Tod musste Valentin sehr gelegen kommen.

„Und was war mit der Scheidung?“, platzte Katharina heraus. Irritiert sah Ernst sie an. „Was weißt *du* denn darüber?“, fragte er konsterniert.

„Ich bitte dich, es war doch kein Geheimnis, dass die beiden nur noch auf dem Papier verheiratet waren.“ Katharina schüttelte den Kopf. „Das hat mir Ute vor Kurzem selbst erzählt.“

Paula war irritiert. Bisher hatte sie gedacht, dass keiner von ihnen – abgesehen von den Klassentreffen – Kontakt mit Ute gehabt hatte. Nun stellte sich heraus, dass alle außer ihr bestens über die beiden Bescheid wussten, sich anscheinend ständig getroffen hatten. Nur Paula war nicht eingeladen gewesen.

„Nun, wenn ihr es ohnehin schon wisst“, gab Ernst schließlich zu, „es stimmt, Max wollte sich scheiden lassen. Er hatte nun ausreichend Beweise für ihre Untreue.“

Was das für Ute bedeutet hätte, konnte sich jeder zusammenreimen.

Und dann fiel Paula plötzlich Utes und Valentins Abwesenheit am Nachmittag ein. Was, wenn die beiden …? Sie mochte es sich nicht ausmalen. Doch die Kriminalstatistik bestätigte, dass die meisten Tötungsdelikte innerhalb der Familie oder des Bekanntenkreises verübt wurden. Und da war noch die Kette im Keller.

„Ute hat mir aber auch erzählt, dass Max dich nicht mehr beauftragen wollte, weil er mit deiner juristischen Leistung nicht zufrieden war“, stichelte Katharina weiter.

„Böses Gerede, nichts weiter“, stritt Ernst ab. „Aber was war denn mit dir? Heute Nachmittag sah mir dein Gespräch mit Max auch nicht gerade harmonisch aus.“

Katharina verdrehte die Augen. „Ein anzügliches Angebot hat er mir gemacht. Gott hab ihn selig.“

Der Gutsleiter kam angehetzt und erzählte ihnen, dass der Notarzt festgestellt hatte, Max sei durch einen Schlag auf den Hinterkopf getötet worden. Näheres würde die Obduktion ergeben.

Kurze Zeit herrschte Stille am Tisch. Wahrscheinlich dachten sie in diesem Moment alle das Gleiche: So schnell konnte es gehen. Das Leben war lebensgefährlich.

„Wieso liegt deine Kette unten im Keller?“ Paula konnte sich die Frage nicht länger verkneifen.

Erschrocken starrte Ute sie an und griff sich an den Hals. Anscheinend registrierte sie erst jetzt, dass sie fort war.

„Ich und Valentin ...“ Sie brach ab.

„Ihr habt ein Schäferstündchen abgehalten. Dabei hat euch Max erwischt und gedroht. Also habt ihr ihn erschlagen“, mutmaßte Paula.

„Du bist ja verrückt. Immer musst du deine Nase in die Angelegenheiten anderer Leute stecken. Das war schon früher so. Selbst, wenn es zu deinem Nachteil war.“

Paula musste sich eingestehen, dass sie nicht mehr locker ließ, wenn sie erst einmal einen Verdacht hegte. Und so fragte sie auch: „Wie war es dann?“

„Der Keller war offen und wir haben dort halt miteinander ... Und danach sind wir wieder zu euch gegangen. Ich habe mich noch gewundert, dass Max weg war und auch später nicht mehr zu uns an den Tisch gekommen ist.“

Paula versuchte sich zu erinnern, wer noch außer Ute und Valentin am Nachmittag die Gruppe für längere Zeit verlassen hatte, nachdem Max losgezogen war. Ferdinand hatte vorgegeben, mit dem Kellermeister sprechen zu wollen. Agnes und ihr Guru waren angeblich zum Elfenhain gegangen, einem kleinen Wäldchen am höchsten Punkt des nahe gelegenen *Himmels,* von dem sie behaupteten, dass er besonders viel Energie ausstrahle. Ob Katharina und Ernst die ganze Zeit am Tisch geblieben waren, wusste Paula nicht, weil sie selbst eine Weile unterwegs gewesen war. Tatsache war, dass Max nicht mehr lebend gesehen worden war.

Wenn Paula es recht überlegte, wäre es jedem von ihnen

möglich gewesen, Max im Weinkeller zu töten. Und jeder hätte ein mehr oder minder starkes Mordmotiv gehabt.

Zwei Polizisten erschienen in der Halle. Paula steuerte auf die Beamten zu. Sie stellte sich vor, erklärte den Männern die Hintergründe des Treffens und listete die Namen der Teilnehmer auf.

Einer der Beamten zog schließlich ein Blatt Papier aus der Brieftasche des Toten und hielt es Paula hin. Sie warf einen Blick darauf und traute ihren Augen nicht. Es war ein Artikel aus einer italienischen Zeitung aus dem Jahr 1998. Das Foto sprach mehr als tausend Worte.

„Kennen Sie die abgebildete Person?"

Paula zuckte nur mit den Schultern. Sie hatte immer geglaubt, sie zu kennen, doch jetzt war sie sich nicht mehr so sicher. Als der Beamte sich umdrehte, um einem Kollegen eine Auskunft zu geben, beeilte sich Paula, zurück zu den anderen zu kommen. Da standen sie alle und blickten sie unsicher an.

Nur Katharina stand etwas abseits. Ihre glasigen Augen verrieten, dass sie schon sehr beschwipst war. Selig nippte sie an einem Glas *Wiener Satz Senator*. „Ich werde von diesem Bukett nie genug bekommen", schwärmte sie, als Paula zu ihr trat. „Dieses saftige Fruchtspektrum, ein bisserl exotisch, ein bisserl nussig ..."

„Hat Max dich erpresst?", unterbrach Paula die Weingenießerin.

„Bist du völlig paranoid?", fuhr Katharina sie an.

Doch Paula ließ sich nicht einschüchtern. „Ich habe einen Artikel gesehen, den Max in seiner Brieftasche hatte.

Einen mit einem Foto von dir. Zwar mit langen Haaren, aber unverkennbar. Nach einer Gerichtsverhandlung, von zwei Beamten eskortiert. Im Fototext stehen dein Vorname und der erste Buchstabe des Nachnamens. Es wird nicht lange dauern, bis die Polizei …"

Katharina zuckte zusammen. „Verdammt, daran habe ich nicht gedacht, dass er den Artikel bei sich …" Sie hielt sich die Hand vor den Mund. Im Wein liegt Wahrheit, dachte Paula.

Eine Weile sah Katharina schweigend zur Dachluke hinaus. Offensichtlich um Fassung bemüht.

„Er hätte mein Leben zerstört. Ein zweites Mal hätte ich so etwas nicht durchgestanden", flüsterte sie schließlich. „Ich habe bereits alle meine Sünden im Gefängnis abgebüßt. Niemand hat jemals etwas davon erfahren. Meine Familie hat geglaubt, dass ich in Florenz studiere. Sie hatte keine Ahnung, dass ich stattdessen ihr Geld verwendet habe, um die Aktivistengruppe meines Freundes zu unterstützen. Eine Zeit lang ging das gut, bis sie uns bei einer Aktion verhaftet haben. Doch es ist mir gelungen, das alles zu verheimlichen."

„Und dann bist du zurückgekommen und hast gesagt, dass du dein Studium beendet hättest, und seitdem bist du als Frau Doktor unterwegs?" Paula sah sie ungläubig an. Sie hatte schon viel erlebt, aber das schlug dem Fass den Boden aus.

Katharina nickte. Ein Lächeln huschte über ihre Lippen. Ihren Humor hatte sie jedenfalls nicht verloren. „In all den Jahren hat nie jemand an meinem Titel gezweifelt. Ich habe mich als Beraterin selbstständig gemacht und alles lief bestens."

„Und dann entdeckte Max deinen Schwindel."

„Leider. Irgendwann ist er im Internet auf das Foto von mir gestoßen. Er hat dann herausbekommen, dass ich nie einen Abschluss gemacht habe."

Die beiden Polizeibeamten hatten Paula entdeckt. Katharina strich gedankenverloren mit der Fingerkuppe über den Rand des Glases, sodass ein durchdringender Ton erklang. Sie bemerkte nicht, dass die Polizisten schon sehr nahe gekommen waren und jedes ihrer Worte mit anhören konnten.

„Du musst mir glauben: Ich wollte Max nicht töten. Er drohte, alles auffliegen zu lassen, wenn ich nicht zahle. Ich habe ihn angefleht, vernünftig zu werden, aber er hat einfach nicht nachgegeben. Da bin ich wütend geworden und habe ihm eine verpasst. Schmächtig, wie er war, der Max, ist er sofort umgefallen, auf die Kante einer Steinstufe. Und er war auf der Stelle tot. Ich hab die Panik gekriegt, hab ihn in den hinteren Raum gezogen, hinter dem Vinothekregal versteckt. Wie ich dann abhauen wollte, habe ich einen Mann und eine Frau gehört ... Das waren Ute und Valentin. Aber sie haben mich nicht entdeckt."

Wie grotesk, dachte Paula, da lag die Leiche ihres Mannes im Keller, seine Mörderin stand im Nebenraum und Ute lebte die erotisierende Wirkung des Weins mit Valentin aus.

„Frau Doktor Katharina Kern?", las der Polizeibeamte ihren Namen von der Liste.

Katharina nickte.

„Wenn Sie bitte mit uns kommen, wir haben einige Fragen an Sie.“

Katharina nahm einen letzten Schluck aus ihrem Glas. Dann folgte sie den beiden Männern, ohne sich nochmals umzusehen.

Fluchtachterl

Die Chance

SABINA NABER

Fluchtachterl: österreichische Lösung des Problems beim Heurigen, wenn man eigentlich gehen sollte, und man im Grunde aber noch bleiben möchte, oder noch nicht genau weiß, ob man gehen will – das Wort „Flucht" kommt somit der Intension des Vorantreibers entgegen (Wirt, der schließen möchte, oder Begleitung, die nach Hause will). Für den Besteller des Fluchtachterls impliziert der Begriff jedoch die Möglichkeit des längeren Verweilens, weil dieses angeblich letzte Achtel nicht ein solches sein muss …

Xandl lugte über das Achtelglas hinweg in ihre Augen, in diese kobaltblauen Almseen, gerahmt von schwarzen langen Wimpern. Sie schaute zurück. Die gut vier Meter zwischen ihnen schrumpften auf eine Nasenlänge, die drei Heurigentische samt Gästen verwandelten sich in Miniaturen. Sein Herz klopfte gegen die Ohren.

Sie schaute zurück.

Das Leben hatte einen eigenartigen Humor. Da saß sie, seine Traumfrau. Seine Helena, die hoffentlich seine Baucis wurde und niemals seine Eurydike. Nachdem er schon jede Hoffnung aufgegeben hatte, jemals sein Pendant zu finden. Nachdem ihm alles egal geworden war. Da saß sie, seine Chance. Einfach so. Aus heiterem Himmel. Und sie bemerkte ihn. Verwandelte ihn in null Komma nichts von Xandl, dem Nihilisten, zurück in Alexander, den Idealisten. Ausgerechnet heute Abend.

Der Mann mit den kurz geschorenen, schwarzen Kraushaaren betrachtet die Uhr am Turm der Stiftskirche, deren goldene Zeiger im Vormittagslicht glitzern, jene vom Juwelier darunter, schließlich auch noch die an seinem Handgelenk. Alle drei Zifferblätter zeigen zehn vor zehn an. „Wo bleibt der Sack?"

Der Mann neben ihm blickt weiterhin ruhig die Mariahilfer Straße hinunter, wickelt seinen weißen, ausgedünnten Pferdeschwanz um den Zeigefinger. „Der hat a Bim versäumt."

Der Gekrauste zieht Schleim auf, spuckt ihn aus. „Der is hängnbliebn. Hat si versoffen."

Der Pferdeschwanz dreht sich langsam zu ihm, schaut dann wieder die Einkaufsstraße hinunter. „Hat er net. Sonst bring i eahm um."

„Des nutzt dann a nix mehr. Die Tschanz is vorbei."

Der Pferdeschwanz steckt nun seine Hände in die Jeanstaschen. „Der kann si gar net versoffen haben. Der Charlie sperrt um elfe."

Der Gekrauste schaut den anderen nur an, worauf der sich umdreht. „Na, na, der is net weiterzogn. So deppert is net amal er, der Herr Professor."

Er musste die zwei Trotteln loswerden. Er musste aufstehen, zu ihr gehen, sich bis dahin den genialsten Spruch, den je ein Mann zu einer Frau gesagt hatte, überlegen, er musste sie in ein Gespräch verwickeln, ihr klarmachen, dass er im Grunde nicht so abgehalftert war, wie er jetzt – mit seiner abgetragenen Leinenhose und den fettigen Haaren – sicherlich auf sie wirkte, er musste sie zum Lachen bringen, ihr vermitteln, dass sie die Eine war und sonst keine, ihr gestehen, dass sie seine Lebensretterin, seine Geliebte, seine Frau, seine Freundin und die Mutter seiner Kinder war.

Er musste aus dem Deal mit den zwei Trotteln heraus.

Alexander senkte seinen Blick in das Gold des Gemischten Satzes unter seiner Nase. Roch ihn und tat einen großen Schluck. Er war ein geniales Tröpferl. Mit der Kantigkeit eines reschen Veltliners und dem Fruchtspiel eines Rieslings. Langer Abgang. Pure Fröhlichkeit. Zum Glück hatten die Wiener Winzer die Tradition des Gemischten Satzes wiederbelebt. Jenen vom Nussberg mochte er am liebsten, egal, ob vom Zahel oder vom Wieninger oder sonst einem Winzer. Und da konnte ihn Charlie hundert Mal auslachen, weil er meinte, er als Heurigenwirt hätte die Weinweisheit mit dem Löffel gefressen und Rieden würde man aus so einem zusammengestoppelten Gesöff nicht herausschmecken. Einfach die Trauben wild durcheinander setzen und dann miteinander vermanscht keltern – das sei armselig gegenüber der Kunst einer Cuvée. Nicht umsonst sei der Gemischte Satz ja ursprünglich nur der Armeleutewein beim Heurigen gewesen, nichts Reinrassiges halt, und jetzt eine lächerliche Modeerscheinung.

Was im Kern stimmte, aber nichts an der Tatsache änderte, dass die Jahrgänge der Reihe nach Preise gewannen und ein Weingarten am Nussberg viel Geld einbrachte. Man für den Kauf solch eines Grundstücks aber auch viel Geld benötigte.

Das er sich mit diesen zwei Trotteln ihm gegenüber zu besorgen gedacht hatte.

Der Gekrauste nimmt seinen schwarzen Kunststoffrucksack von der linken Schulter und hängt ihn über die rechte. „Und was mach ma, wenn er net auftaucht?"

Der Pferdeschwanz zuzelt an seinen Zähnen. „Des traut er si net."

„Eh net."

Pause. Die Passanten drängen sich an den beiden vorbei.

Der Gekrauste rülpst. „Und wenn do?"

„Na, na, des tut er net. Er weiß, dass i weiß, wo er wohnt."

Pause. Ein Passant stößt den Pferdeschwanz an. Der droht ihm mimisch eine Watsche an.

„Ja, aber was tun ma dann? Jetzt hamma so lang ..."

„Halt di Goschn."

Der Gekrauste presst die Lippen zusammen und nestelt an einem Faden am Schulterriemen seines Rucksacks. Er schaut auf die Armbanduhr. „Sieben vor zehne."

Der Pferdeschwanz wirbelt herum. „Halt di Goschn, hab i gsagt."

Alexander fokussierte den Blick auf Schorschi. Er war zwar strunzdumm, jedoch das Alphatier der beiden Prolo-Hirnederln – politisch korrekt natürlich: der beiden Männer aus sozial benachteiligtem Umfeld mit beschränkter geistiger Aufnahmefähigkeit. Ihn musste er überzeugen, dass die Idee, morgen die Filiale der Bawag auf der Mariahilfer Straße zu überfallen, eine ganz, ganz schlechte war. Eine unrealistische Träumerei von versoffenen Verlierern, wie sie zuhauf in Heurigen oder Spelunken gesponnen wurde. Egal, wie gut der Plan ausgetüftelt war.

Schorschi – einst ein Automechaniker, der sich als Reinkarnation von Jimi Hendrix sah, auch wenn ihn sein mittlerweile weißer Pferdeschwanz mehr in die Richtung der Hardrocker rückte, der das Rock-'n'-Roll-Gefühl mehr durch Drogen aller Art als durch die Musik praktizierte.

Und Schorschis Dackel Heli – engelsgleich mit seinen Pausbacken und dem schwarzen Kraushaar, teuflisch in seiner Vorliebe für Feuer. Die fünf Betriebe, die ihn zum Meister der Tischlerei ausgebildet hatten, waren Asche. Helis Vorstrafenregister wuchs seitdem, denn die Notstandshilfe allein reichte nicht zum Überleben. Er, der Gewohnheitsdieb, war sozusagen der Profi der Runde, doch für den wirklich großen Coup benötigte er Schorschi, den Denker.

Oder ihn, den Professor, wie die beiden ihn von Anfang an genannt hatten.

Dabei war er lediglich Lektor an der Uni – und das vielleicht auch nicht mehr lang, wenn er weiter so dem Alkohol zusprach –, doch das machte für die beiden Pflichtschulabsolventen keinen Unterschied. Sie wussten nicht, dass Archäologie mittlerweile als Orchideenfach galt und der Betreiber desselben als nutzloser Spinner, der auf der Suche nach römischen Badezimmerfliesen den Neubau eines Versicherungshochhauses behinderte. Die Gesellschaft verlangte von Akademikern wirtschaftlichen Nutzen, Reibach, nicht die Erkenntnis, dass sich auf den Aspang-Gründen einst das Hafenbecken des Wiener Neustädter Kanals befunden hatte. Niemand konnte damit etwas anfangen, niemanden interessierte es – es brachte kein Geld.

Und als Frau solch eines wirklichkeitsfremden Spinners mit minderem Gehalt fiel man um Träume wie eine Dachterrassenwohnung in der Innenstadt oder eine Villa in Döbling um. Das hatte ihm seine Ex deutlich zu verstehen gegeben. Es waren auch drei exklusive Traumurlaube pro Jahr in Übersee unrealistisch, wie ihm eine der Geliebten danach vorgeworfen hatte. Man war einfach uninteressant, egal, wie viel man über antike Häfen, wirtschaftliche und politische Wellenbewegungen im Geschichtslauf, die Entstehung der industriellen Revolution und des Wirtschaftsliberalismus oder auch über den Weinbau wusste. Beginnend im keltischen Vedunia. Endend bei ihm. So hatte er sich das vorgestellt. Ein Œnologue exceptionnel mit erstklassigem Weinberg zu werden und die Frauen zu vergessen, die nichts mit ihm anzufangen wussten.

Würde sie seine Seele schauen? Sein Blick huschte zu seiner Helena. Sie lächelte ihn an.

Der Pferdeschwanz nimmt die schwarze Sporttasche aus Kunststoff an seine Brust und öffnet den Zipp an der

Schmalseite. Mit Zeigefinger und Daumen spreizt er den Deckel, zupft in der Tasche an etwas Wollenem. Er lässt die Hand in der Tasche ruhen und schaut ins Nirgendwo.

Der Gekrauste seufzt. „Und i hätt ma sogar scho a Haus gsehn. So a Schas, echt. Drunt in Griechenland. Waßt du eigentlich, dass die durt jedes Jahr waß i wie viel Feuer habn? Die hätt i gern amal gsehn. Muss arg sein. So a Schas, echt."

„Die Schanze is net vorbei."

Der Gekrauste schaut dem Pferdeschwanz direkt ins Gesicht. „Du hast selber gsagt, dass der Filialleiter net alle Tag zum Pappnschmied geht. Und dass net dann grad Geld gliefert wird. Und dass a net ..."

Der Pferdeschwanz packt ihn fest um die Schultern. „Wir ziehn des allan durch."

„Bist deppert?"

„Wir gehen beide mit der Puffn eine, dann legn si alle am Boden, dann nehma a Geisl, di verschnürt dann di anderen ..."

„Ja, aber des mit dem Fesseln ..."

„I sag dir, des geht a zu zweit. Und dann gibst ma die Puffn und holst dir des Geld mit der blonden Tussi, wie ma's ausgmacht haben. Und i ..."

„Aber der Professor hat do gsagt, dass des zu lang dauert. Dass zwei die andern in Schach haltn müssn und der Dritte derweil a scho des Geld holt. Nix mit Fesseln. Weil die Kieberer von der Stiftgassn da glei unten san. Bei der Bank."

„Aber mir is was eingfalln." Der Pferdeschwanz grinst und drückt den Gekrausten noch fester an sich.

Alexander lächelte seine Helena an und stellte das Weinglas auf dem Tisch ab. Es musste sein, er musste den beiden Trotteln absagen. Schorschi würde auszucken – er besaß mittlerweile eine sehr niedrige Frustrationsgrenze, wie jeder Drogensüchtige. Und das Schlimme war, dass er ihm drohen konnte, denn Schorschi hatte seinen Saufkumpan Xandl – nur in diesen Kreisen musste er diesen Spitznamen erdulden – einmal nach Hause gebracht, weil er nach der ausgedehnten Verkostung des Staubigen vom Veltliner komatös gewesen war. Seitdem wusste Schorschi, wo Dr. Alexander Schmidleitner wohnte. Er würde wahrscheinlich das Nächstliegende wählen und Heli um einen kleinen Brandanschlag bitten. In der nächsten Wohnung würde er ihn wieder aufsuchen, weil er Absagen nicht einstecken konnte ... und nicht vorausschauend dachte. Die Chance, die Bawag relativ gefahrlos zu überfallen, war mit dem morgigen Tag vorbei. Also war jede Drohung oder Erpressung hinfällig ... allerdings nicht Rache. Schorschi würde sich wegen der vertanen Möglichkeit an ihm abreagieren. Er würde all seine Energie dafür aufwenden, ihm das Leben zur Hölle zu machen, anstatt sich neue Partner und ein neues Ziel zu suchen. Es war aussichtslos. Aber er musste es zumindest versuchen.

Alexander verschränkte die Arme, schaute abwechselnd Schorschi und Heli an. Letzterer wetzte daraufhin sofort auf seinem Sessel herum. Das brachte nun auch Schorschi zum Stirnrunzeln.

Er musterte seinerseits jeden Zentimeter von Alexanders Gesicht und zog schließlich Rotz auf. „Net amal denken. Du steigst jetzt net aus. I brich da jeden Knochn einzeln." Das war noch schlimmer als eine ausgebrannte Wohnung.

Alexanders Blick schweifte wieder zu Helena. Edel geschnittener dunkelblauer Anzug, Perlenkette, gut sitzender, dunkelbrauner Pagenkopf, eine Handtasche aus teurem, glattem Leder ... Würde diese Frau sich mit dem mittelmäßigen Gehalt eines Lektors zufriedengeben? Gut, dann war sie seiner nicht wert, das hatte er sich nach der jüngsten Geliebten, die ihn verlassen hatte, geschworen ... Doch sie verdiente es, dass er ihr mehr bot.

Einen Weinberg mit sehr, sehr gutem Ertrag.

Alexander hob seinen Gemischten Satz und stieß gegen den Veltliner von Heli und den Zweigelt von Schorschi. „Keine Sorge. Was es hat, das hat's. Ich mach doch nicht den Plan und lass euch dann allein absahnen." Er lachte.

Die beiden Trotteln lachten nach kurzem Zögern mit.

Der Pferdeschwanz drückt am Handy herum und grinst den Gekrausten an. „Ohne Nummer." Er scrollt am Display und nickt. Zuckt zwei Mal mit den Augenbrauen. „Direkt in der Stiftgassn." Er wählt. „Ja, Polizei? ... Da ist wer, in der Nachbarwohnung. Ich hör's ganz deutlich. Kommen S' schnell ... Na, da in der ..." Er zuckt mit den Schultern und schaut den Gekrausten an.

„Stuckgassn."

„Stuckgassn. ... Hausnummer?" Er rollt die Augen. „Siebzig. Ja, siebzig. Beeilen Sie sich."

Er legt auf. Und mustert den Gekrausten. „Stuckgassn?"

„Ja, die ist da irgendwo um die Eckn. Da hat amal a Alte von mir gwohnt. Aber i glaub, da gibt's ka Nummer siebzig."

Der Pferdeschwanz verzieht das Gesicht. „Wurscht. Kumm."

Alexander stieß immer wieder mit den beiden Trotteln auf das neue, tolle Leben an, das nun mit dem vielen Geld beginnen würde. Es dauerte, bis sie betrunken waren. Doch er wollte nicht vor ihren Augen mit seiner Helena anbandeln. Der Wettlauf mit der Zeit brachte ihn zum Schwitzen. Zwei Mal hob Helena die Hand, zwei Mal dachte er, er müsste sterben, weil sie nun zahlen würde und seine letzte Chance auf die große Liebe vorbei wäre. Doch sie und ihre Freundin waren offensichtlich im Trinken ebenso geeicht wie seine Raubesbrüder. Sie bestellten beide Male neue Karaffen.

Schließlich aber wankten Schorschi und Heli nach einem allerletzten, von Alexander spendierten Achtel aus dem Lokal. Er wankte mit, entschuldigte sich im Innenhof mit der Bemerkung, er müsse sich vor dem Heimweg erleichtern, was ihm hämische Bemerkungen von wegen Sitzpinkler einbrachte. Ein ordentlicher Mann würde an die nächste Hausecke urinieren. Hoffentlich sei er am nächsten Tag nicht auch so ein Lulu. Haha.

Er enterte erneut den Heurigen und erkundigte sich bei Charlie nach den Vorlieben der Damen, trat dann mit der teuersten Bouteille Gemischten Satzes an ihren Tisch.

Seine Helena lächelte ihn an. „Ich hab schon geglaubt, Sie werden Ihre ... Begleiter überhaupt nicht mehr los."

So einfach war das also. Er schäkerte mit den beiden Frauen, bis sie allein im Lokal waren. Charlie schaltete demonstrativ den Fernseher ein, brachte neue Flaschen immer langsamer. Sie ignorierten es. Mit jedem Lachen, mit jeder zufälligen Berührung beim Einschenken verliebte er sich unbändiger in seine Helena, die Rosemarie hieß. Doch mehr verriet sie ihm nicht. Es ging auf elf Uhr zu, auf die Sperrstunde.

„Ja, dann ..." Alexander drehte sein leeres Glas, sah zur Freundin, erst dann zu Rosemarie, „... was machen wir?"

Rosemarie hielt die Bouteille über ihr Glas, nichts kam heraus. „Ja, da müssen wir wohl heimgehen. Der Charlie wird uns nichts mehr geben, oder?"

Die Freundin setzte sich aufrecht hin, lächelte. „Oder wir gehen noch wohin."

Rosemarie verzog das Gesicht. „Nein ..."

„Aber geh, Rosi, ein bissel geht schon noch. Ist eh noch nicht so spät." Die Freundin klopfte mit dem Zeigefingernagel ans Glas.

Rosemarie zuckte mit den Schultern.

Sie schwiegen, betrachteten ihre Gläser. Alexander seufzte. „Ja." Durfte er vorpreschen, auf den Vorschlag des Lokalwechsels eingehen? Rosemarie schien nicht begeistert. Besser wäre es wahrscheinlich, sie um ihre Nummer zu fragen. Aber wenn sie schon beim Gedanken ans Weiterziehen so ungnädig reagierte … hatte es vielleicht mit ihm … oder wirklich nur damit, dass sie müde … oder wollte sie eventuell sogar mit ihm allein … aber der Freundin nicht … Sie stürmte allerdings auch nicht zur Tür hinaus … Eine Möglichkeit gab es noch, eine Galgenfrist, in der sich alles in die richtige Richtung entwickeln konnte.

Alexander wandte sich an Charlie und schenkte ihm den intensivsten Blick, zu dem er noch in der Lage war. „Geh, mein Freund, hast noch ein Fluchtachterl für uns? Eins? Dann sind wir sicher gleich weg."

Charlie musterte ihn, die Frauen, dann stieß er mit der Zunge gegen die Innenwand der Wange und grinste. Alexander grinste zurück. Ja, es ging um sexuellen Kontakt, wenn das Charlie überzeugte …

Er kam mit einer neuen Bouteille an ihren Tisch. „Rennt eh grad ein Actioner, den schau i mir an. Aber dann is Schluss."

Sie nickten brav und schenkten ein – das Fluchtachterl, das mindestens zwei sein würde. Die Auszeit, die die Entscheidung, wie der Abend enden sollte, hinauszögerte. Die zu nichts verpflichtete und zugleich Chancen auftat. Die letzten paar Schlucke, die noch einmal alles neu mischten und dem Unvorhergesehenen Tür und Tor öffneten. Vielleicht.

Sie stießen an, sie tranken, sie plauderten, die Freundin erzählte Witze, sie lachten, sie berührten einander, sie tranken ein Glas Gemischten Satzes nach dem anderen. Er erfuhr, dass sie eine erfolgreiche Geschäftsbesitzerin war, mit einer Affinität für Gelehrte. Sie flüsterte ihm „Mein süßer kleiner Professor" ins Ohr, bemerkte „Ah" und „Oh" zu seinen historischen Exkursen. Er erzählte von seinem Weinberg. Sie versprach, sein Tröpferl zu verkaufen.

Alexander spürte, wie ihn eine Leichtigkeit packte, die an Wurschtigkeit grenzte. Es gab nur das Hier und Jetzt, keine Bank, keine zwei Trotteln, überhaupt kein Morgen, keinen Alltag in seiner Kleinheit, nur die kobaltblauen Waldseen. Die Freundin verschwand aufs Klo.

Alexander küsste seine Helena. Rosemarie küsste zurück.

Der Rest der Welt verlor seine Konturen. Schemenhaft bekam er mit, wie sie alle drei das Lokal verließen, wie sie irgendwann nach langem Fußmarsch die Mariahilfer Straße hinunter an der Bawag vorbeikamen und er einen Kicheranfall bekam, weil seine Helena um die Ecke derselben wohnte, wie die Freundin immer wieder einen noch blöderen Witz erzählte und nicht merkte, dass sie unerwünscht war, doch irgendwann war da nur mehr Rosemarie. Sie war so schön, die Haut leicht getönt und samtig wie die eines Babys. Er streichelte sie Zentimeter um Zentimeter. Ihre Beine umklammerten seinen Hintern, der Orgasmus verwandelte sie in eine Göttin, er umschlang sie und hatte das Gefühl, endlich komplett zu sein.

Rosemarie stellte den Wecker. Sie küssten sich in den zweistündigen Schlaf. Wenn er sie danach verließ, hatte er noch genug Zeit, mit Schorschi und Heli die Bawag *zu machen*, wie die beiden sagen würden. Sie lag um die Ecke … ein gutes Omen. Ja, er musste es tun, dieser Engel neben ihm verdiente nur das Beste. Und er musste seine

Geliebte vor Schorschis Rache schützen, die auch sie treffen würde. Denn er wusste, dass sie ab nun eins sein würden, seine Baucis und er.

Der Pferdeschwanz eilt die Mariahilfer Straße hinunter, dicht gefolgt vom Gekrausten. Sie wischen in den Hauseingang neben der Bankfiliale, holen die Skimasken aus der Tasche, stülpen sie sich über den Kopf. Sie sehen einander an.

Der Gekrauste schultert den Rucksack, zupft am losen Faden. „Und wenn da Professor sauer is und den Kieberern was steckt?"

„Dann schick i eahm ausm Häfn auße a Danke. Und nach dem kann er si nimma bewegen."

Der Gekrauste dreht sich weg. „I waß net, i hab gar ka guats Gfühl ..."

„Flenn da net umadum wi a Weib. Bist a Mann oder a Sitzpinkler?"

„Mir is schlecht. Ich hätt gestern des letzte Achtel nimma saufen solln. Des war einfach ans zvül."

„Spinn i? I mein ..."

Im Haus werden Schritte hörbar.

Der Pferdeschwanz entsichert die Waffe. „Jetzt kumm."

Der Gekrauste sieht auf die Uhr. „Eins nach zehne."

„Scheiß drauf."

Alexander spürte Wärme auf seiner Nase. Er blinzelte, öffnete schließlich die Augen. Die Sonne zauberte rote und weiße Sprenkel auf Rosemaries Haare.

Es war kein Traum, es war Realität.

Das Fluchtachterl hatte wieder einmal seinen Dienst getan und Zeit für die richtige Entscheidung gebracht. Er kuschelte sich an sie, sie nahm seine Hand.

Die Sonne brannte heiß auf seine Nase. So heiß, wie sie um acht Uhr morgens gar nicht sein konnte. Er setzte sich auf und lugte zum Wecker. Eine Minute nach zehn. Er schnellte in den aufrechten Sitz.

Entweder die zwei Trotteln taten es gerade ohne ihn und rannten blindlings in ein Desaster oder sie taten es nicht und er war ab nun auf der Flucht.

Alexander küsste Rosemarie auf die Wange. „Ich muss dringend was erledigen. Sofort." Er sprang aus dem Bett. „Ich meld mich dann." Er zog Unterhose und Socken an. „Sicher." Hemd und Leinenhose. Rosemarie beobachtete ihn schlaftrunken. „Ist kein Schmäh."

Sie sah auf die Uhr, war eine Sekunde später aus dem Bett. „Scheiße, mein Banktermin."

Alexander stoppte an der Tür. „Was für ein Termin? Welche Bank?"

Der Pferdeschwanz und der Gekrauste stürmen in die Bankfiliale und halten die Waffen von sich gestreckt. Der junge Schnösel hinter dem Beratungstisch sieht auf.

„Das ist ein Überfall!" Der Pferdeschwanz fuchtelt mit der Pistole. „Hände hoch! Alle aufn Boden! Aber schnell!"

„Dann wird eich nix passiern."

Der Pferdeschwanz sieht den Gekrausten an und schüttelt den Kopf. Der zuckt mit den Schultern. Sie wenden sich wieder den Menschen in der Filiale zu. Nun dreht sich die dicke Frau, die sich von dem Schnösel beraten lässt, um. Sie kreischt. Der alte Mann bei der Kassa zieht den Kopf ein, die blonde Frau hinter der Kassa presst die Lippen zusammen. Das rothaarige Mädchen mit dem Rucksack beim Bankomat bewegt sich überhaupt nicht.

Der Pferdeschwanz wendet sich zur Kassa. Die Blonde hat die linke Hand unter dem Pult.

„Bleder Trampel!“ Er springt zur Rothaarigen neben sich und tritt sie in die Kniekehlen. Sie sackt zusammen, schleudert aber zugleich den Rucksack gegen ihn. Er wankt, stolpert über den Gekrausten. Als er wieder einen festen Stand hat, schießt er in die Luft.

„Der Alarm nutzt eich gar nix. Aufn Boden, sonst kracht's!“

Jetzt werfen sich alle bäuchlings hin. Er gibt dem Gekrausten einen Stoß Richtung Kassa. Der rennt los, stoppt und sieht sich suchend um.

„Jetzt hau di scho ume!“ Der Pferdeschwanz deutet auf das Pult.

Der Gekrauste nimmt Anlauf – und wuzelt sich dann mit seinem Rucksack wie ein alter Mann über das Hindernis. Er stupst die blonde Kassiererin mit der Pistole am Oberarm an und hält ihr die Sporttasche hin. „Voll machen. Aber dalli, dalli.“

Die Tür zu den hinteren Räumlichkeiten knallt auf. „Was ist da für ein …“ Der Filialleiter stoppt mitten in der Bewegung und reißt die Augen auf, „… Wirbel?“

„Aufn Boden!“

Der Filialleiter hebt die Arme. „Das hat doch keinen Sinn. Wir haben ein exzellentes Sicherheitssystem. Die Polizei wird gleich da sein. Ist ja um die Ecke."

„Halt di Pappn. Leg di nieder!" Der Pferdeschwanz macht zwei Schritte zu ihm hin.

„Sie machen sich nur unglücklich, glauben Sie mir. Geben Sie auf, bis jetzt ist ja noch nicht viel passiert ..."

„Halt di Pappn, hab i gsagt. Bist a Scheißpsychofuzzi oder was? Und überhaupt ... wieso bist du net beim Zahnarzt?"

„Der hat die Darmgrippe ... Wieso ...?"

Sie starren sich an. Nur das Rascheln der Geldbündel ist zu hören.

Plötzlich Sirenen. Der Pferdeschwanz schleudert herum. Vor der gläsernen Schiebetür hat sich eine Menschenmenge angesammelt, Streifenwagen bremsen sich ein.

„Verdammte Scheiße. Des geht do gar net ... di müssn do in der Stuckgassn ..."

Er reißt das rothaarige Mädchen in die Höhe und hält ihr die Pistole an die Schläfe.

Rosemarie zog den Reißverschluss ihrer Anzughose zu. „Um die Ecke bei der Bawag. Um zehn. Ich wollt vorher noch ..." Mitten in der Bewegung stoppte sie und sah ihn an. „Ich war nicht ganz ehrlich zu dir." Sie schluckte. „Ich hab ein gut gehendes Delikatessengeschäft ... gehabt, aber jetzt bin ich pleite. Ich hoff, dass sie mir einen Kredit geben. Und wenn man betteln kommt, sollte man nicht verspätet sein."

Um ein Haar hätte er seine Helena mit der Waffe bedroht! Und es ging ihr schlecht, sie brauchte Geld. Er brauchte Geld …

„Und ich hab keinen Weinberg. Aber nicht mehr lang."

Alexander rannte durch die Wohnung, zog den Schlüssel ab und schloss von außen zu. Er rannte die Treppen hinunter, immer zwei Stufen auf einmal, rannte auf die Straße, um die Ecke in die Breite Gasse … die Trotteln durften das nicht ohne ihn durchziehen, das wäre nicht nur der größte Schwachsinn der Welt … Er rannte auf die Straße, die Straßenbahn bimmelte, er sprang aufs Trottoir zurück … Nein, sie würden es nicht tun. Wahrscheinlich stand Schorschi jetzt schon vor Alexanders Wohnung und läutete Sturm … Er rannte die Schweighofer-Gasse entlang, prallte vor dem Hotel mit einem Mann zusammen, der gerade herauskam, schob ihn zur Seite … hörte und sah es.

Sirenen. Streifenwagen sperrten das Ende der Straße ab, dort, wo zwanzig Meter weiter die Bawag lag. Ein Menschenpulk. Die Trotteln hatten es wirklich durchgezogen.

Der Pferdeschwanz schießt nochmals zur Decke. „Los weg! – Und kana rührt sich!"

Der Gekrauste hechtet nun über das Pult. Er deutet mit dem Kopf auf die Rothaarige. „Bist deppert?"

„Halt einfach … Wir müssn … bevor die WEGA …"

Der Pferdeschwanz schiebt die Rothaarige vor sich auf die Straße. Die Menschen stieben auseinander. Die Polizisten gehen in Deckung, bis sie beinahe unsichtbar sind. Der Pferdeschwanz geht mit der Rothaarigen zum nächstgelegenen Streifenwagen.

„Stehen bleiben, Hände hoch oder ich schieße!“

Der Pferdeschwanz sucht den Sprecher. Es ist der Polizist, der neben dem von ihm anvisierten Streifenwagen steht. „Dann is die Lady da tot.“

Funkgeräusche. Die Polizisten ziehen sich zurück. Der Pferdeschwanz deutet dem Gekrausten mit dem Kopf, an seine Seite zu kommen. Als Bündel erreichen die drei das Einsatzfahrzeug. Der Gekrauste setzt sich hinters Steuer. Der Pferdeschwanz nimmt mit der Rothaarigen hinten Platz. Sie brausen los und biegen sofort links ab in die Schweighofer-Gasse, rumpeln auf dem Gehsteig an zwei weiteren Streifenwagen vorbei. Rasen. Die Passanten drücken sich an die Hausmauern, flüchten in Eingänge. Plötzlich nimmt der Gekrauste die Sporttasche und wuchtet sie zu seinem offenen Fenster.

„Bist deppert? Was machst denn da?“

„Die prügeln si ums Geld, dann kann di WEGA net durch.“

Alexander strich über den Stamm des Olivenbaumes, auf dessen Bottich er sich gesetzt hatte. Vielleicht würde ihn Rosemarie auch ohne Weinberg lieben. Vielleicht war sie froh, einen Mann mit zwar kleinem, aber sicherem Einkommen zu bekommen.

Ein heulender Motor. Er sah auf und einen Streifenwagen die Breite Gasse entlangrasen. Etwas wurde halb aus dem Fenster des Autos geschoben. Daraufhin schlingerte das Fahrzeug.

„Alexander!"

Er drehte sich um. Rosemarie rannte die Breite Gasse herauf, war kurz vor der Kreuzung. Sie suchte ihn. *Sie suchte ihn!* Wie war sie … wahrscheinlich Ersatzschlüssel. Er stand auf, es hupte, er wandte sich zum Auto, das trotz der Schlangenlinie wahnwitzig schnell näher kam. Er sprang hinter den Olivenbaum.

Eine schwarze Sporttasche landete auf der anderen Seite des Bottichs. Geldscheine wehten heraus. Durch die Blätter konnte er erkennen, dass sich im Wagen zwei maskierte Männer und eine rothaarige Frau befanden, wobei der Mann auf dem Rücksitz dem Fahrer gegen den Kopf schlug. Das Fahrzeug raste die Breite Gasse hinunter.

Er sah die Tasche an, Rosemarie, die musterte den Wagen, dann ihn. Sie nahm die Tasche, packte Alexander an der Hand, rannte mit ihm die Siebensterngasse hinauf, die nächste Gasse hinein, durch schmale Durchlässe bis zur Spittelberggasse, diese hinunter, bog nach rechts ab in die Burggasse. Sie enterten Rosemaries Zinshaus und blieben keuchend stehen.

Rosemarie lächelte. „Die beste Riede für den besten Gemischten Satz."

Sekt

Der Tote im Hochriegl

ANDREAS PITTLER

Sekt: Als Konkurrenz zu den Franzosen startete 1890 Kattus, Hoflieferant (Wien und St. Petersburg) von Spezereien wie Kaffee, Wein, Südfrüchte und Kaviar, eine eigene Sektproduktion, mit der er ab 1898 ebenfalls den Hof beliefern durfte und die er nach dem Weinberg Hochriegl nannte. Die Produktion ist in der Hand der vierten Generation. Weitere Produzenten in Österreich sind Schlumberger (gegr. 1842), Irrführ (Sekt ab 1949) und Szigeti (gegr. 1990).

„Ein Böhm hat ihn gfunden. Er hat in dem Weinberg übernachtet, weil er sich nix anderes leisten kann“, begann der Uniformierte seinen Bericht, als Polizeileutnant David Bronstein endlich wieder zu Atem gekommen war. Der Anstieg auf den Weinberg war weit anstrengender gewesen, als Bronstein angenommen hatte, und er beschloss spontan, sich wieder öfter der körperlichen Ertüchtigung zu widmen. Bronstein förderte eine Zigarette zutage und zündete sie an. Gierig sog er den Rauch ein und unterdrückte ein sofort auftretendes Hustenbedürfnis.

„Hamma den?“, fragte er endlich.

„Den Böhm? Ja, sicher, dort drüben steht er“, entgegnete der Polizist, was Bronstein mit einem Nicken quittierte. Dann sah er sich die Leiche näher an. Ein Mann von etwa dreißig Jahren, gepflegt, wenn auch offenbar eher aus einfacheren Verhältnissen, wie man aus der Kleidung schließen konnte. Bronstein vermutete in dem Toten einen Buchhalter oder einen kleineren Beamten.

Er blickte auf: „Seid ihr fertig mit ihm?“ Die ihn umgebenden Mitarbeiter gaben ihm ein bejahendes Zeichen. „Gut, dann sackeln wir ihn einmal aus.“

Die Suche führte zu keinen nennenswerten Ergebnissen. Nur ein silbernes Zigarettenetui mit einer Gravur, die wohl einen Adler oder einen anderen Raubvogel darstellen sollte, fiel Bronstein auf.

Er hielt den Gegenstand in die Höhe: „Hat irgendwer eine Ahnung, was des da sein soll?“ Dabei deutete er mit der freien Hand auf das Tier.

Die ihn umstehenden Beamten betrachteten das Dargestellte genau, doch schien es, als wollte sich niemand den Mund verbrennen. Erst nach geraumer Weile meldete sich ein älterer Polizist: „Ich glaub, das ist die Marke vom *Kattus*.“

Kattus. Bronstein dachte nach. Das war diese Spezereiwarenhandlung am Hof. Sündteuer, belieferte die Firma doch auch den Kaiser mit erlesenem Kaviar, den sie von der eigenen Niederlage in Astrachan am Kaspischen Meer bezog. Irgendwo hatte er gelesen, *Kattus* sei sogar der größte Kaviarhändler der Welt und habe die nobelsten

Kunden diesseits und jenseits des Atlantiks. Außerdem, so erinnerte er sich dunkel, hatte die Schwester des Firmenchefs diesen modernen Künstler, diesen Matsch, geheiratet, der am Hohen Markt der *Anker*-Versicherung gerade eine überdimensionale Uhr baute.

Was aber, so fragte sich Bronstein weiter, machte ein Mann, der ein Etui mit dem Emblem von *Kattus* bei sich führte, in einem Weinberg? Und vor allem: Warum war der Mann tot?

„Wissen wir, woran er gestorben ist?"

Wieder meldete sich der Uniformierte, der schon den Hinweis auf die Firma *Kattus* geliefert hatte: „Herr Leutnant, er hat einen Einstich in der Herzgegend. Ist kaum zu sehen, weil interessanterweise fast kein Blut ausgetreten ist. Das muss ein sehr kleines Messer gewesen sein, ein Taschenfeitel oder so etwas."

Bronstein schickte dem Kollegen einen anerkennenden Blick, dann schlug er die Jacke des Toten zur Seite und erkannte in der Tat einen kleinen, getrockneten Blutfleck auf dem Gilet der Leiche. „Na ja", sagte er nur und richtete sich wieder auf.

Endlich wandte sich Bronstein nun jener Person zu, die den Toten gefunden hatte. Er musterte die Gestalt abschätzig. Zweifellos hatte er es mit einem dieser böhmischen Landstreicher zu tun, die ohne irgendwelche Kenntnisse und Fertigkeiten nach Wien zogen, weil sie glaubten, in der Reichshaupt- und Residenzstadt flössen auch für sie Milch und Honig. Wahrscheinlich konnte diese struppige Figur nicht einmal Deutsch.

Bronstein seufzte unmerklich, dann sagte er mit einem Hauch Resignation in der Stimme: „Papiere hamma ja keine, oder?“

„Das weiß ich nicht“, entgegnete der Obdachlose in erstaunlich akzentfreiem Deutsch.

„Was soll das heißen“, bemerkte Bronstein mit einem Gran Groll in seinem Tonfall, was weniger der Antwort des Sandlers als vielmehr dem Umstand geschuldet war, dass er sein Gegenüber so gänzlich falsch eingeschätzt hatte.

„No, bitte schön, ich kann nicht wissen, ob Sie Papiere haben, Herr Inspektor. Ich hab jedenfalls keine.“

Bronstein drehte sich zu den Uniformierten um: „A ganz a Lustiger.“ Und dann, wieder an den Vagabunden gewandt: „Jetzt horch einmal zu, du Christkindl. Wennst jetzt nicht sofort deine Personalien niederlegst, dann kastel i di ei. Und zwar ganz lang.“

„Bitte schön, Herr Inspektor, das wär mir sehr recht, der Winter steht ja eh schon vor der Tür.“

Bronstein wusste nicht, wodurch er sich mehr provoziert fühlen sollte: durch die vorwitzige Aussage oder durch die extrem unschuldige Miene, die der Mann aus Böhmen dabei aufgesetzt hatte.

Er zwang sich zu Contenance, atmete tief durch und sah dann wieder den Zeugen an: „Wann hast die Leich gfunden?“

„So gegen sechs in der Früh wird's gwesen sein. Die Sonn ist allmählich aufgangen. Ich wollt mich eben vom Acker machen, damit mir niemand blöd kommt, wenn ich da lieg, und da bin ich praktisch über den Herrn da gestolpert."

„Aha." Bronsteins Resignation erreichte eine neue Dimension. Der Zeuge war sichtlich völlig unbrauchbar. Er hatte die Leiche gefunden und mehr war darüber nicht zu sagen.

Dessen ungeachtet fuhr der Mann aus den Ländern der Wenzelskrone fort. „Ich hab mir gleich denkt, ui, da hat's was. Das wird doch nicht, hab ich mir gsagt, der nette Herr sein, der dir gestern am Abend noch ein paar Späne gschenkt hat. Aus dem silbernen Etui da."

Bronstein wurde sofort wieder hellhörig. „Sie haben den noch lebend gsehen?"

„Danke."

Die Antwort irritierte Bronstein: „Danke? Wofür?"

„Dass Sie mich siezen, Herr Leutnant."

Bronstein war sein Wechsel der Anrede gar nicht aufgefallen. Jetzt aber fühlte er sich ertappt. Der Fehler als solcher war nicht mehr gutzumachen, und so entschloss er sich, so zu tun, als wäre sein Vorgehen Absicht gewesen.

„Schon recht", meinte er begütigend, „also, Sie haben ihn noch lebend gsehn?"

„Ja. So kurz nach acht wird's gwesen sein. Ich wollte mich grad nach einem brauchbaren Platzerl umschauen, da ist er den Weg zwischen die Weinstöck da heraufgekommen. Gschnauft hat er wie eine Dampflok. Gerade so wie Sie eben, Herr Leutnant. Und dann hat er mich gsehen und gfragt, ob das da eh der Hochriegl ist. Ich hab gnickt und gleichzeitig gsagt, ob's ned a bissl spät ist für einen

Spaziergang. Da hat er gmeint, er wart da auf jemanden. Na, hab ich mir denkt, auf mi wird er ned warten, und so wollt i retirieren, als er mi plötzlich zu sich gwunken hat. Er hat mir drei Tschick förmlich aufdrängt und hat gsagt: Wenn dich wer fragt, du hast mich da ned gsehn. Ich hätt's auch nicht erwähnt, wenn ich ihn nicht praktisch noch einmal gsehn hätt."

Bronstein leuchtete diese Argumentation ein. Doch sofort danach beschäftigte ihn das Verhalten des Mannes. Offenbar war es hier zu einem geheimen Treffen mit gewaltsamem Ausgang gekommen. Warum, das war zu klären. Und möglicherweise ergab dieses Warum dann auch die Antwort auf die zwangsläufig nächste Frage, nämlich die nach jener Person, mit der sich der Tote getroffen hatte.

Zunächst jedoch musste einmal festgestellt werden, wer der Tote überhaupt war.

„Habts ihn schon abgebildet?", fragte er in die Runde und erntete Zustimmung. „Gut, in einer Stund sind die Fotos auf meinem Schreibtisch!" Er wollte sich schon zum Gehen wenden, als ihm der Zeuge wieder einfiel. Abermals sah er ihn an: „Wie heißen S' denn überhaupt?"

„Johann Denk, wenn's recht ist."

„Warum ned. Da haben S' meine Karte. Verlieren S' die ned, weil Sie sollten sich sicherheitshalber die Tag einmal am Kommissariat melden, für den Fall, dass wir noch etwas von Ihnen brauchen. Und dort berufen S' Ihnen dann auf mich, verstanden?"

„Selbstverständlich, Herr Leutnant. Kann ich dann gehen?"

„Ja. Sicher. Mach ich nämlich jetzt auch. Wiederschaun."

Der Umstand, dass die Fotografien erst am frühen Nachmittag in seinem Büro landeten, hatte Bronstein ein frugales Mittagsmahl in der nahe gelegenen Gastwirtschaft beschert. Gleichsam als Verdauungsspaziergang machte er sich mit den Bildern auf den Weg in die Innenstadt, um im Geschäft von Kommerzialrat Kattus Nachschau zu halten, ob der Mann dort bekannt gewesen war.

Kurz nach 14 Uhr betrat er die Lokalität und kam sich sofort ärmlich vor. Die im Raum anwesenden Kunden standen, das war auf den ersten Blick zu erkennen, gleich mehrere Rangstufen über ihm. Nun war er es, der geringschätzig gemustert wurde.

Bronstein räusperte sich und zog, wie zur eigenen Sicherheit, seine Kokarde hervor.

„Polizeidirektion Wien", sagte er mit einem leichten Vibrato in der Stimme, „ich wünsche den Geschäftsführer zu sprechen."

„Der ist ned da", entgegnete die von ihm adressierte Angestellte. „Der ist im neunzehnten Bezirk in der Sektkellerei."

„Ah so? Sekt machts ihr auch?"

„Natürlich, der Herr. Das ist sogar neben dem Kaviar unser Hauptgeschäft." Der indignierte Unterton war Bronstein nicht entgangen und er fühlte sich noch eine Spur unwohler.

„Ähm, gut. Wo find ich diese Kellerei?"

„In der Silbergasse. Ist nicht zum Verfehlen."

Eine Stunde später stand Bronstein müde und abgekämpft vor dem Portal der Sektkellerei. Es war eine wahre Odyssee gewesen, die ihn mit der Stadtbahn nach Döbling, dann zu Fuß in die Krottenbachstraße und schließlich in die Silbergasse geführt hatte, und er hoffte inständig, man würde ihm bei *Kattus* etwas zu trinken anbieten. Und wenn es auch nur Sekt war.

An der Tür hielt ihn der Portier auf: „Was wollen S'?"

„Ich wünsche den Chef zu sprechen", postulierte Bronstein mit einer allzu gekünstelt wirkenden Grandezza.

„Der Herr Kattus ist aber nicht für einen jeden zu sprechen", replizierte der Zerberus.

„Für mich wird er zu sprechen sein", meinte da Bronstein beschwingt und zückte seine Kokarde.

Fünf Minuten später befand er sich in dem mondänen Büro von Johann Nepomuk Kattus, dem unumschränkten Herrscher über alle erlesenen Gaumenfreuden der ganzen Wienerstadt. Nachdem dieser dem Leutnant eine exquisite Auswahl diverser Spezereien hatte aufwarten lassen, erkundigte sich der Firmenchef nach Bronsteins Begehr.

„Wissen S', Herr Kommerzialrat … hoppala."

Das war Bronstein jetzt wirklich peinlich. Voller Gier hatte er seine Zähne in ein Lachsbrötchen geschlagen und sogleich die gesamte Garnierung dekorativ auf dem Perserteppich des Kattus verteilt. Umständlich ging er in die Knie, um der Bescherung irgendwie Herr zu werden.

„Lassen S' nur, Herr Leutnant. Für solche … Ereignisse … habe ich eigenes Personal. Sagen Sie mir nur, weshalb Sie mich aufzusuchen beliebten."

Bronstein, erleichtert über die Reaktion des Kattus, zückte das Porträtfoto des Toten und hielt es dem Unternehmer über den Tisch unter die Nase. „Kennen S' den?"

„Den? Aber na sicher. Das ist der Herr Josef Flecker. Unser bedeutendster Küfer. Wieso? Warum fragen Sie mich das?"

„Das sage ich Ihnen gleich. Zuerst aber bitte noch eine Frage: Küfer? Ist das nicht ein Fasslbinder?"

Kattus lächelte: „Sie werden lachen, Herr Leutnant, die Berufsbezeichnung leitet sich tatsächlich von den Fassbindern ab. Aber heute hat ein Küfer bei uns in der Branche ganz andere und vor allem viel wesentlichere Aufgaben. Herrn Flecker untersteht praktisch die gesamte Sektproduktion."

„Aha, und was heißt das genau?"

Eigentlich wollte es Bronstein gar nicht so genau wissen. Aber er suchte nach einem willkommenen Vorwand, den Kattus so lange reden zu lassen, dass er, Bronstein, in aller Ruhe auch die restlichen Köstlichkeiten zu sich nehmen konnte, ohne dabei Gefahr zu laufen, selbst etwas sagen zu müssen.

„Schauen S', Herr Leutnant, so ein Sekt, das ist ja eine Veredelungsstufe herkömmlichen Weines, ned wahr? Dazu braucht man sogenannte Sektgrundweine, die eine feine, frische Säure aufweisen. Denn die sorgt im Endprodukt gemeinsam mit der Dosage für einen vollen, ausbalancierten Geschmack. Es ist die Aufgabe des Kellermeisters, auf der Basis der zur Verfügung stehenden Weine zu entscheiden, welchen Sekt wir daraus gewinnen können.

Gemeinsam mit den Küfern sorgt er dann dafür, dass dem Grundwein – meist eine Art Cuvée – die Fülldosage zugesetzt wird. Die besteht im Wesentlichen aus Zucker und Hefe. Das ist der Treibsatz für die zweite Gärung hin zum Schaumwein. Sie werden es nicht glauben, aber das ist fast eine eigene Wissenschaft. Und der Herr Flecker ist ein Meister in dieser Wissenschaft."

„War ein Meister", präzisierte Bronstein, der endlich den vor ihm stehenden Teller vollständig leergegessen hatte.

„War?"

„Ja, wir haben ihn heute tot in einem Weingarten gefunden, der, mir wissentlich, Hochriegl heißt."

Dem Kattus blieb die Luft weg. „Was sagen Sie da?"

„Na ja", nuschelte Bronstein und entfernte einige Krümel aus seinem Schoß, „gestorben halt. Dahingegangen. Verschieden."

Kattus wurde unwillig: „Das habe ich schon verstanden. Aber wie um Himmels willen ist das möglich? Der Herr Flecker war ja noch nicht einmal dreißig Jahre alt."

„Tja, um das herauszufinden, bin ich unter anderem auch zu Ihnen gekommen, Herr Kommerzialrat."

Dieser schüttelte, immer noch fassungslos, den Kopf. „Jetzt haben wir ihn also doch noch verloren ..."

„Wie bitte?" Bronstein fuhr hoch.

„Nun ...", begann Kattus vorsichtig, „... der Herr Flecker wollte eigentlich kürzlich kündigen. Er sagte mir in einem persönlichen Gespräch, er habe ein besseres Angebot erhalten. Von der *Champagnerfabrik AG* in Brunn.

Er hätt dort Kellermeister werden können, was unüblich ist in dem Alter. Aber bitte. Na, ich wollt den Flecker nicht verlieren, und darum habe ich sein Gehalt erhöht. Nennenswert erhöht, wenn S' verstehen, was ich meine. Na, und da ist er geblieben, der Flecker ... Aber nicht lang, wie sich jetzt herauszustellen scheint."

„Können Sie sich vorstellen, dass der Herr Flecker nur zum Schein auf Ihr Angebot eingegangen ist? Dass er in Wirklichkeit weiter mit denen in Brunn verhandelt hat?"

„Bitte, möglich wäre es. Aber nicht sehr wahrscheinlich. Der Herr Flecker war sehr ehrgeizig, das schon. Aber über kurz oder lang wäre er bei uns auch Kellermeister geworden, und, mit Verlaub, wir haben schon das weitaus bessere Renommee als die Konkurrenz."

Bronstein gab sich vorerst mit diesen Auskünften zufrieden. Im Lohnbüro ließ er sich noch Fleckers Adresse geben, die er sodann auf direktem Wege aufsuchte.

Es war reichlich spät geworden, als Bronstein endlich in sein Büro zurückkehrte. Hinter ihm lag eine endlose Reihe von Befragungen der Nachbarn des Flecker, die samt und sonders nichts von Relevanz zutage gefördert hatten. Bronstein skizzierte einen vorläufigen Bericht und ging dann, reichlich resigniert, nach Hause.

Am folgenden Tag trat er eine Dienstreise nach Brunn am Gebirge an, die er sich, wie er sich in der Abenddämmerung eingestand, hätte sparen können. In der Champagnerfabrik bestätigte man ihm, Verhandlungen mit Flecker geführt zu haben, die jedoch von diesem vor zwei Tagen abrupt abgebrochen worden seien. Die Aussage, seitdem habe man zu Flecker keinen Kontakt mehr gehabt, wirkte auf Bronstein absolut glaubhaft. Seine Resignation steigerte sich, denn er sah nirgendwo auch nur den geringsten Ansatzpunkt und fühlte sich dementsprechend. Nur mit Mühe unterdrückte er das Bedürfnis, einige Flaschen ab Hof zu kaufen, um sich in der Folge sinnlos zu betrinken. Stattdessen stapfte er mürrisch zurück zur Badner Bahn, die ihn alsbald wieder nach Wien brachte.

Am nächsten Morgen begann Bronsteins Gehirn richtig zu arbeiten. Vor drei Tagen erst, so realisierte er nun, waren die Verhandlungen abgebrochen worden. Also einen Tag vor Fleckers Tod. Das warf die Frage auf, wann Flecker das nachgebesserte Angebot des Kattus angenommen hatte. Ein Anruf brachte rasch Klarheit.

„Ja, das war vor einigen Tagen", bestätigte Kattus am anderen Ende der Leitung. „Noch am Tag, bevor Sie kommen sind, hat er das zusätzliche Geld ausbezahlt bekommen. Hier direkt im Lohnbüro. Weil Konto auf einer Bank hat er ja keines gehabt, der Herr Flecker. Der hat sich sein Gehalt immer bar …"

Bronstein war wie elektrisiert. Er beeilte sich, dem Kattus für die Auskunft zu danken, und knallte den Hörer auf die Gabel. Sofort danach kurbelte er erneut um das Fräulein vom Amt und ließ sich mit der Asservatenkammer verbinden. Dort erkundigte er sich nach den Effekten des Verblichenen und fragte insbesondere nach einer

Brieftasche. Die Existenz einer solchen wurde Bronstein bestätigt. Allerdings enthielt sie nur ein kleines Hufeisen als Glücksbringer. Bronstein dankte wiederum und hängte ein.

„Jetzt kommt allmählich Bewegung in die Sache", sagte er sich und tätigte schließlich noch einen dritten Anruf. Dieser galt Ferdinand Strakosch, der Institution unter den österreichischen Pathologen. „Du, Ferdinand, hast dir den Toten vom Hochriegl schon angschaut?"

„Nein. Warum? Ist's dringend? Ich hab mir denkt, die Todesursache ist eh eindeuti …"

„Nein, nein, passt schon. Ich will nur eines wissen: Hat er Alkohol im Blut?"

Strakosch sicherte eine schnelle Überprüfung dieser Frage zu, und tatsächlich meldete er sich wenig später, um Bronstein mitzuteilen, dass der Ermordete zum Zeitpunkt seines Ablebens wohl in der Tat ziemlich blau gewesen sein dürfte, auch wenn eine präzise Angabe ob der mittlerweile vergangenen Zeitspanne nicht mehr möglich sei. Doch Bronstein reichte diese Erkenntnis allemal. Er ballte die Faust und rief „Nenikekamen".

Gleich danach ließ er sich bei seinem Vorgesetzten anmelden und setzte diesen über den Stand seiner Ermittlungen und seine daraus gezogenen Schlüsse in Kenntnis. Dieser zeigte sich beeindruckt und ließ Bronstein freie Hand bei den zu setzenden Maßnahmen.

Doch sein Ausruf, man habe gesiegt, erwies sich als voreilig. Mit jeder Stunde, die verging, wandelte sich Marathon zu Waterloo. Die von ihm eingeleitete Großfahndung blieb ohne jedes Ergebnis, und auch seine letzte Hoffnung, der Gesuchte hätte sich vielleicht in seine Heimatgemeinde zurückgezogen, erwies sich als trügerisch. Am Ende der Woche blieb Bronstein nur der niederschmetternde Weg nach Canossa, wobei er mit einigem Recht fürchtete, dieses würde nur allzu schnell zu Golgatha.

„Ich weiß, wer es war. Ich weiß auch, wie er es gemacht hat. Und vor allem weiß ich, warum er es gemacht hat. Was ich nicht weiß, ist, wo er sich befindet."

Nach kurzer Beratung stimmte Bronsteins Vorgesetzter, der erstaunlich milde geblieben war, dem Vorschlag Bronsteins zu, mit der Angelegenheit an die Öffentlichkeit zu gehen. So kontaktierte der Leutnant die wesentlichen Chronikreporter der Wiener Zeitungen und erzählte ihnen ausführlich die Zusammenhänge des Mordfalles Flecker, über den diese dann auch nicht minder wortreich berichteten. Die Fahndung blieb noch geraume Zeit aufrecht, doch schließlich kam das Sicherheitsbüro nicht umhin, den Fall auf Frist zu legen und sich damit einzugestehen, dass er als ungelöst zu den Akten kommen musste.

Drei Monate später wurde Bronstein überraschend wieder mit der Sache Flecker konfrontiert. Als er am Morgen sein Büro betrat, lag eine Ansichtskarte aus Menton auf seinem Tisch. Während er sich noch fragte, welcher seiner Bekannten sich einen Urlaub in einem solch mondänen Kurort leisten konnte, drehte er die Karte um und griff sich angesichts der dort festgehaltenen Worte unwillkürlich ans Herz.

Sehr geehrter Herr Leutnant.
Durch Zufall ist mir dieser Tage eine Ausgabe der Wiener Zeitung zur Kenntnis gelangt. Nach deren Lektüre drängt es mich, Ihnen zu gratulieren. Sie haben jeden einzelnen Punkt der Angelegenheit haargenau rekonstruiert. Natürlich hat der arme Depp dort auf niemanden gewartet. Der wollte eigentlich nur nach Hause und hatte sich dabei verlaufen. Ich hab ihm eine Stärkung angeboten, so entkräftet, wie der war. Na, und so kamen wir ins Reden. Der Bazi hat überhaupt nichts vertragen und bald gesungen wie ein Lercherl. Na, und was soll ich Ihnen sagen, Herr Leutnant, er hat mir am Ende das ganze schöne Geld gezeigt, während er lallend gemeint hat, ich sei ein echter Spezi. Ich muss zugeben, das bin ich wohl nicht. Aber wissen Sie, Herr Leutnant, die Côte d'Azur ist doch schöner als der von Ihnen offerierte Häfen. Für das Überwintern, meine ich. Ich verbleibe mit dem Ausdruck vorzüglicher Hochachtung, Ihr Johann Denk.

Traminer

Nur über seine Leiche

CLAUDIA ROSSBACHER

Traminer (oder Gewürztraminer, Klevner): eine der ältesten Rebsorten der Welt; kommt wahrscheinlich aus Südtirol (4. Jh., Römerzeit); ist verwandt mit dem Großteil der gängigen Sorten; benötigt Vulkangestein. Anbaufläche Wien: 1,2 %; Lese: knapp vor Riesling; Farbe: intensives Grün bis Goldgelb; Geschmack: kräftig, vollmundig, duftet gern nach Rosen; beste Lage in Wien: Neustift/Neubergen.

Die drückende Hitze war unerträglich. Selbst heroben auf dem Nussberg. Meist sorgte eine leichte Brise aus dem Westen hier für Abkühlung. Doch an diesem Augusttag regte sich nichts. Nur die Schwalben zogen ihre Kreise über dem Weingarten.

Werner Bachinger schnaufte durch und nahm seinen Strohhut ab. Die flirrende Luftspiegelung im Tal verriet dem Winzer, dass es unten in Wien noch um einiges heißer war. Mit dem Handrücken wischte er sich den Schweiß von der Stirn. Ein Blick zum Himmel ließ ihn ahnen, dass dieser Tag nicht gut enden würde.

Bereits im vergangenen Sommer hatte ein Gewitter fast die Hälfte der Weinernte vernichtet. Dabei war das Bachinger-Weingut noch einigermaßen glimpflich davongekommen. Andere Weinbauern am Nussberg, in Strebersdorf und Stammersdorf hatten beinahe ihren gesamten Ertrag auf einen Hagelschlag verloren. Wenngleich Werner nicht gläubig war, schickte er ein Stoßgebet zum Himmel. Weitere Ernteeinbußen würden das endgültige Aus bedeuten. Ein Ende, das sein Bruder Wolfgang eingeläutet hatte. Dieser Verräter!

Während Werner seine Energie von jeher in das Weingut der Familie steckte, hätte sich Wolfgang nach dem Tod der Eltern um den Heurigen in Nussdorf kümmern sollen. Dass der Bruder dort selbst sein bester Kunde war, bemerkte Werner leider viel zu spät. Wolfgangs High-Society-Feste, seine Leidenschaft für teure Autos und ebensolche Frauen führten schließlich in die Insolvenz. Ein Investor übernahm den Familienbetrieb, angeblich um ihn als traditionellen Wiener Heurigen weiterzuführen. Inzwischen war dort eine Fast-Food-Filiale. Das Schlimmste aber war, dass Wolfgang von Anfang an von den Plänen des befreundeten Investors gewusst, sie dem Bruder jedoch wohlweislich verschwiegen hatte. Niemals hätte Werner den Vertrag unterschrieben, um das Feld für eine Burgerkette zu räumen. Die Eltern rotierten sicher noch immer im Grab.

Werner setzte den Hut wieder auf, um sich vor der stechenden Nachmittagssonne zu schützen. Die Rekordhitze der vergangenen Woche hatte den kalkreichen Boden des Weingartens ausgedörrt. Große Regenmengen würde er in diesem Zustand nicht aufnehmen können.

Liebevoll betrachtete der Winzer die jungen Trauben an den alten Traminer-Rebstöcken, die sein Vater vor über dreißig Jahren gepflanzt hatte. Heuer gediehen sie besonders prächtig. Mit seinem anspruchsvollsten Wein hatte Werner im vergangenen Jahr bei den Juroren punkten können und sogar internationale Anerkennung geerntet. Sein Traminer überzeugte mit erfrischend blumiger Fruchtfinesse und sortentypischem Duftspiel. Die Experten bestätigten dem Siegerwein eine Brillanz, wie sie bisher nur in den renommierten Traminer-Anbaugebieten der Südtiroler Weinstraße oder des steirischen Vulkanlands vorgekommen war. Werner war stolz, dass sich Topgastronomen aus aller Welt auf einmal um seinen Wein rissen. Endlich ging es wieder bergauf. Nur Wolfgang sah das wie immer anders. Der Ertrag der alten Weinstöcke sei viel zu gering, hatte er kritisiert. Zum Teufel mit seinem oberflächlichen Bruder!

Werner ließ den Blick über den Weingarten schweifen, der mit seiner der Donau zugewandten Südlage zu den besten Wiens zählte. An klaren Tagen konnte man von hier bis nach Bratislava sehen. Doch nicht an diesem Tag. Erschöpft zog sich Werner ins Winzerhaus zurück. Im Vorraum begrüßten ihn Riko und Emma. Bei derart sengender Hitze hielten sich die Berner Sennenhunde lieber in den kühleren alten Gemäuern auf, als ihrem Herrchen wie sonst nach draußen zu folgen. Werners Frau und die beiden Töchter waren schon vor Tagen in den Sommerurlaub ans Meer abgereist. Nur Wolfgang saß irgendwo in der brütend heißen Stadt und wartete wie die Spinne im Netz darauf, dass ihm das nächste Unwetter einen Geldregen bescherte. Den eigenen Anteil am Weingut hatte er längst seinem Freund, dem Investor, versprochen, der – sobald Werner endlich aufgab – das gesamte Grundstück samt Winzerhaus veräußern sollte. Der Vertrag lag bereits in Wolfgangs Schublade.

Kaum war die Sonne untergegangen, holte Werner eine Flasche seines ausgezeichneten Traminers aus dem Klimaschrank und schenkte sich ein Gläschen ein. Einige wenige Bouteillen bewahrte er für besondere Anlässe auf. Jetzt war er sich nicht mehr so sicher, ob es demnächst noch einen Grund zum Feiern geben würde. Er tauchte die Nase ins Weinglas und schloss die Augen. Nicht einmal das feinblumige Bukett seines Spitzentropfens vermochte ihn an diesem Abend von den Sorgen abzulenken. Wenn Sabine und die Kinder wenigstens hier gewesen wären! Sie verstanden es immer, ihn auf andere Gedanken zu bringen.

Noch einmal atmete Werner den Rosenduft tief ein. Dann nippte er am kühlen Weißwein, ließ Zunge und Gaumen vom kräftig-eleganten Tropfen umspielen, bevor er ihn hinunterschluckte. Bei allem Körperreichtum besaß der Traminer ein überaus erfrischendes Säurespiel. Den schalen Geschmack der Zukunftsängste konnte er dennoch nur kurzfristig fortspülen. Werner wollte sich gar nicht ausmalen, wem Wolfgangs Freund, der miese Spekulant, das Weingut zu einem horrenden Preis verkaufen würde. Wahrscheinlich irgendeinem neureichen Pinkel, der das

Haus aus dem 19. Jahrhundert zu einer Luxusvilla umbauen wollte. Mit viel Glas, um die wunderbare Aussicht auch vom Wohnzimmer aus genießen zu können. Die exklusive Lage würde der Emporkömmling vielleicht noch zu schätzen wissen, doch die Weinstöcke sicher verkommen lassen. Und wer war schuld daran? Sein Bruder Wolfgang. Werner schenkte sich ein weiteres Glas ein und döste irgendwann auf dem Sofa weg.

Das Unwetter schlug ohne Vorwarnung zu. Die Meteorologen hatten nicht vorhergesehen, was die sensible Nase des erfahrenen Winzers längst gewittert hatte. Die erste Orkanböe fegte einen der steinernen Oleandertöpfe um, als wäre er aus leichtem Plastik. Mit lautem Donnergrollen setzte das Gewitter ein.

Werner fuhr erschrocken vom Sofa hoch. Der Sturm peitschte schwere Regentropfen vor sich her, die auf Dach und Fensterläden trommelten. Äste schlugen krachend dagegen. Zum Glück waren die Läden geschlossen, sonst hätten die Fensterscheiben leicht bersten können. Werner hörte einen Blitz einschlagen. Wahrscheinlich war ein naher Baum getroffen worden. Er hoffte, dass es nicht einer der Pfirsichbäume war, die er für seine Töchter gepflanzt hatte. Während das Wetter draußen weitertobte, verkrochen sich die Hunde irgendwo im Haus. Werner gönnte sich ein weiteres Gläschen Traminer und wartete im Salon, bis sich das Donnergrollen allmählich entfernte. Dann trat er hinaus unters Vordach. Hagelkörner konnte er keine ausmachen. Der Sturm war abgeflaut und nur mehr vereinzelt fielen Regentropfen vom Himmel. Die unzähligen Blitze, die noch immer durch die Nacht zuckten, tauchten den Nussberg in gespenstische Tageshelle. Werner ahnte, wie es um den Weingarten bestellt war. Aber nachsehen wollte er nicht. Noch nicht. Das volle Ausmaß der Verwüstung würde sich am nächsten Morgen früh genug offenbaren. Vergeblich versuchte er, den mannshohen Oleander aufzustellen. Dann kehrte er ins Haus zurück, um sich noch ein Gläschen zu genehmigen. Jetzt war ohnehin schon alles egal. Sein Bruder hatte erreicht, was er wollte. Nach einem derart heftigen Unwetter rechnete Werner mit beträchtlichen Ernteeinbußen. Das Weingut war wohl nicht mehr zu retten. Den Kloß in seinem Hals spülte er mit einem Schluck Traminer hinunter.

Der Winzer hatte nicht die geringste Ahnung, wie er das drohende Ende noch abwenden sollte. Er wusste auch nicht, wovon er in Zukunft leben, geschweige denn, wie er seine Familie ernähren sollte. Er hatte nichts anderes gelernt, als Wein anzubauen, die Trauben zum richtigen Zeitpunkt zu lesen und daraus möglichst charaktervolle Weine zu produzieren. Warum musste ihm schon wieder so ein verdammtes Unwetter in die Quere kommen? Und sein nichtsnutziger Bruder! So verzweifelt wie jetzt war Werner noch nie gewesen. Aufgeben kam jedoch nicht in Frage. Er musste einen Weg finden, das Weingut, für das Generationen von Bachingers geschuftet hatten, zu behalten. Erst recht, da seine jüngere Tochter es später einmal übernehmen wollte. Werner hatte Theresa versprochen, für das Herzstück der Winzerfamilie zu kämpfen. Erneut füllte er sein Glas bis zur Achtelmarkierung. Je leerer es wurde, desto mehr wich seine Verzweiflung dem Hass, den er für den gewissenlosen Bruder empfand. Wolfgang hatte der Familie schon genug geschadet. Das Weingut durfte ihm nicht auch noch zum Opfer fallen. Nur über seine Leiche! Werner stutzte. Das war es. Das war die Lösung des Problems. Wolfgang musste sterben. Sein Tod war der einzige Weg, den Familienbesitz vielleicht doch noch zu retten. Wenn Wolfgang das Zeitliche segnete, würde Werner dessen Hälfteanteil erben. So regelte es der Erbvertrag zwischen den Brüdern, auf den die Eltern seinerzeit bestanden hatten.

Werner holte die alte Flinte aus dem Waffenschrank und prüfte die Läufe. Er tauschte die Platzpatronen, die lästige Vogelschwärme aus dem Weingarten vertreiben sollten, gegen scharfe Munition aus und griff zum Handy. Wie erwartet zögerte Wolfgang nicht lange, als Werner ihn zu später Stunde zu sich bestellte. Den Kaufvertrag solle er gleich mitbringen. Werner wolle ihn noch in derselben Nacht unterfertigen, versprach er dem überraschten Bruder. Spätestens in einer halben Stunde würde er am Nussberg eintreffen, erklärte dieser erfreut. Wenn es etwas zu holen gab, war Wolfgang wie immer sofort zur Stelle. Wenigstens darauf konnte man sich bei ihm verlassen – seit frühester Kindheit.

Während der jüngere der beiden Bachinger-Söhne damals schon jegliche Arbeit gescheut hatte, war der ältere Werner dem Vater auf dem Weinberg und im Keller gern zur Hand gegangen. In der Weinbauschule zählte Werner zwar auch nicht zu den Besten, im Gegensatz zu Wolfgang strengte er sich aber an und schaffte seinen Abschluss. Dennoch sah der Vater dem jüngeren Sohn alles nach, selbst, dass dieser die Schule abbrach, um Autoverkäufer zu werden. Nur die Mutter machte keinen Unterschied zwischen den beiden Söhnen, die unterschiedlicher nicht hätten sein können. Während dem blonden, selbstbewussten Wolfgang gutes Aussehen und Charme in die Wiege gelegt worden waren, versuchte der schüchterne dunkelhaarige Werner die Aufmerksamkeit der Eltern durch Ehrgeiz und Zuverlässigkeit auf sich zu ziehen. Wolfgang fiel alles in den Schoß, was Werner sich erst mühsam erarbeiten musste. Oder er richtete es sich eben, wie es ihm passte. Das blieb auch später so. Wolfgang hatte unzählige Freunde aus den besten Häusern in Grinzing, Sievering und der noblen Umgebung, mit denen er ausschweifende Partys feierte. Die Töchter der Reichen und Schönen flogen auf den lebenslustigen Winzersohn. Aber auch die weniger wohlhabenden Mädchen. Sogar Werners Verlobte erlag eines Tages dem feuchtfröhlichen Werben des jüngeren Bachinger-Bruders und landete in dessen Armen. Wolfgang ließ sie jedoch rasch für eine andere fallen und Sabine kehrte reumütig zu Werner zurück. Der verzieh seiner großen Liebe, die er wenig später heiratete. Dem Bruder aber hatte er die Demütigung von damals bis heute nicht vergeben.

Was Sabine wohl von seinem mörderischen Vorhaben hielt? Sicher würde sie versuchen, ihn davon abzubringen. Zum ersten Mal war Werner froh, dass sie und die Kinder nicht hier waren. So konnte ihn wenigstens niemand aufhalten. Spätestens in einer Viertelstunde würde er endlich frei sein von seinem unmoralischen Bruder, der die Familie immer weiter ins Verderben riss.

Noch einmal überprüfte Werner die Flinte des Großvaters. Er war nervös. Ob er es schaffen würde, auf den eigenen Bruder zu zielen und abzudrücken? Würde ihm die Polizei einen angeblichen Unfall abkaufen? Mit zittrigen Händen schenkte er Wein nach, während sich ein weiteres Gewitter ankündigte. Schon klatschte der Regen gegen die Fensterläden. Doch Werner bemerkte es nicht. Er sah auf die Uhr. In wenigen Minuten würde Wolfgang anläuten. Den nächsten Schluck trank Werner, um sich zu beruhigen.

Als die Türglocke ertönte, fuhr er vor Schreck zusammen. Sein Herz pochte bis zum Hals. Die Flinte lag griffbereit unterm Couchtisch. Der Vertrag! Er musste den Vertrag verschwinden lassen. Wenn sie diesen bei der Leiche fanden, würden sie Verdacht schöpfen. Im Vorzimmer drückte er den Türöffner, der das schmiedeeiserne Einfahrtstor freigab. Dass draußen schon wieder ein Unwetter tobte, war Werner momentan völlig egal. Jetzt durfte er bloß keinen Fehler machen.

Wolfgang beutelte den nassen Regenschirm ab und steckte ihn in den Schirmständer. Wenig später nahm er im Ohrensessel des Vaters vor dem Kamin Platz. Werner schenkte ihm das letzte Achtel aus der Traminer-Flasche ein. Was für eine Verschwendung! Er reichte Wolfgang das Weinglas und nahm den Vertrag an sich. Die Papiere wolle er am Couchtisch unterschreiben, erklärte er dem Bruder. Stattdessen griff er zur Flinte und lud sie durch.

Wolfgang reagierte sofort auf das Geräusch hinter seinem Rücken. Erschrocken fuhr er herum und erstarrte für einen Augenblick. Dann stand er auf und stellte das Weinglas auf dem Kaminsims ab. Langsam ging er auf Werner zu. Der warnte ihn, keinen Schritt näher zu kommen, die Flinte im Anschlag. Wolfgang beschwor ihn, keinen Unsinn zu machen. Man könne doch über alles reden. Von wegen! Wie oft hatte Werner versucht, den Bruder mit Worten auf den richtigen Weg zu bringen. Genauso gut hätte er gegen Wände reden können. Nun war es an der Zeit, Taten sprechen zu lassen. Wolfgang wandte sich blitzschnell ab, um seinem Schicksal davonzulaufen. Dieser Feigling! Werner zielte auf den Rücken des fliehenden Bruders und drückte ab. Doch nichts passierte. Hektisch öffnete er die Flinte, um die Ladehemmung zu beseitigen, und lud die Waffe erneut durch.

Wolfgang war inzwischen aus dem Haus geflüchtet. Werner beeilte sich, ihm zu folgen, und hielt unter dem Vordach inne. Noch einmal zielte er auf den Bruder, der nun fast beim Einfahrtstor angelangt war, und drückte den Abzug. Ein mächtiger Donnerschlag verschluckte die Schallwellen des Schusses. Doch diesmal traf er sein Ziel. Wolfgang fiel vornüber zu Boden. Er griff nach den Torstäben und versuchte sich daran hochzuziehen. Wieder lud Werner die Waffe durch, als ein Blitz vom Himmel fuhr und in das Tor krachte. Instinktiv schloss er die Augen, um sie vor dem grellen Licht zu schützen, während der Boden unter seinen Füßen bebte.

Als Werner wieder aufblickte, sah er Wolfgang vor dem Tor liegen. Der Regen prasselte auf den regungslosen Körper nieder. Dem nächsten Blitz folgte ein weiterer Donnerschlag. Werner wartete eine Weile, bis sich das Gewitter allmählich entfernte, den Bruder stets schussbereit im Visier. Doch Wolfgang rührte sich nicht mehr. Werner sicherte die Flinte, lehnte sie gegen die Haustür und rannte im Regen die Einfahrt hinunter.

Wolfgang war tot. Erschlagen vom Blitz. Das Projektil hatte ihn nur am Schulterblatt getroffen. Dass er nicht mehr lebte, ging auf das Konto einer höheren Gewalt. Es hatte wohl so kommen müssen.

Werner ließ die Leiche des Bruders im strömenden Regen liegen und lief ins Haus zurück, wo Riko ihn schwanzwedelnd begrüßte. Von Emma war weit und breit nichts zu sehen. Sie würde sich erst wieder blicken lassen, wenn auch das letzte Donnergrollen in der Ferne verstummt war. Seelenruhig zündete Werner den Vertrag an und sah zu, wie er im Kamin verbrannte. Wolfgangs Regenschirm ließ er bedenkenlos im Schirmständer stecken. Wer wusste schon, dass dieser nicht dem Hausherrn gehörte? Dann rief er den Polizeinotruf an, um zu melden, dass er auf einen Einbrecher geschossen hatte. Von nun an würde alles gut werden.

Werner nahm das Weinglas, das Wolfgang auf dem Kaminsims abgestellt hatte, und setzte sich in den Ohrensessel. Den letzten Schluck Traminer trank er auf seinen toten Bruder.

Sauvignon Blanc

Ins Gras gebissen

EVA ROSSMANN

Sauvignon Blanc (oder Muskat-Sylvaner): kommt aus Südwestfrankreich; ist vor allem in Weinbaugebieten der Neuen Welt sehr beliebt; benötigt feuchte Böden und hohe Luftfeuchtigkeit. Anbaufläche in Wien: 1,3 %; Farbe: Blassgelb bis Goldgelb; Geschmack: leichte Weine grasig, reife Ausbauten frisch, oft Johannisbeeraroma (aber auch Stachelbeere, Grapefruit, Ananas, Rhabarber, Holunder); beste Lage in Wien: Mauer.

Ich strahle und schwinge drei Pfannen abwechselnd, Woks wären geeigneter, aber der Veranstalter wollte es wienerisch. Also gibt's *Tafelspitz modern* und *Wiener Würstchen trifft das Meer* und *Schweinsbratl hot*. Es ist wie bei jedem Buffet: Je gestopfter, desto hungriger sind sie. Ich teile aus, fülle nach, Anglerfilets zum Würstel und Gurkenwürfel und Meersalz und ... Ja, bitte? Nein, das sind keine Putenwürstchen. Lächeln. Wozu bin ich Schauspielerin? Und weil fixe Engagements nicht massig zu bekommen sind, koche ich. Macht mehr Spaß, als in einem

Werbespot den tanzenden Lampenschirm zu geben – ich weiß es, ich hab es getan.

Peter klopft mir auf den Rücken. „Kurze Pause, Lila. Außerdem kann keiner das verdammte rote Beerengelee finden.“ Peter ist der Boss von *Plus-Catering* und ganz in Ordnung. Aber ein Chaot. „Irgendwie total dein Abend, Rot steht dir, Kaiserin Sisi.“

Ich schlage mit dem Geschirrtuch nach ihm. Meine Eltern heißen Kaiser und haben mich Elisabeth getauft. Ich nenne mich Lila. Punkt.

Wiener Blut heißt die Festivität, auf der wir heute unser Geld verdienen. Wiener Winzer stellen ihre Rotweine internationalen Weinkennern und Weinhändlern und natürlich Journalisten vor. Die PR-Tante wollte Tradition mit Schrägem verbinden. Also sind wir in der Hofburg, das weibliche Personal in blutroten Hosenanzügen mit absurden Weintraubenohrclips. Wir wirken wie AUA-Stewardessen, die Graf Dracula in die Hände gefallen sind. Nur die Winzer sind ein wenig bieder. Okay, nicht alle. Der Moderator strahlt Jasmin Hohenau an, als *Weinqueen* hat er sie vorgestellt. Dass Männer besser schauen als denken können … Knallenges weinrotes Kleid, tiefer Ausschnitt, hohe Schuhe, als ob sie nicht groß genug wäre. Die langen blonden Haare zu neckischen Zöpfen geflochten, aber sonst … Ich hab ihre Weine probiert, sind eher mittelprächtig. Und haben fast alle diesen kleinen Zuckerrest, den ich nicht mag. Trotzdem ist sie in letzter Zeit ununterbrochen in den Medien. „Naturnah zu produzieren, ist mir besonders wichtig“, flötet sie ins Mikrofon. „Ich liebe meinen Wiener Boden, ich gehe zärtlich mit den Trauben um, aber bestimmt. Sie entscheiden, wie der Wein schmeckt.“ Im Hintergrund läuft ein Video. Weingarten. Jasmin in sehr knappen Shorts, die Weinblätter zupft. Ich stapfe an ihr und einem Rudel Verehrer vorbei. Der Winzer am Nachbarstand scheint allerdings kein Fan von ihr zu sein, wütender Blick in ihre Richtung. Zellerndorfer … ein alteingesessenes Weingut, glaube ich. In welche Kühlbox haben wir das rote Beerengelee getan?

Hinter dem Festsaal das übliche Chaos. Kartons und Kühlboxen und Weinkisten und Werbematerial. Ich seufze und sehe mich um. Hinter diesem Raum sind noch zwei Räume. In dem einen haben sich die meisten von uns umgezogen. Wer will schon in einem knallroten Hosenanzug in der U-Bahn stehen? Ich öffne die Tür zum anderen, sehe tatsächlich zwei Kühlboxen von *Plus-Catering* und fast gleichzeitig etwas, das ich zuerst für eine Inszenierung der PR-Tante halte: Wiener Blut. Oder besser: Wiener im eigenen Saft. Ich tappe zwei Schritte nach vorn. Da liegt einer und rund um ihn eine ganze Menge Rot. Gleich wird der erste Weinfreak hereinstürmen und sich darüber freuen, dass er das Mordsspiel gewonnen hat. Aber da kommt keiner. Ich sehe, dass die Flüssigkeit an den Rändern gerinnt. Blut macht so etwas. Mein Blick wandert Beine in schwarzen Jeans hoch, kommt zu einem Sakko, das vielleicht einmal beige war, das Polo hat einige Stellen, wo das Blut dunkler ist, irgendwie anders. Einstichstellen. Sein Mund steht halb offen, das Gesicht ist bleich. Braune Knopfaugen. In manchen Kulturen glaubt man, dass die Seele durch die

Augen davonfliegt. Jetzt weiß ich, warum. Ich hab ihn gekannt. Carlo Klein. Hat eine Story über dubiose Bankenverflechtungen geschrieben und ist dadurch beim obersten Boss in Ungnade gefallen. Wurde vom Wirtschaftsressort abgezogen und darf seither über Wein schreiben. Es ist erst drei Stunden her, dass er mir etwas von einem *Weinskandal* erzählt hat, hinter dem er her ist. Seine Arme liegen eng am Körper. Da glitzert etwas. Ich tappe um die Blutlache herum. Er hält den Hals einer Weinflasche fest. Hat er versucht, sich mit ihr zu wehren? Ich bemerke Scherben im Blut, einige Scherben daneben. Auf einer gleich neben den Catering-Kisten klebt ein Stück vom Etikett. Ich fingere ein Taschentuch aus der Hose, hebe die Scherbe damit hoch. *Sauvignon B.* Mehr ist nicht zu lesen. Ich lege die Scherbe vorsichtig zurück. Vielleicht steht das B für eine besondere Riede? Vielleicht ist es der Anfangsbuchstabe eines Fantasienamens?

Ich rapple mich auf, renne hinaus, stürze in den Festsaal, unsere Partytische sind ein sicherer Hafen. Peter sieht mich gekränkt an. „Das hat aber lange gedauert."

„Im zweiten Lagerraum liegt ein Toter."

„Lila Kaiser, ich weiß, dass du Schauspielerin bist", kommt es streng zurück. „Und ich tät dir sofort ein Engagement geben. Aber ..."

Ich sehe Peter flehentlich an. „Echt. Bitte. Ein Journalist."

Im großen Saal der schöne Schein, immer noch Gedränge am Buffet, Buhlen um die Gunst von Weinhändlern und

Weinschreibern. In den Räumen dahinter: Trupp der Spurensicherung, jeder steril eingepackt, wie eigenartige Hühner, die nach Körnchen von Wahrheit suchen. Und Trupp der Veranstalter plus Leiter des Tatortteams. PR-Lady, die den Kriminalbeamten augenklappernd und händeringend beschwört, das Fest weitergehen zu lassen. Peter, der besorgt auf die Catering-Kisten starrt. Weinwirtschaftsboss, der den Kopf schüttelt und ziemlich weggetreten wirkt. Ich beobachte die Spurensicherer. Von der Scherbe mit *Sauvignon B* hab ich nichts gesagt. Die entdecken sie schon selbst. Ich habe mir den Schriftzug eingeprägt.

„Sie brauchen mich da noch?", frage ich den Kriminalbeamten und lächle mein schönstes Bühnenlächeln Marke *Junge Naive*. Nicht eben mein Fach.

Der Typ sieht mich an, als nehme er mich erst jetzt wahr. „Nein. Ihre Aussage haben wir. Und Ihre Adresse auch."

„Chef, das sollten Sie sich ansehen!" Eine plastikverpackte Spurensichererin hält eine grüne Seidenjacke mit seltsamen Verfärbungen in die Höhe. „Wir haben sie dort dahinter gefunden", sagt sie und deutet auf eine Stellage aus Metall. Der Kriminalbeamte zieht seine Mitarbeiterin zur Seite.

Ich folge ihnen, sage ganz harmlos: „Ja, dann … bitte melden Sie sich, wenn Sie was brauchen. Und ich melde mich, wenn mir etwas …"

Der Beamte ist eindeutig genervt. „Ja, ja."

Jetzt habe ich genug gesehen. Und ich habe eine Idee, wem die Jacke gehört. Ich muss ganz dringend zum Stand dieser Weinqueen.

Ich ignoriere die Blicke unserer Kochtruppe; natürlich haben sie mitbekommen, dass da irgendwas los ist. Um die schöne Jasmin noch immer Männer mit Gläsern in Aufruhr. *Young Winemaker of the Year* steht auf einem Schild. Das Video zeigt Jasmin, noch immer in Shorts, vor einem enormen Weintank. Ich nähere mich ihr lächelnd. Sie strahlt zurück. Ich beuge mich zu den Weinflaschen. Cabernet Sauvignon. Ohne B dahinter. Ihre Etiketten sind schmutzigweiß. Das Papier auf der Scherbe war dunkelgelb.

„Haben Sie noch einen anderen Cabernet Sauvignon?“, frage ich.

Sie sieht mich erstaunt an. „Nein. Leider. Ist ja erst mein zweiter Jahrgang. Ich hab vor, eine Reserve zu machen.“

Lügt sie? Weiter. Einen Trumpf hab ich noch. „Sie sind der Star des Abends“, säusle ich. „Auch was das Outfit angeht. Während wir wie blutleere Stewardessen herumgehen, tragen Sie dieses großartige Kleid – und die grüne Jacke, die ist toll. Ist das Seide? Wo bekommt man so was?“

Aha. Jetzt ist ihr Blick misstrauisch. „Ich hab sie aus einem Secondhandladen.“

„Ich glaube, ich hab sie in den Lagerräumen gesehen.“

„Ja, ich hab sie zu meinen Weinkartons gelegt. – Wollen Sie etwas kosten?“

„Ja, klar“, lächle ich harmlos. „Den Sauvignon.“

„Weißweine habe ich nicht da.“

Dass ich darauf nicht gekommen bin. Klar, auf dem Etikett könnte auch *Sauvignon Blanc* gestanden haben.

„Sie haben die gleiche Etikettenlinie für die Weißweine?“

Jetzt ist es ihr zu viel. „Sorry“, sagt sie und schenkt ihr Lächeln einem Mann weiter, der aussieht wie ein Weinfass auf Beinen.

Ohne Wein, aber um eine Idee reicher, ziehe ich weiter. Sehe mir die Etiketten an. Nichts, was zum Fetzen auf der Scherbe passt. Bleibt noch Zellerndorfer.

„Cabernet Sauvignon, bitte“, sage ich zu ihm.

Eigentlich sieht er gut aus, aber mir ist er zu glatt. Gut geschnittenes schwarzes Sakko. Das Etikett. Die Farbe. Dunkelgelb. Hans Zellerndorfer hält mir ein Glas entgegen. Ich nehme es rasch, rieche. Viel Frucht. Koste. Na ja. Dann bitte ich um die Flasche. Auch die Schrift passt. Aber kein B hinter *Sauvignon*.

„Sauvignon Blanc mag ich besonders“, sage ich harmlos.

Er lächelt breit. „Das ist eine Rotweinverkostung.“

„Mir kommt vor, ich habe eine Flasche gesehen.“

Er wirft mir einen undefinierbaren Blick zu. „Na gut, ich hab ein paar Flaschen *Sauvignon Blanc* mitgebracht. Sind aber im Lager.“

Das Fest ist vorbei. Den Toten hat man durch einen Hinterausgang abtransportiert. Peter ist noch länger bei den Spurensicherern geblieben, man hat die Tatwaffe gefunden. Dummerweise war es ein Messer von *Plus-Catering*, ein Ersatzmesser. Die Idee, dass Carlo Klein vom obersten Bankenboss erledigt worden sein könnte, gefällt mir sehr. Aber der hätte ihn wohl mit einer seiner Jagdwaffen niedergemacht. Messerstechend kann ich mir den dicklichen älteren Herrn wirklich nicht vorstellen. Jasmin Hohenau aber schon. Was, wenn Carlo Klein dahintergekommen ist, mit welchen Methoden sie die Weinkenner einwickelt? – Aber würde man so etwas als *Weinskandal* bezeichnen? Jedenfalls ist ihre grüne Jacke voller Blut. Zum Glück tratschen Winzer fast so gerne wie die Leute aus der Restaurantbranche. Das alteingesessene Weingut Zellerndorfer gehört erst seit einem Jahr Hans. Sein Bruder ist beim Klettern tödlich verunglückt, scheint sich überhaupt mehr um die Berge als um den Wein gekümmert zu haben. Hans hatte kurz davor mit einer Schwimmbadfirma Pleite gemacht – in Krisenzeiten wie diesen werden offenbar weniger Pools gekauft – und das Weingut übernommen. Viele sind skeptisch, ob er den Betrieb wieder in die Höhe bringen kann.

Dass mich der Kriminalbeamte so gar nicht ernst genommen hat, nervt. Außerdem hab ich den Verdacht, er hält Carlo Klein für einen Schaumschläger. Das mit dem *Weinskandal* hat ihn gar nicht interessiert. Und als wir uns um eins in der Nacht noch einmal über den Weg gelaufen sind, hat er etwas von „dubiosen Kontakten“ des Journalisten gemurmelt. Vielleicht braucht er Geld von der Bank, der Carlo Klein zu nahe gekommen ist? Vielleicht reicht schon der Gedanke, dass sich einige Mächtige freuen, wenn Klein seine Nase nicht mehr in ihre Angelegenheiten stecken kann, um nicht allzu genau zu ermitteln. Oder hat er gar Jasmin Hohenau zu tief in die blauen Augen geblickt?

Ich schwänze das Vorsprechen für eine Rolle beim Kindertheater. Ich will keine Maus spielen. Ich kenne Carlo

Kleins Stammlokal. Ich hab dort einmal gearbeitet. Italienisches Restaurant, dem der Mistelbacher Chef davongelaufen ist. Franz, der Kellner, ist geblieben.

„Er war mit einem Mann da. Sie haben auch für heute Mittag reserviert. Sie haben sich seltsame Skizzen angesehen, Diagramme oder so."

„Was für ein …"

„Da kommt er!", flüstert mir Franz zu.

Mittelgroß, intelligentes Gesicht, Mitte vierzig, unspektakulär. „Carlo Klein hat mich geschickt", will ich sagen, als ich auf ihn zugehe. Aber ich schaffe es nicht. „Carlo Klein ist ermordet worden", sage ich stattdessen und zwei graue Augen starren mich an.

Vor mir liegt ein Blatt Papier, auf dem so etwas wie ein überdimensionaler Strichcode zu sehen ist. Diagramm einer Weinanalyse. Der Typ ist Lebensmittelinspektor. Künstliche Weinaromen, man bekommt sie in Tschechien zu kaufen, erzählt er. So ein Aroma macht müde Weine munter und duftig. Mit dem kleinen Schönheitsfehler, dass Zusätze bei uns, anders als in der Neuen Welt, verboten sind. Und dass so ein Wein nach wenigen Monaten altert und wie Abwaschwasser schmeckt. „Die da oben" haben das Geld für flächendeckende Analysen abgedreht. Kein gutes Image für den österreichischen Wein, wenn rauskommt, dass gefälscht wird. Also hat er sich an Carlo Klein gewandt. Künstliche Aromen sind mit der gaschromatischen Methode gut zu erkennen.

„Weingut Hohenau? Sagt Ihnen das etwas?"

Der Lebensmittelinspektor sieht mich an. „Das ist diese neue Starwinzerin. Aber mit Carlo hab ich nicht über Namen gesprochen. Er wollte, dass ich vorurteilsfrei analysiere."

„War ein *Sauvignon Blanc* darunter?"

„Mehrere. Zwei Proben sind positiv."

„Könnten Sie Zusätze auch am Geschmack erkennen?"

„Ich bin ein Weinliebhaber. Aber das ist schwierig. Es gibt Anzeichen, vor allem, wenn der Wein ein wenig offen steht. Chemische Noten, Geschmacksveränderung ins Oxydative. Besser, ich analysiere verdächtige Weine."

„Was geht schneller: Kosten oder analysieren?"

Der Lebensmittelinspektor seufzt. „Kosten. Aber wissenschaftlich ..."

„Bleiben Sie hier, ich bin gleich zurück", rufe ich, schon im Hinauslaufen. Ich hab das Gefühl, wir dürfen keine Zeit verlieren.

Ich sprinte durch die Himmelpfortgasse, Sitz des Finanzministeriums. Was, wenn doch irgendwelche Banker den Journalisten auf dem Gewissen haben? Sie müssen sich ja nicht persönlich die Finger schmutzig machen ... machen sie nie ... Aber wie geplant hat das Blutbad nicht ausgesehen. Ein Streit, unsere Ersatzmesser neben den Catering-Boxen. Weiter. Ich keuche, bin schon in der Weinhandlung, habe Glück: *Weingut Hohenau* wird prominent präsentiert, samt Prospekt mit lächelnder Winzerin. Den Sauvignon Blanc vom Zellerndorfer finde ich weiter hinten. Rasch stelle ich noch zwei andere Sauvignons zur Kassa.

Mein Lebensmittelinspektor sitzt bei einem Glas Mineralwasser. „Ich sollte zur Polizei ..."

„Natürlich. Gleich", beschwichtige ich ihn.

Wenig später beugen sich drei Schnüffelnasen über jeweils vier Weinproben. Kellner Franz hat sie eingeschenkt, wir wissen nicht, von welchem Winzer welcher Wein ist. Er darf mittun, hat irgendeine Sommelierausbildung.

„Das Typische ist ein grasig-grüner Ton in der Nase, die Fruchtaromen können variieren", doziert der Lebensmittelinspektor.

Das weiß sogar ich. Probe eins riecht knackig-grasig. Probe zwei hat ein viel lauteres Bouquet. Zu wuchtig. Probe drei ... ich versuche mich zu konzentrieren. Hab ich da was Chemisches bemerkt? Unsinn. Riecht eigentlich sehr gut. Vielleicht ein wenig intensiv, auch nach Gras. Probe vier ... keine Ahnung. Ich sehe den Lebensmittelinspektor an. Er wiegt den Kopf. Was für eine blöde Idee, einen Mord durch eine Weinverkostung aufzuklären! Er kostet. Ich koste auch, lasse den Wein im Mund herumgehen, bevor ich ihn schlucke. Üblicherweise finde ich dieses Getue affig. Probe eins: Grasduft, leicht metallische Noten, verhaltene Fruchtaromen. Nicht übel. Probe zwei. Der Lebensmittelinspektor hat sie schon gekostet, er dreht das Glas, hebt es wieder, kostet noch einmal, schüttelt den Kopf. Wir haben ausgemacht, erst nach dem Kosten zu reden. Ich halte es fast nicht mehr aus. Probe zwei ist wuchtig. Probe drei: sehr metallisch, aber auch viel Frucht. Mir etwas zu viel von beidem. Chemie? Probe vier: Ich kann den Sauvignon nicht erkennen. Könnte auch ein reifer Veltliner sein.

„Können wir?“, platze ich heraus.

Der Lebensmittelinspektor nickt. Franz darf zuerst. Ihm hat die Probe drei am besten geschmeckt. Typisch Sauvignon, strahlt er. Liege ich total daneben? Egal, hier geht es um anderes.

„Für mich war bei der Probe drei alles … übertrieben“, murmle ich.

„Sehr gut“, sagt der Lebensmittelinspektor. He, was ist das? Ein Önologieseminar? „Probe eins ist wohl ein Südsteirer. Die verstehen was davon. Probe zwei dürfte aus der Neuen Welt sein. Internationale Stilistik, gut gemacht, aber ohne Kick. Probe vier … etwas verhalten, aber ganz in Ordnung. Und Probe drei: Ich muss sie analysieren, aber ich bin ziemlich sicher, dass da ein künstliches Aroma dabei war. Und dass es von jemandem verwendet wurde, der nicht viel Ahnung von *Sauvignon Blanc* hat. Er hat einfach zu viel dazugetan.“

Ich bin schon hinter der Theke und sehe nach: Probe vier war von … Jasmin Hohenau. Probe drei von Hans Zellerndorfer.

Ich hab einen Fotografen bei der Zeitung, bei der Carlo Klein gearbeitet hat, angerufen. Ich kenne ihn von früher. Hm, eine Zeit lang kannte ich Christoph sogar ziemlich gut. Großes Drama in der Redaktion, ein kritischer Journalist sei mundtot, nein, ganz tot gemacht worden, wird lamentiert, so als ob man ihn nicht abgeschoben hätte, nachdem er begonnen hatte, wirklich was aufzudecken. Christoph hat Zeit.

Rund um das Weingut von Jasmin Hohenau lagern Journalisten. Mist. Die blutbefleckte Jacke hat sich herumgesprochen. *Weingut* ist übertrieben, das Haus ist unspektakulär und könnte einen neuen Anstrich brauchen. Die Weingärten mit Blick auf Wien geben jedenfalls ein nettes Fotomotiv ab. Ich hab mir von Peter Jasmins Mobiltelefonnummer besorgt. Warum er die hat, will ich gar nicht wissen. Eine SMS. Eine Antwort. Wir finden Jasmin zwischen den Rebzeilen. Gar nicht strahlend.

„Ich hab mit der Sache nichts zu tun", faucht sie. So ungeschminkt ist sie mir viel lieber. „Wenn's ein Skandal ist, dass ich keine höhere Weinbauschule hab, dann kann ich damit leben. Und dass ich die Weingärten nur gepachtet hab, geht keinen was an. Ich will Wein machen!"

„Wein vermarkten", erwidere ich beinahe sanft.

„Als No-Name hast du keine Chance! Und mit dem Namen Müller auch nicht! Meine Großmutter hat Hohenau geheißen! Ich kämpfe eben auf meine Art! Was hab ich denn sonst schon?"

Jedenfalls ist sie bereit, mitzufahren und ihre Rolle zu spielen. Und falls ich mich getäuscht habe, muss ich eben improvisieren. Hab ich schließlich gelernt.

Vor dem deutlich eindrucksvolleren Weingut Zellerndorfer ist es ruhig. Christoph hält sich versteckt, Jasmin und ich läuten. Es ist Hans Zellerndorfer selbst, der öffnet. Er starrt Jasmin Müller-Hohenau an.

„Sie ist Journalistin", sagt Jasmin. „Sie weiß, dass Ihre Weine künstlich aromatisiert sind."

„Was soll das?“, antwortet Zellerndorfer grob.

„Carlo Klein hatte eine Ihrer Weinflaschen in der Hand, als er erstochen wurde. *Sauvignon Blanc.*“

„Sie haben meine Jacke mit Blut bespritzt.“ Jasmin starrt ihn böse an. „Aber im Labor kann man nachweisen, wenn die Blutspritzer erst später draufgemacht wurden.“

Super Idee. Darauf wär ich gar nicht gekommen. Jasmin steigt in meiner Achtung. Trotzdem, Vorsicht!

„Ach ja, wenn das zwei Damen sagen …“, spottet Zellerndorfer.

Ich zucke mit den Schultern. „Morgen ist die Story in der Zeitung. Ich wollte einfach wissen, was Sie dazu …“

Plötzlich, wie aus dem Nichts, ein Sprung. Ich werde umgerissen, Jasmin hetzt Zellerndorfer hinterher, ich rapple mich auf, er darf das Auto nicht erreichen. Die schöne Winzerin stürzt sich auf ihn, als er in den Lieferwagen will, er versetzt ihr einen Fausthieb, dunkles Knacken, sie lässt nicht los. Jetzt bin ich da, meine Güte, hat der Mann Kraft. Viel Blut auf Jasmins Gesicht, er schüttelt uns ab, ich dresche ihm mit aller Kraft den Ellbogen in den Bauch, nur für einen Moment geht er zusammen. Wo ist Christoph? Was macht der Idiot?

Sirene. Autos. Polizei. Zellerndorfer sitzt im Auto. Startet. Jasmin hat einen Stein in der Hand, sie wirft ihn mit aller Kraft gegen die Windschutzscheibe. Knirschen. Und gleichzeitig Männer in Uniform. Und dahinter Christoph, strahlend. „Mann, das sind Bilder!“ Ich schaue hinüber zu Jasmin Hohenau.

„Dem haben wir's gezeigt“, keucht sie.

„Deine Nase …"

Sie tastet sie ab. „Nichts gebrochen."

Ich nehme ein Taschentuch und versuche, das Blut wegzuwischen.

„Langsam!", ruft Christoph und fotografiert weiter.

Die Fotos, die am nächsten Tag erscheinen, sind wirklich spektakulär. Blöderweise bin ich nur zu sehen, wie ich im Gras liege und danach Jasmin das Blut aus dem Gesicht wische. Die anderen zeigen sie als Actionheldin. *Starwinzerin überwältigt Wein-Mörder!*, lautet die Schlagzeile. Irgendwo im Text komme ich dann auch vor. Aber Jasmin Hohenau hat es mit dieser Aktion nun wohl wirklich geschafft. Und ich glaube beinahe, ich habe eine neue Freundin. Auch wenn sie manchmal ein wenig zu dick aufträgt. Den Zuckerrest werde ich ihr schon noch abgewöhnen.

Cabernet Sauvignon

Igors Blut

IVO SCHNEIDER

Cabernet Sauvignon. Die französische Rebe ist eine Kreuzung zwischen Cabernet Franc und Sauvignon Blanc und gilt als eine der hochwertigsten. Sie ist eher anspruchslos, braucht nur viel Sonne. Anbaufläche in Wien: 1,4 %; wird meist im kleinen Holzfass ausgebaut; Farbe: Granatrot bis Schwarzrot; Geschmack: aufgrund des hohen Gerbstoffanteils Lagerung vonnöten, dann Johannisbeeren; beste Lage in Wien: Mauer.

„Umbracht hobts eahm, den Igor. Derschlogn wia an Hund, ihr Gfrasta“, rief der alte, blinde Mann, der eben die Stube des Heurigen betreten hatte. Wild gestikulierend wirbelte er seinen Stock durch die Luft.

Die Einheimischen, die an diesem nasskalten Märzabend an den Tischen saßen, blieben unbeeindruckt. Nur ein junger Mann hielt sich ängstlich an seinem Glas Veltliner fest.

Der Blinde ging zwei Schritte nach vor, rief noch lauter: „Wo immer ihr seids, i find eich. Solang i leb …“

„Geh, halt die Goschn“, schallte es ihm entgegen.

Das machte den Alten nur noch wütender. Zornig schlug er mit seinem Stock in die Richtung des Sprechers. Der dritte Hieb traf zwei Gläser auf einem Beistelltisch. Splitter flogen durch die Luft.

Binnen Sekunden stand eine Kellnerin vor dem Blinden. „Trink was und gib eine Ruh."

Sie hielt seinen Arm und setzte ihn auf die Bank neben den jungen Mann. Schnell rückte der weg von dem Blinden, starrte gerade aus und leerte sein Glas. Der Blinde hob den Kopf, horchte.

Wenig später brachte die Kellnerin ein Glas Rotwein. „Bitte schön, einmal der Cabernet Sauvignon."

Der Blinde packte ihre Hand. „Dem neben mir bringst auch ein Achtl."

Der junge Mann rutschte aufgeregt auf der Bank hin und her, sah den Blinden an. „Woher wissen Sie, dass ich fertig …"

„I bin blind, aber ned deppert", unterbrach ihn der Alte.

„Und wenn ich nichts mehr trinken will?", meinte der Junge leicht trotzig.

Der Blinde starrte ihn mit seinen toten Augen an. „Was is? Bist du aner von denen?"

„Nein, nein, ich weiß überhaupt nicht, wovon Sie reden. Ich kenne keinen Igor", antwortete der junge Mann ängstlich.

„Na oiso", beendete der Blinde die Diskussion.

Als beide volle Gläser in der Hand hielten, hob der Alte das seine. „Auf 'n Igor." Sie tranken. Nach einigen Minuten stillen Sinnierens drehte sich der Blinde wieder zu dem jungen Mann. „Bist du a Anwalt oder so was?“

„Nein, nein“, antwortete der schnell, „ich bin im Marketing.“

„Schad“, meinte der Alte.

Um nicht unhöflich zu erscheinen, fragte der junge Mann nach: „Was ist mit diesem Igor passiert?“

Der Alte schüttelte seinen Kopf. „Du bist ned von da, gö?“

Nach einer Pause begann der Blinde von neuem: „Verstehst du wos vom Wein?“

„Sicher. Ich habe mehrere Seminare und Weinverkostungen besucht“, antwortete der Junge.

Der Alte lachte verächtlich. „Da Igor, der hat wos verstandn vom Wein.“

Etwas beleidigt, dass seine absolvierten Seminare so überhaupt nicht gewürdigt wurden, wollte der Junge nun wissen, was es mit diesem önologischen Genie namens Igor auf sich hatte.

„Des is a lange Gschicht und du bist jung. Junge Leut habn ja ka Zeit“, versuchte der Blinde seinen Gesprächspartner abzuwimmeln. Der Angesprochene meinte, dass es noch früh am Abend sei und er durchaus bereit wäre, eine Weile zuzuhören.

Der Alte fasste die Hand des Jungen, zwang ihn, ihm in die milchig-toten Augen zu sehen: „Derschlogn habns eahm. Durt, am Maurer Hauptplatz. Bluat, überall Bluat.“ Der Alte lockerte seinen Griff und rief Richtung Schank: „No zwa, und schnö!“

Erst als die Kellnerin zwei weitere Gläser Cabernet Sauvignon auf den Tisch gestellt hatte, setzte der Blinde fort. Seine Erzählung begann mit einer Befreiung.

Mit der Befreiung Wiens nämlich, die sich am Ende des Zweiten Weltkriegs über mehrere Tage erstreckte. Mauer erlebte das letzte Gefecht bereits um den 6. April 1945, aber die Wirren der letzten Kriegstage hinterließen auch abseits der eigentlichen Kämpfe eine blutige Spur. Jünglinge starben in Gräben, die sie mit Großvätern ausgehoben hatten. Familien, die auf ihren Häusern weiße Flaggen hissten, um von der Roten Armee verschont zu bleiben, wurden von Wehrmachtssoldaten wegen Fahnenflucht erschossen. Gleiches geschah mit wehrunwilligen Männern, die in den Kellern aufgespürt wurden, oder Frauen, die Soldaten zur Aufgabe überreden wollten. Die Strom- und Wasserversorgung brach zusammen, die Nahrungsmittelvorräte gingen zu Ende. An jeder Ecke lauerten Hunger und Tod. Schlussendlich zog sich die Wehrmacht über den Donaukanal zurück und Mauer wurde von der Roten Armee besetzt.

Natürlich war es eine Befreiung, auch wenn einige es damals anders sehen wollten. Außer Zweifel steht, dass der Schrecken nicht sofort beendet war und die Russen mit den Befreiten wenig zimperlich umgingen. Es wurde geplündert, geraubt, und junge Frauen trauten sich nur im Notfall auf die Straße. Geschichten von betrunkenen Soldaten, die wahllos Frauen vergewaltigten, machten die Runde und einige davon werden wohl wahr gewesen sein.

Sich wochenlang zu verstecken, war aber unmöglich, denn der Mangel hielt an. Die Weingärten waren zerstört, die Keller geplündert und die Frauen größtenteils auf sich alleine gestellt. Die Männer kämpften noch, waren gefallen oder in Gefangenschaft.

Nach Wochen legte sich das Chaos, aber das Los der Frauen blieb hart. In diesen Tagen hörte man das erste Mal von einem russischen Offizier, den alle nur Igor nannten. Ihn zu erkennen war leicht, denn Igor war hässlich. Eine Erbkrankheit hatte den Mann entstellt. Er hinkte, hatte einen kleinen Buckel und ein schiefes Gesicht. Ohne seinen Offiziersrang und sein heldenhaftes Verhalten während der Kämpfe hätte ihn die eigene Armee wahrscheinlich entlassen, doch in diesen Tagen fragte niemand nach einem schönen Gesicht. Abgesehen von seinen unbestreitbaren Fähigkeiten als Soldat kannte Igor nur eine Leidenschaft: ВИНО, Wein. Der Sohn eines Weinbauern war an der Schwarzmeerküste aufgewachsen, und hätte der Krieg ihn nicht von dort vertrieben, wäre er wohl zufrieden bis an sein Lebensende zwischen seinen Rebstöcken hin und her gehumpelt. Einmal in Mauer angekommen, erkannte er seine Chance. Er versuchte den Kommandanten davon zu überzeugen, dass es für die Versorgung der Truppe nicht unwesentlich wäre, wenn man mit der Wiederherstellung des Weinbaus so bald wie möglich beginnen würde. Der Kommandant, ein Trinker zwar, aber kein Weinliebhaber, wollte davon nichts hören. Zwei Tage später trat er auf eine Mine. Sein Nachfolger stammte wie Igor aus einem Weinbaugebiet und sehnte sich nach einem guten Tropfen.

Igor wurde beauftragt, alles Nötige zu veranlassen, um einen Weingarten zu reaktivieren.

Er machte sich mit Feuereifer an die Arbeit, doch die Aufgabe war schwer. Es fehlte an allem. Nur wenige Rebflächen waren unversehrt geblieben und die Pferde, die von den Bauern eingesetzt worden waren, hatten die Kriegstage nicht überlebt. An verfügbaren Arbeitskräften mangelte es ebenfalls. Soldaten und schweres Gerät durfte Igor nicht einsetzen. Er war damit auf die freiwillige Mithilfe der Maurer Frauen angewiesen. Zu der Zeit einem hässlichen russischen Soldaten in den Weinberg zu folgen, bedurfte einer gewissen Überwindung. Die wenigen, die den Mut besaßen, hinter dem hinkenden Rotarmisten auf den Maurer Kadoltzberg zu gehen, wurden freilich belohnt. Mit einem großen Rucksack an Lebensmitteln überzeugte Igor die Frauen von seinem Vorhaben.

Der Plan war, bis zum Spätherbst einen Veltliner herzustellen. Ab und zu unterstützte der Kommandant die geheime Mission durch Maschinen oder Material, doch weitgehend waren Igor und die Frauen auf sich alleine gestellt. Die Frauen bereuten ihren Schritt keineswegs, denn zusätzlich zu den Nahrungsmittelrationen erhielten sie von Igor Passierscheine. Mit diesen konnten sie sich in Mauer frei bewegen und mussten nicht fürchten, von anderen Offizieren zu diversen Arbeiten eingezogen zu werden. Zivilisten waren noch länger Freiwild und jeder Besatzungssoldat ein kleiner Gott.

Dass die Wahl des ersten Weins auf einen Veltliner gefallen war, hatte einen einfachen Grund: Zum überwiegenden

Teil war der schon vor dem Krieg angebaut worden. Logischerweise hatten diese Rebstöcke in größerer Zahl die Verwüstungen überstanden. Als glücklicher Zufall erwies sich aber, dass neben dem Wiener Hauswein eine ganze Zeile Cabernet Sauvignon den Krieg in bestem Zustand überdauert hatte. Dies war deshalb bemerkenswert, weil diese Sorte so gut wie nie angebaut worden war. Als Igor klar wurde, welcher Wein da wuchs, sprang er vor Freude in die Höhe.

„Lustig, wenn einer, der hinkt und einen Buckel hat, da so einen Freudensprung macht", unterbrach der junge Mann die Erzählung. „Wie ein Rumpelstilzchen muss der ausgesehen haben."

Der Blinde brummte missfallend.

Besänftigend sprach der Junge: „Aber der Cabernet hier ist gut, wirklich sehr gut."

„Weißt du überhaupt, was ein Cabernet Sauvignon ist?", fragte der Alte in einem Ton, der vermuten ließ, dass er die Antwort bereits kannte.

„Ein ganz klassischer Rotwein, körperreich und fein. Kommt aus Frankreich, gedeiht aber in Anbaugebieten rund um den Erdball. Die Farbe … also das können Sie jetzt nicht sehen … geht so von Granatrot bis Schwarzrot. Nach entsprechender Reifezeit im Eichenfass schmeckt er geschmeidig trocken nach grünem Paprika und schwarzen Johannisbeeren." Wie ein Muttertagsgedicht hatte der Junge diese sinnlosen Worthülsen aufgesagt und trank stolz einen Schluck.

Der Alte schnaubte verächtlich. „Keinen blassen Tau hast du. A Cabernet Sauvignon is wie a Vanilleeis."

Der Junge hob die Augenbrauen. Das konnte der Blinde freilich nicht sehen, schien diese Reaktion aber erwartet zu haben: „Jeder, der ned ganz deppert is, kann a Eis machn. Und was macht er als Erstes? A Vanilleeis. Des kennt a jeder, schmeckt an jeden, und was am wichtigsten ist: A Eis wird schnö amoi a Vanilleeis. Oba – und jetzt wird's interessant: Von den ganzen Vanilleeis auf der Wöd schmecken vielleicht nur, sog ma, zehn Prozent wirklich Oarsch. Des is ned vü. Dreißig Prozent san ned guat, oba du kannst es essen. Fünfundfünfzig … des is mehr ois die Höfte …"

Leicht beleidigt meinte der Junge schnell: „Danke, ja, ich weiß: Fünfundfünfzig Prozent sind mehr als die Hälfte."

Der Alte nickte: „Also, fünfundfünfzig Prozent schmecken ganz in Urdnung. Des is natürlich supa. Stö da vua: fünfundfünfzig Prozent! Da muasst ka Held sein, um si des zan traun. Oiso macht's a jeder, der a bissl an auf international machn wü. Nur …" Hier schlug der Alte mit seiner Hand auf den Tisch, sein Kopf wurde rot bis unter die dünnen, weißen Haare. „Nua … guat, wirklich guat san vielleicht vier Prozent. Des is dann so aner wie der do, den wia zwa trinken. Da nimmst an Schluck und freist di. Oba a Prozent …", der Alte erhöhte nochmals die Lautstärke, „… nur ein Schaßprozent is wirklich a Wahnsinn! Da glaubst, die Traubn und des Eichenfassl habn wos ghabt miteinand. Da hängst die Nasn eina und siachst die Sun, wias auf die Blattln scheint, riachst die Erdn und schmeckst des Wunda, des aus an billigen Traubsaftl a Bluat mocht."

Der Junge hüstelte leicht. „Wir reden da aber jetzt nicht mehr über Vanilleeis, oder?“

Der Alte schüttelte den Kopf. „Na, a Bluat is ka Vanilleeis.“

Bedächtig tranken beide einen Schluck.

„Und was hat das jetzt mit diesem Igor zu tun?“, wandte sich der junge Mann wieder an den blinden Erzähler.

„Derschlogn habns earm, de Trottln, einfoch derschlogn.“

„Warum jetzt und wer?“, drängte der Junge.

„Oiso, des war a so …“, begann der Blinde von neuem.

Die kleine Weinbauaktion verlief erfolgreich. Der Wein des Jahrgangs 1945 blieb zwar eine saure Angelegenheit, doch der Vorgesetzte des hässlichen Igor war zufrieden. Die Kunde von dem Experiment erreichte höhere Stellen und dort gefiel die Idee. Politisch hatte sich nämlich einiges getan während des ersten Nachkriegssommers. Die Einteilung der Besatzungszonen Wiens war finalisiert worden. Mauer würde, für damals unabsehbare Zeit, sowjetisch bleiben und der Maurer Weinbau war danach auszurichten. Die Stimmung unter der Maurer Bevölkerung blieb grau. Die Versorgung mit dem Allernötigsten war wieder hergestellt, doch das Verhältnis zu den Befreiern blieb kühl. Die Amerikaner, Briten und Franzosen ließen ihre Kriegsgefangenen frei, während die Soldaten in russischer Gefangenschaft von der Heimkehr nur träumen konnten. In der sowjetischen Zone kam es immer wieder zu Willkür und Enteignungen. Menschen verschwanden über Nacht. Die

Frauen, die Stützen der Familien, fühlten sich alles andere als sicher.

Einzig der durch seine Erbkrankheit entstellte Igor genoss einen ausgezeichneten Ruf. Wer für ihn arbeitete, wurde gerecht behandelt und musste nicht um sein Leben fürchten. Mit der Ausweitung seiner Aktivitäten kamen immer mehr Maurer Frauen in den Genuss dieser Behandlung. Während Igor fieberhaft überlegte, wie er die neuen Vorgaben betreffend die abzuliefernde Weinmenge erfüllen sollte, dachten auch einige der Frauen nach. Gefallene Ehemänner, zu versorgende Kinder und die ungewisse sowjetische Zukunft flossen in die Überlegungen mit ein. Diese Mischung bewirkte eine erstaunliche Wandlung. Aus dem hinkenden, hässlichen Igor, dessen Herz vor allem an den Rebstöcken der Sorte Cabernet Sauvignon hing, wurde ein Retter in der Not, ein Schutzschild, ein Mann, dem zu gefallen sich lohnen konnte. Igor hingegen hatte es schon lange aufgegeben, jemandem gefallen zu wollen. Er, der auch in der Heimat verspottet worden war, dachte nicht an Frauen, verbrachte die meiste Zeit mit seinen roten Trauben.

Der Sommer der Liebe fand in Mauer 1946 statt. Fünfzig Frauen arbeiteten zwischen den Rebstöcken unter Igors fürsorglicher Aufsicht und einige von ihnen legten Wert darauf, dass er mehr zu sehen bekam als dürres Holz und sprießendes Grünzeug. Mit einem Mal war Igor umgeben von einer Wolke weiblicher Zuwendung, die so unerwartet süß schmeckte, so betörend war, dass er ihr nicht widerstehen konnte. Das Besondere daran aber war, dass dieser Sommer der Liebe keinen Streit und keine Eifersucht duldete. Es gab nicht eine, die darauf aus war, Igor für sich alleine zu beanspruchen. Die Frauen kamen stillschweigend überein, dass er seinen Schutzschild so weit wie möglich ausbreiten sollte. Er, der immer verschmäht worden war, schlief plötzlich jede Nacht in einem anderen Bett.

Mit dem Einsetzen der Weinlese kristallisierte sich eine Gruppe von vielleicht zwölf Frauen heraus, die sich Igor besonders nahe fühlten. Sie teilten nicht nur ab und zu eine Nacht mit ihm, sondern leiteten auch gemeinschaftlich den immer größer werdenden Weinbaubetrieb. Auf diese Frauen konnte sich Igor verlassen. Sie liebten den Mann, sahen hinter die Fassade aus Buckel und schiefem Gesicht.

Die Ernte war gut, die Fässer voll mit dem für die Massen bestimmten Weißwein. In zwei Eichenfässern aber reifte, zu Igors großer Freude, ein Cabernet Sauvignon heran. Wenn es je so etwas wie Wein aus Trauben der Liebe gegeben hatte, so lagerte er in diesen Fässern. Die fantastische Verwandlung eines hässlichen Mannes in einen strahlenden Prinzen hatte nichts und niemanden unbeeindruckt gelassen.

Während der Wein der Vollendung entgegenruhte, wuchsen die Bäuche einiger Frauen. Politisch änderte sich nicht viel. Das Leben in der sowjetischen Zone blieb trist, doch bald schürten einige die Hoffnung, dass die Besatzung, wie sie mittlerweile genannt wurde, nicht lange andauern würde.

Drei Jahre reifte der erste Cabernet Sauvignon. Es waren drei Jahre der Harmonie und des Glücks in Igors Leben. Die Frauen hatten ihre Kinder bekommen, waren aber schlau genug, nur Igor wissen zu lassen, dass diese seine waren. Offiziell wäre das nicht geduldet worden. Dank der für die Versorgung der Truppe immer größeren Bedeutung von Igors Tätigkeit wuchs sein Ansehen und er hatte genug Macht, um allen Frauen Zuwendung und Schutz angedeihen zu lassen.

Erst 1947 kamen die ersten Kriegsgefangenen aus sowjetischen Lagern zurück. Die Freude der Maurer Heimkehrer währte nicht lange. Ein hässlicher Russe leitete einen erfolgreichen Weinbaubetrieb und beglückte reihenweise die Maurer Damen. Noch schlimmer: Die Maurer Damen wollten von ihm beglückt werden.

Der Maurer Weinbau kam insgesamt in Schwung, doch an der Spitze, was Qualität und Menge anging, stand immer wieder Igor. Ein weiteres Jahr verging. Die Gerüchte, dass nun auch die Sowjets einem Abzug zustimmen könnten, verdichteten sich und immer mehr Kriegsgefangene kehrten zurück. Der Druck auf die Frauen, dem Besatzer nicht länger zu dienen, stieg. Mit dem wachsenden Selbstvertrauen und der finanziellen Unabhängigkeit der Maurer Bevölkerung wuchs auch die Ablehnung. Igor wurde immer mehr zum Feindbild, seine Frauen zu Russenhuren, seine Kinder zu Bastarden.

Schlimmer noch, denn der hässliche Igor produzierte einen Wein, dessen Qualität in Mauer bisher unerreicht war. Als Igors 46er Cabernet Sauvignon zum ersten Mal verkostet wurde, wusste binnen kurzer Zeit ganz Mauer, dass der Russe aus Erde Gold, aus Traubensaft Blut hergestellt hatte.

Über die Jahre nahm die Anzahl der alliierten Soldaten stark ab. Von den anfangs 700.000 Mann waren bald nur noch 60.000 übrig. Aus einem Gerücht wurde Gewissheit. Früher oder später würden auch die Sowjets wieder gehen. Igor und seine Frauen entwarfen Pläne für die Zeit danach. Der Weinbau würde in viel kleinerem Ausmaß erhalten bleiben, doch Igor würden die Sowjets nicht einfach hierlassen. Während die Stimmung immer gehässiger wurde und die Zahl der Neider größer, deutete Igors Vorgesetzter ihm gegenüber an, dass er bald untertauchen müsse, wolle er nicht zurück in die Heimat.

Ein Jahr lang lebte Igor, versteckt von seinen Frauen, in einem Keller. Am 20. Oktober 1955 trat er wieder hinaus auf die Straße. Einen Tag zuvor hatte der letzte sowjetische Soldat Österreich verlassen. Igor fühlte sich frei, stark und war bereit, mit der Arbeit anzufangen. Er dachte nicht daran, welche Emotionen sein Auftauchen in Teilen der Bevölkerung auslösen würde. Er hatte sich nie als Besatzer, immer als Weinbauer gesehen, hatte sich täuschen lassen von dieser Wolke der Liebe. An diesem Donnerstag hinkte er von seinem Versteck den Jesuitensteig entlang über die Geßlgasse hin zum Maurer Hauptplatz. Die Menschen trauten ihren Augen nicht. Jeder kannte ihn, hatte geglaubt, er sei entweder tot oder mit den Soldaten abgezogen. Einige liefen herbei, schüttelten ihm die Hand, doch auf einmal schlug die Stimmung um. Aus dem Mann, der wesentlich zur Wiedergeburt des Maurer Weins beigetragen hatte, wurde der Russenkrüppel, die Frauen verführende Sau. Ein paar Männer drängten Igor in die Bendagasse.

Vor dem kleinen Fenster des ehemaligen Gefängnisses erschlugen sie ihn.

„Wia an Hund“, schloss der Blinde seine Erzählung ab.

„Aber hat man die Mörder nicht verfolgt?“, erregte sich der junge Mann.

„Die Stimmung war ned danach. Aber i, i werd sie finden.“

„Und was ist mit den Frauen, den Kindern, dem Weinbau?“

„Ollas kaputt, ollas zaschlogn. Die Frauen habn si lang ned aussi traut. Damit habn sich die Maurer aber ins eigene Fleisch geschnitten. Der Weinbau is über die Jahr total verkommen. Es hat immer weniger Heurige geben und kaner hat sie so angstrengt wie der Igor.“

Der Junge starrte traurig sein Glas an. „Ist fast schade, dass der Cabernet Sauvignon hier so gut schmeckt.“

Der Alte lächelte: „Des, mei Freind, hat a sein Grund.“

In dem Moment öffnete sich die Eingangstür. Ein Mann mit pechschwarzen Haaren und schiefem Gesicht schritt leicht hinkend durch den Mittelgang. Er trug Arbeitskleidung und war offensichtlich hier zu Hause. Er grüßte in die Runde der Gäste. Kurz blieb er vor dem Tisch stehen und sprach den Alten an: „Und, host sie scho gfunden, die Mörder vom Vater?“

„Na“, antwortete der Blinde, „aber i suach weiter.“

Mit offenem Mund betrachtete der junge Mann den Hinkenden. Kurz bevor der hinter der Theke verschwand, rief der Junge laut: „Noch zwei Cabernet Sauvignon, bitte!“

Gespritzter

Unüblich Übliches

SUSANNE SCHUBARSKY

Gespritzter: Schon Griechen und Römer sollen Wein „gespritzt" haben, allerdings mit Leitungswasser. In Österreich begann der Gespritzte seinen Siegszug mit der Erfindung des „Tschopperlwassers", des Sodawassers (Tschopperl: unbeholfenes Kind); zuerst Standardsommergetränk, dann Ladenhüter, dann Wiederkehr in den 1970ern mit dem Slogan „Der Gspritzte hat immer Saison". Es eignen sich säurehaltige Sorten wie Grüner Veltliner und Gemischter Satz.

Der Tote liegt ganz friedlich in dem schmalen Verbindungsweg zwischen Spittelberggasse und Gutenberggasse. Erst auf den zweiten Blick ist die Blutlache unter seinem Kopf zu erkennen.

Was soll sie jetzt bloß tun? Vermutlich die Polizei rufen, obwohl sie mit der Höh am liebsten nichts zu tun hätte. Also läuft sie raus und versucht, einen Passanten aufzuhalten, denn Handy hat sie ja keines und Telefonzellen gibt es schon lange nicht mehr in dieser Gegend. Doch jeder, den sie mit „Helfen S' mir bitte" anspricht, wendet sich angewidert ab. Erst der Zehnte – oder ist es der Fünfzehnte? – beginnt in seinen Hosentaschen zu kramen. „Nein, ich will kein Geld, kommen S' mit, da liegt einer."

Eine halbe Stunde später ist das Gässchen abgesperrt und sie steht vor einem Polizisten in Zivil, der ihr Fragen stellt. Ja, nickt sie, sie hat ihn gefunden.

„Name?"

Sie sieht ihn kurz an, dann schnell wieder weg. Sagt nichts. Klammert sich an ihrem Bündel Zeitungen fest.

„Verkaufst du den *Augustin*?"

Wieder nickt sie wortlos. Der Polizist seufzt. „So kommen wir net weiter. Weißt was, wir setzen uns jetzt dort drüben in den Schanigarten und trinken was. Dann erzählst mir in aller Ruhe, was passiert ist."

Sie folgt ihm in den kleinen Gastgarten in der Spittelberggasse, wo sie vom Kellner mit einem freundlichen Nicken begrüßt wird. Sie war ja schon oft genug dort, wenn auch noch nie als Gast. Der Polizist bestellt ein Bier und sie ringt sich schließlich ein geflüstertes „An roten Gspritzten" ab. Der Kellner fragt verwundert nach: „Rot? Wirklich? Das ist aber ziemlich unüblich ... für so etwas Übliches. Aber wenn's Ihnen schmeckt ...", und verschwindet im Lokal.

Der Polizist lächelt sie an. „Ein roter Gspritzter is wirklich ungewöhnlich, bei der Hitz, und für eine Frau sowieso. Aber ich mag das, wenn wer weiß, was er will."

Sie lächelt nervös zurück und nimmt einen großen Schluck aus ihrem Glas, als der Gespritzte vor sie hingestellt wird. Gleich fühlt sie sich etwas ruhiger und beantwortet die Fragen des Polizisten, der für einen Kieberer gar nicht so unsympathisch ist. Renate Sommer, nein, keine Adresse, obdachlos, mal hier, mal dort, ja, der Spittelberg ist ihr Rayon, schon lang, und nein, sie hat nichts gesehen, niemanden, der aus der Gasse gekommen wäre, als sie hineingegangen ist.

Der Polizist legt ein Kärtchen vor sie hin. Gruppeninspektor Erich Niederbichler und eine Handynummer. Sie zuckt die Schultern. Sie hat kein Telefon, kann es sich nicht leisten, und was sollte ihr denn noch einfallen, sie hat alles gesagt.

„Trotzdem, man weiß ja nie." Und er spendiert ihr noch einen roten Gespritzten.

Zwei Wochen später ärgert sich Erich Niederbichler wie so oft über sein winziges, renovierungsbedürftiges Büro aus der Gründerzeit, das mit einer Magersüchtigen schon überfüllt wäre, als der Anruf kommt. Wieder ein Mordfall am Spittelberg, am Ulrichsplatz, gleich hinter der Kirche. Die Spurensicherung ist schon vor Ort. Eine Zeugin gibt es auch, eine Sandlerin. Niederbichler runzelt die Stirn, ruft seinen Kollegen Rudi Drdak und gemeinsam fahren sie los.

Es ist tatsächlich Renate Sommer, die verloren in einer Ecke des kleinen Platzes steht. Mit ihrer fadenscheinigen Natojacke und der zerrissenen Hose in Tarnfarben würde sie fast wie ein Mann wirken, wäre sie dafür nicht mindestens zwanzig Zentimeter zu klein und viel zu dünn. Das ungewaschene Haar hängt ihr in fettigen Strähnen, die sie immer wieder mit fahrigen Bewegungen nach hinten zu schieben versucht, ins Gesicht. Eine arme Haut. Er geht auf sie zu.

„So sieht man sich wieder", grinst er sie an.

„Nix gegen Sie, Herr Inspektor, aber darauf könnt i verzichten, nix für ungut."

„Ich versteh schon, ich hab's eh nicht persönlich genommen. Was ist denn diesmal passiert?"

„Wie i so mei Runde mach mit dem neuen *Augustin*, muss i halt auf einmal ganz dringend, Sie wissen schon. In die Gasthäuser haben sie's net gern, wenn i dort geh, also is die Ulrichskirche dafür ganz praktisch. Und da is er dann gelegen. I hab die Polizei angerufen und des war's."

Niederbichler kann sich ein Lachen nicht verkneifen. „Ich weiß, es is net witzig, wenn man ständig über Leichen stolpert, aber irgendwie erinnert mich des an den Sand..., den Obdachlosen aus dem ‚Kottan', dem passiert des auch immer. Aber so weit werden wir es nicht kommen lassen, net wahr, Frau Sommer? Des war jetzt aber der Letzte."

„Sehr lustig, Herr Inspektor, i hab selten so gelacht." Sie wendet sich zum Gehen.

„Warten S', i hab noch a paar Fragen, des is Vorschrift. Aber des können wir auch gemütlicher dort drüben im Sitzen machen. Und durstig bin ich auch."

Im nahe gelegenen Gasthaus, das am frühen Nachmittag noch völlig leer ist, setzen sie sich im Schankraum an einen Tisch. „An roten Gspritzten, richtig? Und für mich a Bier, bitte", ruft er dem Kellner hinter der Schank zu. Dieser beginnt die Getränke einzuschenken.

„So hab ich auch noch nie jemanden einen Gspritzten machen sehen.“ Niederbichler schaut fasziniert zu, wie der Kellner den Wein und das Mineralwasser mit je einer Hand gleichzeitig in das Glas gießt.

„Genau so ghört das gmacht. Glauben S' mir, nur so schmeckt er richtig. Endlich a Kellner, der das auch weiß. Weil sonst ist es entweder oben ganz wassrig und unten kommt dann fast purer Wein oder umgekehrt. Des Beisel muss i mir merken, obwohl ich ja nur ganz selten … wegen dem Geld, Sie wissen schon.“

Mit einem Zug leert sie beinahe das ganze Glas. „Ah, und den richtigen Wein nimmt er auch dazu. Keinen Schickimicki-Nobelwein oder gar an süßen, sondern an ehrlichen Österreicher, hantig und bodenständig, wie sich's ghört.“

„Noch so einen perfekten Gspritzten für die Dame“, bestellt Niederbichler, dann beginnt er mit seinen Fragen. Wie erwartet kommt nicht viel dabei heraus, sie hat nichts gesehen, nichts gehört, nicht einmal einen Passanten, nur danach dann den einen, von dessen Handy aus sie die Polizei verständigt hat. Aber probieren muss er es, es hätte ja sein können.

Nach einem dritten Gespritzten, einem zweiten Bier, aber ansonsten unverrichteter Dinge inspiziert Niederbichler den Tatort, wo man ihm aber außer der Identität des Toten – Harald Ingler – und der vorläufigen Vermutung, dass ihm mit einem Messer die Halsschlagader durchtrennt wurde, noch nicht viel mehr sagen kann.

Als er in sein Büro zurückkommt, liegt der Bericht zum ersten Mordopfer auf seinem Schreibtisch. „Bumsti, so schnell, hat eh nur zwei Wochen gedauert!“ Der Tote, Herwig Ferticz, siebenunddreißig, wohnhaft in bla bla, bla bla, unverheiratet, keine Kinder, im Außendienst tätig für Immobilien soundso … Laut der Nachbarn und Freunde ein höchst langweiliger Zeitgenosse, in dessen Leben die durchschnittene Kehle – hoppla – wahrscheinlich das Spannendste war. Nein, trotzdem, es sieht alles nach Raubmord aus, denn seine Taschen waren durchwühlt, ob etwas fehlt, kann derzeit leider niemand sagen. Niederbichler überfliegt den Rest des Berichts und will den Akt schon zuklappen, als ihm der Name Harald Ingler ins Auge sticht. Die beiden hatten vor sechs Jahren eine Investmentfirma, gemeinsam mit zwei weiteren Partnern. Eine Timesharing-Geschichte, die dann mit einem mittleren Skandal den Bach hinunterging. Vage kann sich Niederbichler daran erinnern. Aber was damals dabei herausgekommen ist … Er ruft den Kollegen vom Betrugsdezernat an.

Die vier Partner – Ferticz und Ingler sowie ein Christoph Pfleger und eine Claudia Hoffmann – hatten Anteile an einer Ferienwohnanlage in Spanien verscherbelt. Die Anlage wurde nie gebaut, aber das Geld war weg. Hoffmann war offenbar das Hirn hinter der ganzen Sache gewesen und hatte sich abgesetzt, die anderen wussten von nichts, es konnte ihnen nie etwas nachgewiesen werden. Und sie führten auch seither ein völlig unauffälliges Leben, ohne große Geldmittel, ganz im Gegenteil, sie fuhren nicht mal auf Urlaub. Nur Hoffmann blieb nach wie vor spurlos verschwunden, genauso wie das gesamte veruntreute Geld.

Für Niederbichler ist die Sache klar – einer der Investoren von damals will sich an den Betrügern rächen und bringt sie der Reihe nach um. Aber irgendetwas nagt an dieser Theorie. Das ergibt doch keinen Sinn, wenn erwiesen ist, dass Hoffmann allein schuldig war. Die geniale Frau, die ihre drei offenbar etwas weniger genialen männlichen Geschäftspartner austrickst. Passiert zwar nicht oft, aber warum nicht auch mal andersrum. Oder? Er schiebt den Gedanken in seinem Kopf auf das Regal für im Hintergrund zu behirnende Probleme, das ihm so wie seine anderen eher unorthodoxen Ermittlungsmethoden bisher immer gute Dienste geleistet hat, und beginnt ein Gedächtnisprotokoll seines Gesprächs mit der Sandlerin zu schreiben. Arme Haut, fällt ihm wieder als Erstes ein, als er an sie denkt. Trotzdem keine unspannende Person, mit ihrer Leidenschaft für rote Gspritzte, und er stellt überrascht fest, dass er sich eigentlich gerne mit ihr unterhalten hat.

Den druckfrischen *Augustin* schützend vor die Brust gepresst, damit die Zeitungen im strömenden Regen nicht nass werden, stapft sie durch ihren Rayon. Nichts los bei dem Wetter, sie sollte es eher in den Lokalen versuchen, aber das bettelnde Von-Tisch-zu-Tisch-Gehen ist ihr unendlich zuwider, ebenso wie die angeekelten Blicke, oder noch schlimmer, die mitleidigen. Nein, sie bleibt heraußen. In der verwinkelten Kellermanngasse kommt ihr ein Mann entgegen. Sie hat auf ihn gewartet. Er geht jeden Donnerstag um genau diese Zeit hier entlang. Zuerst setzt er dazu an, die Straßenseite zu wechseln, dann nimmt das schlechte

Gewissen überhand, er greift nach seiner Brieftasche und winkt ihr damit zu. Auch diese Reaktion kennt sie nur zu gut, aber wenigstens schaut dabei etwas für sie heraus. Sie geht auf ihn zu. Er wendet sich seitlich in einen Hauseingang und zählt mit gesenktem Kopf das Kleingeld heraus.

Sie bleibt hinter ihm stehen und zieht das Messer aus der Seitentasche ihrer Bundesheerhose. Es blitzt kurz auf, als sie es mit einer raschen, kräftigen Bewegung quer über seinen Hals zieht. Das Blut spritzt sofort, aber ihre Hand ist schon längst wieder weg. Sie tritt einen Schritt zurück. Der Mann bricht vor ihr mit gurgelnden Lauten zusammen. Regungslos beobachtet sie, wie er sich an die Kehle greift, ihr die Hände hilfesuchend entgegenstreckt, etwas sagen will, doch aus seinem Mund statt der Worte nur Blut dringt. Sie wartet, bis die Bewegungen schwächer werden und schließlich ganz aufhören.

Dann läuft sie um die Ecke in das nächste Gasthaus und verständigt den Inspektor.

„Frau Sommer, so kann das wirklich nicht weitergehen. Ich lade Sie gerne auch mal so auf einen Gspritzten ein." Gruppeninspektor Niederbichler sitzt ihr gegenüber in dem Beisel am Ulrichsplatz.

Sie senkt den Kopf und fixiert das Viertelglas auf dem massiven Holztisch vor ihr.

„Dieses Mal haben Sie etwas gesehen?"

Sie nickt. Einen Mann, vermutlich, ganz sicher kann sie es nicht sagen, der Regen war so stark, und alles ist so schnell gegangen.

Der Inspektor seufzt. „Eine Beschreibung wäre wohl zu viel verlangt?“

Nein, beschreiben kann sie ihn nicht, es tut ihr leid. Aber wenn sie vielleicht noch einen Gspritzten …? Gegen den Schock und so …

Als sie auch das zweite Glas ausgetrunken hat, steht sie auf und verspricht, dass sie ihn bestimmt nie wieder anrufen wird. Die nächste Leiche wird sie einfach liegen lassen.

Niederbichler lacht. „In Ordnung, das kann ich verstehen. Aber anrufen müssen Sie mich sowieso.“

Sie sieht ihn verwirrt an.

„Na, wenn Ihnen vielleicht doch noch etwas einfällt, irgendeine Kleinigkeit. Oder wenn Sie wieder mal Lust auf einen Gspritzten haben. Ich bin eh oft in dem Grätzel unterwegs.“

Sie nickt und taucht aus dem Lokal.

Niederbichler geht zurück in die Kellermanngasse. In der Brieftasche des Toten war sein Führerschein: Christoph Pfleger. Sonst noch keine Ergebnisse, eh klar, außer, dass auch ihm die Halsschlagader durchtrennt wurde, auch von hinten, wie bei den beiden anderen. Scheiße.

Auf dem Weg zurück ins Büro holt er den vor zwei Wochen auf Eis gelegten Gedanken wieder hervor. Natürlich hängen die drei Morde zusammen, das ist jetzt selbst beim besten Willen kein Zufall mehr. Die Theorie vom rachsüchtigen Investor drängt sich immer mehr auf, aber trotzdem passt da etwas nicht. Warum erst nach sechs

Jahren? Und warum die drei Unschuldigen? Schließlich ist Claudia Hoffmann mit dem ganzen Geld untergetaucht. Hoffmann lebt noch. Hoffmann ... Aber warum sollte Hoffmann ihre drei Partner umbringen, die sie übers Ohr gehaut hat? An der ganzen Sache ist irgendetwas faul. Bevor er endgültig ins Büro zurückkehrt, um die Berichte nochmals ganz genau zu studieren, gönnt sich Niederbichler noch ein Nachdenk-Bier in seiner Stammkneipe.

Aber weder das Bier noch die beiden Berichte bringen neue Erkenntnisse. Und auch als zehn Tage später der dritte Bericht auf seinem Schreibtisch liegt („Jungs, das war ja Rekordzeit, war euch irgendwie fad oder ist das bloß ein Irrtum?"), findet sich darin nicht die große Erleuchtung. Renate Sommer hat sich auch nicht mehr gemeldet. Nicht, dass er wirklich damit gerechnet hätte, dass ihr etwas Neues einfällt, aber versuchen könnte er es, sie ist bestimmt in ihrem Rayon unterwegs, und außerdem hat er gerade Lust auf ein Bier.

Doch niemand hat die kleine *Augustin*-Verkäuferin gesehen. In den meisten Gasthäusern hat man sowieso keine Ahnung, wen er meint – „Die Sandler schauen doch alle gleich aus, wie soll ich mir einen davon merken?" –, und auch die Verkäufer-Kollegen haben die „Reni", die sie aufgrund seiner Beschreibung sofort erkennen, schon länger nicht mehr gesehen.

Drei Wochen ohne weiteren Mord vergehen. Die Ermittlungen bei den geschädigten Investoren verlaufen ohne Ergebnis. Der Verlust der Ersparnisse hat zwar jeden Einzelnen hart getroffen, aber für Niederbichler ist keiner der mehr als fünfzig Senioren, die mittlerweile alle über siebzig sind, einer derartigen Mordserie fähig. Nur der detaillierte Abschlussbericht der Gerichtsmedizin hat ergeben, dass zwei der Männer – Ferticz und Pfleger, bei Ingler konnte das nicht genau verifiziert werden – Druckspuren im Nacken hatten, wo jemand mit großer Wahrscheinlichkeit eine Halskette abgerissen hat. Jemand? Der Mörder? Oder Frau Sommer, die sich im Pfandl ein paar Euro für ein Goldketterl holen wollte? Aber in den Pfandleihhäusern hat keine Obdachlose in letzter Zeit irgendwelche Kettchen versetzt. Auch hier eine Sackgasse. Aufgetaucht ist Renate Sommer aber auch nicht wieder. Niederbichler hat noch zweimal eine Runde durch ihren üblichen Rayon gemacht, sie aber nicht gefunden.

Der lange, heiße Sommer in Wien ist endgültig vorbei. Niederbichler kämpft sich durch die heftigen Windstöße, die ihm Schwaden von Nieselregen ins Gesicht blasen, gibt schließlich auf und kehrt in dem Beisel am Ulrichsplatz ein. Obwohl die drei Morde mangels Ermittlungsergebnissen schon seit ein paar Wochen auf Eis liegen, muss er immer wieder daran denken, wenn er einen Rundgang durch das Spittelbergviertel macht. Und an Renate Sommer, die seither spurlos verschwunden ist. Schade eigentlich. Sie war nett und er hätte gern mal in einer ruhigen Minute ihre Geschichte gehört. Kurz überlegt er, ob er sich einen roten Gespritzten bestellen soll, sozusagen in ihrem Andenken, dann schüttelt es ihn aber bei dem Gedanken. Nein, das ist kein Getränk für ihn! Er bestellt ein kleines Bier.

„Darf ich mich zu Ihnen setzen?“

Eine Frau in einem eleganten Kostüm steht vor ihm. Gepflegte Erscheinung, ausgesprochen attraktiv. Er sieht sich im Lokal um. Nur einer der Tische ist besetzt. Das ist ihm auch schon lange nicht mehr passiert, dass er von einer Frau angesprochen wird.

Er packt seinen leicht eingerosteten Charme aus: „Aber selbstverständlich, Gnädigste, für eine schöne Frau ist immer Platz.“ Oje, der ist mehr als eingerostet, daran muss er wieder mal arbeiten.

Sie stellt ihr Glas ab und setzt sich ihm gegenüber hin. Sieht ihn an, lächelt, schweigt. Fieberhaft sucht er nach einem halbwegs intelligenten Gesprächsbeginn. Nichts, nur Platitüden. Er nimmt einen Schluck Bier. *Sag was, du Trottel!* Noch ein Schluck. Die Frau schweigt noch immer.

Da tritt ein *Augustin*-Verkäufer an ihren Tisch. „Druckfrisch, die neueste Ausgabe, und heute um wohlfeile zwei Euro zu haben.“

Die Frau greift in ihre Handtasche und zieht einen Fünfer aus ihrem Portemonnaie. „Danke, passt schon so.“

Der Verkäufer bedankt sich überschwenglich und deutet einen Handkuss an. Sie lächelt und beginnt in der Zeitung zu blättern. „Ich frag mich oft, was passieren muss, damit jemand so weit abstürzen kann. Welche Geschichte könnte er uns wohl erzählen?“, bemerkt sie beiläufig und schlägt die Zeitung wieder zu. „Ich glaube einfach nicht, dass es immer nur Alkohol und Drogen sind, die jemanden obdachlos werden lassen.“

Erleichtert steigt Niederbichler darauf ein. Endlich ein Gesprächsthema, und noch dazu eines, bei dem er sich auskennt. „Also, meiner Erfahrung nach ist es schon so. Ich kenne keinen, der kein Alkoholproblem hat."

„Wirklich? Ich könnte mir da schon einiges vorstellen." Sie neigt den Kopf zur Seite. „Nehmen Sie eine Frau. Eine erfolgreiche Geschäftsfrau mit einem perfekten Leben. Bis sie eines Tages Unregelmäßigkeiten in der Firma entdeckt. Mehr als das, ihre Geschäftspartner haben sie hintergangen und das gesamte Firmenvermögen veruntreut. Sie stellt sie zur Rede. Und am nächsten Tag ist alles anders."

Niederbichler beobachtet sie fasziniert. Die Bewegung, mit der sie eine Haarsträhne aus dem Gesicht wischt, hat etwas Erotisches. Und ihre leicht rauchige Stimme. Tolle Frau. Aber irgendwie ... irgendetwas ist da ... Er räuspert sich. „Na ja, so was passiert, aber wie soll diese Frau obdachlos werden? Sie geht zur Polizei und alles ist wieder in Ordnung."

„Ach? Wirklich? Nicht, wenn sie schwer verletzt ohne Papiere, ohne Kleidung unter der Reichsbrücke wieder aufwacht und feststellt, dass sie als Schwerverbrecher von der Polizei gesucht wird." Sie lehnt sich in ihrem Sessel zurück und lacht. „Aber das ist natürlich nur eine Theorie von mir, eine Möglichkeit von vielen, wie jemand ganz unvermutet obdachlos werden könnte."

Niederbichler kann die Augen nicht von ihr wenden. Er ist sich sicher, dass er die Frau noch nie gesehen hat, trotzdem wirkt vieles an ihr seltsam vertraut. Wäre sie nicht so verdammt sexy, dann käme er bestimmt drauf, was genau es ist. *Reiß dich zusammen, du Trottel!* Er trinkt sein Bier aus und versucht, sich auf das Gespräch zu konzentrieren. „Und wie geht Ihre hypothetische Geschichte weiter?"

„Hm, gar nicht, es ist ja nur eine Theorie. Ich hätte auch noch andere. Eine geprügelte Ehefrau, die endlich von zu Hause davonläuft und nur in einem Obdachlosenheim Unterschlupf findet. Aber wenn Sie möchten, kann ich mir noch ein Happyend für die erste Geschichte ausdenken."

Niederbichler nickt. „Ich bitte darum. Darf ich Ihnen noch etwas bestellen, Frau ...?" Sie lächelt nur, antwortet nicht. Niederbichler bestellt noch ein Bier.

„Also, wie geht die Geschichte rein hypothetisch weiter?"

„Gut. Sagen wir, die Frau lebt als Obdachlose weiter, wartet ab. Überlegt, wie sie sich rehabilitieren kann. Sie beobachtet ihre ehemaligen Geschäftspartner." Sie dreht sich zur Seite, schaut zur Tür, durch die eine Gruppe Studenten laut diskutierend in das Lokal kommt. Doch Niederbichler sieht noch den Hass, der plötzlich ihr lächelndes Gesicht verzerrt. Nein, das ist kein Hass für ein paar harmlose, lärmende Kinder, das geht tiefer. Erschrocken hält er sich an seinem Bierglas fest. Kann es sein, dass diese atemberaubende Frau ...?

Doch da ist das Lächeln auch schon wieder zurück und sie fährt fort: „Jahrelang passiert nichts. Bis ihr eines Tages der Plan der drei klar wird: Gras über die Sache wachsen zu lassen und sich dann unauffällig mit dem Geld, das vermutlich in einem Schließfach wartet, abzusetzen. Und dann wird ihr auch klar, was sie zu tun hat."

Niederbichler würgt den Kloß in seinem Hals hinunter. „Sie rächt sich."

„Nein, so würde ich das nicht sagen. Sie holt sich das Geld, das ihr zusteht. Sie weiß, dass die drei ganz sicher ein mit drei Schlüsseln zu öffnendes Fach haben, und auch, dass sie die Schlüssel immer bei sich tragen. Also beschafft sie sich die drei Schlüssel. Und lebt mit dem Geld glücklich bis an ihr Lebensende."

Die Frau erhebt sich aus ihrem Sessel. „Danke für das nette Gespräch." Sie streckt ihm die Hand entgegen. Er schüttelt sie, steht dabei auf und blickt ihr in die Augen. Von ihrem Lächeln ist dort nichts zu bemerken. Nur Härte, die von den Fältchen um die Augenwinkel noch unterstrichen wird. Und etwas, das beinahe wie Traurigkeit wirkt.

„Entschuldigen Sie meine Unhöflichkeit, Herr Inspektor. Hoffmann, mein Name. Claudia Hoffmann. Aber jetzt muss ich leider gehen. Ich würde zwar wirklich gern ‚Auf Wiedersehen' sagen, aber das wird wohl in diesem Leben nicht mehr passieren." Sie lächelt ihn noch einmal an, diesmal auch mit den Augen, und ist verschwunden.

Niederbichler starrt ihr mit offenem Mund nach. Er will ihr nachlaufen, doch da fällt sein Blick auf ihr halbvolles Glas. Ein roter Gespritzter. Ein ungewöhnliches Getränk – so wie die Frau, die es dieses Mal nicht ausgetrunken hat.

Grüner Veltliner

Arche Johann

STEFAN SLUPETZKY

Grüner Veltliner (oder Weißgipfler, Grüner Muskateller): Der Siegeszug der autochthonen und meistangebauten Rebsorte (30 % in Wien) erfolgte im 20. Jahrhundert. Liebt Löß und Urgestein; wird üblicherweise Anfang Oktober gelesen. Ausbau: meist trocken; Farbe: Grüngelb; Geschmack: spritzig, grasiggrün, pfeffrig; beste Lage in Wien: Grinzing/Reisenberg.

Es geschah in einer finsteren Nacht, dass sich der alte Mann in Johanns Träume schlich. Johann nahm ihn anfangs gar nicht wahr, und als er ihn dann doch bemerkte (so wie einem ein störender Fleck im Augenwinkel erst nach einer Weile bewusst wird), da ignorierte er ihn. Wie üblich hatte sich Johann am Abend betrunken, um nach der dritten Flasche Wein – gleich hier, auf einer Bank im Presshaus seines Hofs – in einen tiefen, todesähnlichen Schlaf zu sacken. Johann pflegte nie zu träumen, und er sah nicht ein, warum er diese Gewohnheit eines alten, zerknitterten Männleins wegen ändern sollte.

Wäre nur der Alte nicht so zudringlich gewesen!

„Johann!“, rief er mit zittriger Stimme, „Johann, hör zu, wenn ich rede mit dir!“

Da beschloss der gute Johann aufzuwachen, denn er war kein händelsüchtiger Mensch: Wenn ihm einer justament lästig sein wollte, so trat er eben den Rückzug an.

Doch in der Nacht darauf – nach dreieinhalb Flaschen Veltliner – war der Alte wieder da. „Johann, so lass dir was sagen! Schlaf jetzt weiter und hör zu! Es wird kommen eine große Flut zu tilgen den Schmutz von der Welt ... Aber was erzähl ich dir, du kennst den ganzen Schmonzes aus der Kirche, möcht ich hoffen. Jedenfalls sollst du ein Schiff bauen, Johann. Ein Schiff, so groß, dass es von jedem Tier zwei Stück ... Na, einen Musterkoffer halt von meiner Schöpfung.“

Johann runzelte die Stirn. Immer noch träumend, griff er zur angebrochenen Flasche und schenkte sich nach. „Und woher soll ich wissen ...“

„Dass ich wirklich ich bin?“, unterbrach ihn verärgert der Alte. „Es ist immer das Gleiche mit euch, nie wollt ihr mir glauben. Was glotzt du? Soll ich zeigen meinen Ausweis?“

Johann schwieg und trank einen Schluck, worauf der Alte die Augen verdrehte und seufzte: „Natürlich ... Ein Wunder möchtest du sehen, so wie alle. Von mir aus, soll sein. Dann sauf jetzt die Flasche aus ... Ja, mach sie leer. Und morgen früh – Simsalabim – da wird sie wieder sein halb voll.“

Und so kam es denn auch: Als Johann erwachte, da galt sein erster Blick der Flasche auf dem Tisch. Unangetastet stand sie vor ihm, keine Menschenseele schien seit gestern Abend daraus getrunken zu haben. Johann kostete ein, zwei Gläser, um den Inhalt zu prüfen: Es war – daran bestand kein Zweifel – sein selbst gekelterter Grüner Veltliner.

Trotz dieses offensichtlichen Wunders brauchte es noch ein weiteres, um Johann vollends von der Identität des nächtlichen Besuchers zu überzeugen. Am folgenden Abend trug er ein Fass voll Veltliner ins Presshaus und eine mächtige Platte mit Würsten, Geselchtem und Braten, die ihm seine Frau, die Vroni, gerichtet hatte. Ohne die bereitgestellten Köstlichkeiten anzurühren, schlief er ein und harrte leise schnarchend seines Gastes.

Der Alte ließ nicht lange auf sich warten. „Meschuggener Goi!“, rief er kopfschüttelnd, sobald er Johanns Traum betreten hatte. „Was machst du da?“

Johann schob sich sogleich ein großes Stück Fleisch in den Mund. „Entschuldige“, meinte er schmatzend, würgte und schluckte, spülte mit Wein nach. „Ich wollte nur“, er überlegte kurz, „ich wollte nur wissen … Wie soll es ausschauen, dieses Schiff?“

„Hast du Schmock eine Bibel?“

„Ich … Ja.“

„Und kannst du womöglich auch lesen?“

Johann nickte stumm, mit vollem Mund.

„Dann nimm und lies nach.“ Der Alte hob den Zeigefinger. „Aber mach den Kahn nur halb so groß: Wir brauchen nicht so viel Platz wie beim letzten Mal.“

„Nicht? Wieso denn?" Johann hob erstaunt den Kopf. Ein Schwall kleiner Bratenbröckchen spritzte auf das weiße, an ein Krankenhemd gemahnende Gewand des Alten.

„Wieso! Warum! Dann bau doch, wie du willst! Und wenn du fertig bist, holst du mir gleich die Auerochsen und die Atlasbären. Danach die Riesenalks, die Moas und die Dodos ..."

„Aber ... Wie soll ich ... Sind die nicht alle längst ausgerottet?"

„Nu", brummte grimmig der Alte und wandte sich zum Gehen. „Noch Fragen?"

„Nur eine: Könntest du vielleicht ...", Johann wies mit verlegener Geste auf seine im Schwinden begriffene Schlachtplatte, „ein letztes Mal noch ...?"

Unmengen Schwein und Wein verdrückte Johann in dieser Nacht – am nächsten Morgen aber stand das Festmahl wieder völlig unberührt vor ihm. Und so machte sich Johann auf, die verstaubte Bibel aus dem Nachttisch zu holen und seine Familie über das Schiffsbauprojekt in Kenntnis zu setzen.

Johann hatte drei Söhne: Sepp, Franz und Wastel. Wie es der glückliche Zufall wollte, wohnten die drei noch am elterlichen Hof, auch wenn sie bereits verheiratet waren. Während ihre Frauen – Zenzi, Hanni und Gundi – Vroni bei der täglichen Hausarbeit halfen, gingen Sepp, Franz und Wastel dem Vater beim Weinbau zur Hand: junge Kräfte also, die es nun für die gute Sache zu nutzen galt.

Gemeinsam machten sich die Männer auf, um im nahe gelegenen Ort zu beschaffen, was sie zum Bau der Arche benötigten: Holz natürlich und Nägel, Lack und Leim und allerhand Werkzeug. Die Kunde vom verrückten Winzer, der sich (meilenweit vom nächsten Wasserlauf entfernt!) zum Reeder aufschwingen wollte, diese Kunde verbreitete sich wie ein Lauffeuer über die Dörfer. Und als Johann mit seinen Söhnen die Heimreise antrat, da folgte ihm nicht nur ein Pulk aus schwer beladenen Lastwägen, sondern auch ein eilends abgestellter Redakteur der örtlichen Provinzgazette.

Arche Johann: Wahnsinn oder Weltenrettung? lautete die Überschrift, die dieser seinem hastig verfassten Artikel voranstellte. Zwei Tage später schon prangte sie auf dem Deckblatt der Winzerpostille. Vier Tage, und man konnte sie, in leicht abgewandelter Form, auf allen Titelseiten der lokalen Presse finden. Und nach kaum einer Woche hatte die Nachricht die Hauptstadt erreicht.

Wenn einer was Außergewöhnliches tut, dann lässt die Niedertracht der anderen nur selten auf sich warten. Überall wurde Johann verlacht und verhöhnt, und bald schon spottete man auch im Ausland über ihn: Bis nach New York und San Francisco, nach Shanghai und Wladiwostok brandete die Welle aus Zynismus, Häme und Gehässigkeit.

Wenn einer was Außergewöhnliches tut, dann finden sich aber auch immer ein paar, die ihm helfen wollen, die – ungeachtet seiner augenfälligen Psychose – willens sind, ihn mit Rat und Tat und Waren aller Art zu unterstützen. So kam es auch, dass eines sonnigen Nachmittags die große Händlerkarawane Johanns Gehöft erreichte.

Billiges Straßenvolk, möchte man meinen, Schlepper und Nepper, Krämer und Schieber, Lumpengesindel, das mit verwahrlosten Karren durch die Landschaft zieht, um in hundertfach geflickten Zelten auf dem Grund und Boden anderer Leute zu kampieren. Weit gefehlt! Adrette junge Männer waren es, die sich in sportlichen Autos und schnittigen Anzügen vor Johanns Pforte einfanden, um ihm – wie sie es ausdrückten – ihre Aufwartung zu machen.

„Ein unschlagbarer Preis, mein Herr! Zweihundertachtzig Kanäle! Drei Jahre Garantie!"

„Wir brauchen kein Satellitenfernsehen. Es wird ja auch bald keine Sender mehr …"

„Was heißt schon bald? Stellen Sie sich nur die lange Reise vor! Sie müssen an Ihre Familie denken!"

„Wir haben aber keinen Strom auf unserer …"

„Derlei Probleme sind für uns ein Kinderspiel. Ich hätte da einen Top-Generator für Sie! Leistungsstark, robust, und was das Beste ist: zurzeit im Angebot!"

„Hören Sie, ich muss wieder …"

„Aber der Schmutz! Der tägliche Schmutz auf dem Schiff! Wie wollen Sie denn saugen ohne Strom?"

„Wir besitzen einen Besen …"

„Haha! Mir war fast, als hätte ich Besen verstanden! Entschuldigung, wie dumm von mir: Ein Mann von Welt wie Sie, der würde doch seine Gemahlin niemals einen Frachtdampfer auskehren lassen."

„Wir werden ohne Dampf …"

„Unser brandneues Saugsystem entfernt nicht nur den Staub, es beseitigt auch lästige Gerüche! Ein sensationelles

Gerät! Und, ganz im Vertrauen: supergünstig! Sie werden's mir danken, bei all diesen Tieren …"

Johann warf ohne ein weiteres Wort die Tür ins Schloss und kehrte zurück in die Werkstatt. Mit Einbruch der Dämmerung ging er ins Presshaus, trank drei Flaschen Veltliner und wartete auf das Erscheinen seines Auftraggebers.

„Schon wieder schikker wie Lot!", begrüßte ihn der missgelaunte Alte. „Was ist? Soll ich dir zaubern noch mehr Wein? Wie wenn ich hätt nichts Besseres zu tun?"

„Aber nein!" Johann hob begütigend die Hände. „Ich habe eine andere Bitte: Diese Händler da draußen, diese Hausierer, die mich seit kurzem belagern … Kannst du mir das Pack vielleicht vom Leibe halten? Sie gehen mir auf die Nerven. Schlimmer noch: Sie stehlen mir die Zeit. Ich muss mich doch um deine Arche kümmern …"

Als sich am nächsten Morgen die Vertreterhorde wieder vor dem Bauernhof versammelte, da zog – wie aus dem Nichts – ein gigantisches Unwetter auf. Schon zuckten die Blitze vom plötzlich verdunkelten Himmel, ein wahres Stakkato aus gleißenden Lichtstrahlen, man konnte sie gar nicht mehr zählen. Und kaum, dass das Gewitter – schlagartig, wie es gekommen war – ein Ende fand, da trat die Spur der Verwüstung zutage: Drei Bäume, ein Ferkel und mehrere Hühner waren den Feuerstößen zum Opfer gefallen (was Johann berechtigterweise an der sicheren Hand des Alten zweifeln ließ), eine weitere Entladung aber hatte das anvisierte Ziel erreicht: Sie hatte eine der blauen Karossen getroffen, deren Besitzer, ein Generalagent für Tiefkühltruhen, hinter das Steuer geflüchtet war. Der Blitz war in das Blechdach eingeschlagen, um dann den Rahmen entlang geradewegs in den Boden zu fahren. Ein Knall, ein Ruck und ein blasser Vertreter, mit anderen Worten: Schall und Rauch. Nicht der geringste Schaden war entstanden.

„Dem Herrn sei Dank", hauchte der Kühlschrankverkäufer. Zitternd ließ er den Wagen an und fuhr, so rasch er nur konnte, zurück in die Stadt.

Nicht anders seine Kollegen: Sie räumten das Feld. Wenn also die Mächte des Himmels an jenen der Erde gescheitert waren, so hatten sie doch einen Teilsieg errungen: Die Händler schienen bis auf weiteres in die Flucht geschlagen. Dass sie sich anderweitig neu formierten, um gewieftere Methoden des – wie sie es nannten – Kundenkontakts zu ersinnen, das konnte nicht einmal der Himmel ahnen.

Takuya Nimbus – Eleganz, die jedem Wetter trotzt! So lautete die Aufschrift auf dem riesigen Plakat, das eine Woche später vor Wastels und Gundis Schlafzimmerfenster aufgestellt wurde. Es zeigte ein Auto wie jenes, in dem der Vertreter dem Blitzschlag entgangen war. Nur, dass der Wagen lächelte. Inmitten einer – fast unwirklich schönen – tiefgrünen Aulandschaft stand er lässig auf den Hinterrädern und grinste eine dunkle Wolke an, die über ihm hing.

Tags darauf wurden weitere Poster affichiert: *Weliba Soft – die Sparmaschine! Töpfe, Teller und Kristall, Weliba umhegt sie all!*, stand vor dem Küchenfenster zu lesen. *Doktor Hagemann empfiehlt: Hagemann extra mit Lanofanol! Gehen Sie mit Power in den Tag!*, vor Sepps und Zenzis Badezimmer. Nicht lange, und der Winzerhof war von Plakatwänden, Litfaßsäulen und Transparenten eingekreist wie ein amerikanischer Siedlertreck von kriegerischen Indianern. Sogar eine Videowand installierte man, um – wie ein mit ihrer Errichtung beschäftigter Techniker Johann erklärte – auch den ländlichen Konsumenten an wichtigen Produktinformationen teilhaben lassen zu können.

„Ich bin kein Konsument“, erklärte Johann.

Der Techniker lächelte nachsichtig.

Die Arbeit an der Arche war bis zu diesem Zeitpunkt gut vorangegangen. Johann, Sepp, Franz und Wastel sägten und hämmerten, schraubten und nieteten, was das Zeug hielt, sodass sich die oberen Schiffsdecks schon über die Giebel des Hauses erhoben. Eines Morgens aber legte Wastel seinen Hammer hin, stemmte die Fäuste in die Hüften und sagte mit leicht angespannter Stimme: „Wir müssen reden, Vater.“

„Reden? Was willst du reden?“

„Das Schiff … Wir werden bald fertig sein.“

„Ja und?“

„Dann werden wir die Tiere holen.“

„Ganz recht. Aus dem Zoo, hat der Alte gesagt, weil in der Natur, da kann man die meisten nur noch mit der Lupe suchen. Und weiter?“

„Weißt du, Vater, ich … ich …“, Wastel druckste ein wenig herum, bevor es aus ihm herausbrach: „Ich will einen *Takuya!*“

„Taku … wie?“

„Takuya Nimbus!“, mischte sich nun auch Wastels Bruder Franz ein. „Das Auto, Vater! Das Auto!“ Er ließ die

Säge fallen und deutete zum Himmel. Über ihren Köpfen zog ein Doppeldecker seine Bahnen, hinter dem ein nachtblaues Spruchband flatterte: *Takuya Nimbus – Eleganz, die jedem Wetter trotzt!*

„Und was, bitte, sollen wir mit einem Auto, wenn die Welt untergeht?“, fragte Johann, ehrlich erstaunt.

„Das Wasser wird ja irgendwann versickern!“, ließ sich jetzt Sepp, der Erstgeborene, vernehmen und warf das Maßband auf den Boden. „Dann können wir herumfahren!“

„Herumfahren …“ Johann starrte verwirrt von einem zum nächsten. „Herumfahren … Könnt ihr drei Genies mir auch verraten, wer das bezahlen soll?“

„Wir kaufen auf Raten!“

„Wir nehmen Kredit auf!“

„Den Rest erledigt die Flut!“

„*Weliba*“, sagte Vroni und verschränkte entschieden die Arme vor der Brust. „Die neue *Weliba Soft*. Eine andere kommt mir nicht … in die Kombüse.“

„Wo wir gerade dabei sind“, warf Hanni ein, „der Franzl findet neuerdings, ich hätte zugenommen. Schau her“, sie tippte mit dem Finger auf das Foto eines Hochglanzkatalogs, den sie rasch unter der Sitzbank hervorgezogen hatte, „der Kombitrainer von *Fairfit,* mit Stretching und Power-Massage … Den hätt ich gern.“

„Und ihr?“, wandte sich Johann entnervt an Zenzi und Gundi. „Was wünscht ihr euch? Vielleicht … einen Pool auf dem Oberdeck?“

Zenzi nickte schüchtern.

„Aber nicht ohne Solarium", sagte Gundi.

Johann ließ sich auf einen der Küchenstühle fallen und starrte eine Weile vor sich hin. Wer ihn kannte (und die vier Frauen kannten ihn zur Genüge), der wusste: Johann war kurz davor, weich zu werden.

Irgendwann hob er den Kopf und blickte Vroni müde an. „Was sollen wir denn mit den Tieren machen? Wir haben doch nicht genug Platz …"

„Dann lass die Elefanten eben da", lächelte Vroni und strich ihm sanft übers schüttere Haar. „Wer braucht schon Elefanten?"

„Wie lange wirst du noch basteln?", fragte das Männlein.

„Bis morgen", gab Johann zur Antwort. „Morgen werden wir fertig sein." Er musterte sein Weinglas, als wolle er es vermeiden, dem Alten in die Augen zu sehen.

„Gut. Dann kannst du die Tiere holen. Und trödel mir ja nicht herum: In vierzehn Tagen geht es los."

Verglichen mit dem Schleudern wohlgezielter Blitze ist die Inszenierung einer Sintflut eine Bagatelle. Zwar erfordert sie ein beachtliches Maß an Beherrschung der Naturgewalten, aber umso weniger Präzision. Das Verhältnis von Blitz zu Flut ähnelt am ehesten dem einer Uhrmacherpinzette zu einer Abrissbirne, und seine Abrissbirne hatte der Alte nun wirklich gut im Griff.

Zwei Wochen später ließ er den Regen beginnen. Einen kolossalischen, nie (oder höchstens erst einmal) da gewesenen Regen. Man könnte ihn als Wasserwand bezeichnen, die von der Erde in den finsteren Himmel ragte. Nur, dass eine Wand in der Regel zwei Seiten besitzt, wohingegen der Regen des Männleins ein einziger, weltumspannender Wolkenbruch war.

Bald waren Wiesen und Felder mit Wasser gesättigt, es brach ihnen nun wie Schweiß aus den Poren; Rinnsale wuchsen zu Bächen an, Flüsse zu reißenden Strömen, die brodelnd über ihre Ufer brandeten und hoch und höher stiegen, um sich miteinander zu vereinen. Im gewaltigen Getöse einer Symphonie aus Donner und Gebraus wurden Städte und Dörfer, Menschen und Tiere verschlungen wie im Strudel eines göttlichen Aborts.

Johann erhob sich und betätigte die Spülung seiner *Sanitec-Pro Vakuum-Toilette.* Zwischen Kisten, Kartons und Containern hindurch bahnte er sich einen Weg zu den Liften und fuhr zum Panoramadeck hinauf. Zufrieden blickte er aufs Meer hinaus, auf dem noch eine Handvoll Boote durch die aufgewühlten Wogen schipperte. Wenn sie sich aus den Wellentälern kämpften, konnte man Leute darauf erkennen, die heftig zur Arche hin gestikulierten. Lieferanten wahrscheinlich, dachte Johann, die ihre Zustelltermine versäumt haben. Kein Problem. Man hatte alles, was man brauchte, und die Luken waren dicht. Wer jetzt noch versuchte, das Schiff zu betreten, der würde an der *Secusafe Alarmanlage* scheitern.

„Secusafe Homeguard“, summte Johann vor sich hin, „Sicherheit in jeder Lage bis ans Ende aller Tage …“

„Ach, hier bist du.“ Mit leisen Schritten trat Vroni an seine Seite und bedachte ihn mit sorgenvollen Blicken. „Johann, wir … haben Tiere an Bord.“

„Völlig unmöglich."
„Ich habe sie aber gesehen. Es sind … Ratten."
„Auf dem zweiten Deck, mein Schatz, irgendwo hinter den Motorrädern, da findest du Rattengift …"

Vierzig Tage lang währte der Regen des Alten, dann aber teilte er das Gewölk, um sein Werk zu betrachten. Und er sah, dass es gut war. Besser, so befand er, würde es nicht werden. Still schloss das Männlein die Wolkendecke, strich noch ein letztes Mal darüber, so wie man den Kopf eines schlafenden Kindes streichelt, und wandte sich anderen Welten zu. Die Sonne nahm er mit.

Chardonnay

Escort Service

AMARYLLIS SOMMERER

Chardonnay (oder Morillon, Weißer Klevner, Feinburgunder): Die weltweit wichtigste Weißweinrebe kommt aus dem Burgund und wird in Österreich extrem in der Steiermark angebaut. Sie bildet die Grundlage für Champagner und benötigt warme, kalkreiche Böden (Wien: 6 %). Farbe: blassgelb bis strohfarben; Geschmack: rassig und fruchtig (grüne Äpfel, Pfirsich, Melone); beste Lage in Wien: Bisamberg.

Hier kommen wir also her, um zu sterben. Schön, sehr schön."

Der alte Mann, der nach ungelüftetem Keller riecht, saugt die frische Luft, die aus den vor ihm liegenden Weinbergen steigt, genüsslich in sich auf. Noch ist es nicht sein letzter Atemzug, noch schweift sein von verschrumpelten Lidern verhangener Blick über die saftig grünen Hügel der Stadt, über fruchtbare Weinstöcke, über ein üppiges Blättermeer – über das blühende Leben schlechthin.

„Na ja, so kann man das nicht sagen", murmelt Karo, rückt nervös ihren BH zurecht und sieht sich beunruhigt um. Wo bleibt Xander nur? Wieso lässt er sie so lange mit dem Alten hier allein?

„Doch, doch“, fährt der Alte seelenruhig fort, „nennen wir die Dinge beim Namen. Wenigstens jetzt, in meiner letzten Stunde, wollen wir sagen, was Sache ist: Ich bin hierhergekommen, um zu sterben. – Und das ist gut so.“

Karo tut so, als müsse sie ein Körnchen Wimperntusche aus ihrem Auge entfernen, sie kann den Alten nicht mehr ansehen. Die gelbe Haut, die sich straff über seinen fast kahlen Schädel spannt, die eingefallenen Wangen, die dünne spitze Nase, mit der er nach ihr wittert, nach ihrer jungen Haut, ihren jungen Armen.

Sie will über die Dinge, die hier geschehen sollen, nicht philosophieren. Sie will die Sache möglichst schnell hinter sich bringen. Aber ohne Xander? Wo bleibt der nur?

„Es war eine großartige Idee, hierherzukommen!“, sinniert der Alte weiter. „Wer hätte gedacht, dass ich am Ende meines Lebens noch so eine großartige Idee haben würde?“

Der Alte sieht Karo um Zustimmung heischend an, Karo nickt schwach. Ihr ist so seltsam ums Herz.

„Sehen Sie all die Pracht, die Ihnen hier zu Füßen liegt? Riechen Sie es? Das Aroma des besten Weines der Stadt? Was für ein kostbares Stück Land! Es hätte mehrere Generationen ernähren können! Es hat nicht sein sollen.“

Der Alte rückt unaufhaltsam näher, seine triefenden Augen, sein speichelnder Mund. Und mit jedem seiner Worte quillt Karo eine kleine Atemwolke entgegen, die verdächtig nach Hundekeks riecht.

Ist sein Köter nicht schon vor einem Jahr gestorben, überlegt Karo, oder war das erst vor einem Monat, als *sein letztes Familienmitglied,* so nannte es der Alte, zu Grabe getragen wurde? Wie auch immer, sie wünschte, dieses Klappergestell da vor ihr würde endlich sein sabberndes, schlaffes Maul halten. Aber nichts da.

„Wissen Sie, Karo, ich habe so vieles falsch gemacht in meinem Leben. Ich habe den Menschen nach dem Mund geredet, ich habe Dinge getan, die ich gar nicht tun wollte. Ich habe einen Architekten beauftragt, mir einen neumodischen Weintempel zu entwerfen, und habe dann mit dem Baumeister, damit er mir finanziell entgegenkommt, in einem Puff den Vogeltanz getanzt. Ich habe Entscheidungen getroffen, die andere von mir eingefordert haben, ich war feige und habe gelogen, und ich habe jedes Jahr vor Ostern mit meiner Frau, die aus dem Burgenland stammte, Eier gekratzt, weil das bei ihr zu Hause so der Brauch war. Ja, Eier gekratzt, in allen Farben! Ich habe mich durch diese Ehe gekratzt, in der Hoffnung auf einen Stammhalter, bis meine Frau, hm, ja, ich muss es sagen, selber abgekratzt ist. – Aber jetzt, wenigstens jetzt, soll alles so sein, wie ich es möchte."

Der Alte nimmt Karos Hände in die seinen und streichelt sie sanft mit seinen rauen Fingerkuppen. Winzige Hautschuppen springen ab und segeln im goldenen Gegenlicht der Weinberge zu Boden.

„Hören Sie, Karo? Genau so, wie ich es möchte!"

Karo fröstelt. *Durchhalten, Karo, es heißt durchhalten. Xander muss gleich da sein. Er wird die Sache in die Hand nehmen. Xander, bitte komm, schnell, der Alte rieselt mir schon entgegen. Ich kann das nicht. Ich will nicht, dass er in meinen Armen zu Staub zerfällt. Xander, bitte!*

„Und ich bin Ihnen beiden so dankbar, so dankbar, dass Sie und Xander mich dabei begleiten werden. Dass Sie bereit sind, mit mir diese Grenze zu überschreiten, mich nicht alleine lassen im Augenblick des Todes, in dem ja alles und nichts möglich ist, ja doch: Alles, Karo, alles ist möglich!"

Und jetzt radieren die knochigen Finger des Alten schon über Karos Hals, hinauf zwischen die goldbraunen Löckchen hinter Karos zartem Ohr.

„Danke, dass Sie sich so schön für mich gemacht haben. Dass Sie mit mir hierhergekommen sind, an den Ort meiner Kindheit, ja, aufgewachsen bin ich hier, in den Jahreszeiten zwischen den Rebstöcken. Wissen Sie, zurückkehren zu dürfen, wo man hergekommen ist, das ist etwas ganz Besonderes. So habe ich es mir vorgestellt: ein letztes Mahl, ein letzter Tropfen edlen Weines, ein letzter Blick über den Weinberg. Ja, ganz genau so!"

Und das hat er sich auch was kosten lassen, der Alte.

Karo plagen schon wieder Zweifel, ob sie die Richtige für diesen hoch bezahlten Job ist. Hoch bezahlt ist eigentlich untertrieben. Schließlich geht es um das gesamte Vermögen des Alten.

Wo Xander nur mit dem Picknickkorb bleibt? Mit dem Schinken, dem geräucherten Käse, den Oliven, den eingelegten Zwiebeln, mit der Flasche Chardonnay, die sich der Alte gewünscht hat? Jahrgang 1961, das Jahr, in dem er seine Alte kennengelernt hatte, von der er sich einen Sohn, einen zukünftigen Weinbauern, erhofft hatte, aber der wollte und wollte sich nicht einstellen, und schließlich waren sie beide zu alt und ausgetrocknet gewesen, die Hoffnung auf Leben dahin, also blieben nur noch der Frauenkrebs, der Ersatzhund und schließlich der eigene Abgang.

Na gut, wenn er glaubt. Soll sein.

Den 61er Chardonnay stellt der Alte selbst zur Verfügung, der lagert seit Jahren im Weinkeller seiner Familie, von der nun wirklich keiner mehr lebt, und auch das nicht nachweisbare Gift stellt er selbst zur Verfügung. Er habe monatelang recherchiert, wie er sagte, um sicherzugehen, dass niemand durch diese Aktion Schaden nehme, vor allem nicht seine Begleiter, die er doch brauche, weil er nicht alleine sterben möchte und weil ihm, falls er im letzten Moment einen Rückzieher machen wolle, jemand helfen müsse, den exakt geplanten Ablauf seines Abgangs einzuhalten. Ja, dafür habe er sie und Xander engagiert.

Karo war anfangs dagegen gewesen. Sie hatte den Alten vom ersten Moment an nicht gemocht. Die Art, wie er sie in der Bar angesprochen hatte, war ihr unangenehm gewesen. Er roch damals schon nach Tod. Blöderweise hatte sich Xander sofort zu ihnen gesellt und ihn auch gleich gerochen: den Tod, den alten Braten. Und sein Geld.

Es würde ihr leichter fallen, einen unheilbar Kranken, den sie mag, ins Jenseits zu befördern. Das wäre so eine Art gute Tat. Immerhin. Eine gut bezahlte gute Tat.

Aber vielleicht ist das ja auch nur eine Ausrede. In Wahrheit ist das alles nicht ihr Ding hier. Normalerweise erweckt Karo Männer zum Leben und nicht das hier.

Am liebsten würde sie über all diese bescheuerten Weinberge abhauen, aber jetzt ist es zu spät. Der Pakt ist geschlossen, sie und Xander brauchen das Geld, und würde sie jetzt vor dem Sterben davonlaufen, wäre das der Tod ihrer Liebe, ihrer Beziehung, ihrer Existenz. Xander würde ihr das nie verzeihen.

Karo nestelt an ihrem engen Sommerkleid, es scheuert unangenehm unter den Achseln. Sie hätte sie besser rasieren sollen und ein anderes Deo nehmen, denn dieses kann den Geruch des Knochenmannes an ihrem Hals nicht vertreiben.

Und Xander kommt auch nicht daher! Sieht ihm ähnlich. Ist schon jemals Verlass auf diesen Mann gewesen? Wie oft schon hat er sie *zufällig* mit seinen Bekanntschaften allein gelassen. Manchmal sogar eine ganze Nacht. Durchhalten. Sie muss durchhalten und das alles aushalten: die Zweisamkeit mit dem nach Moder riechenden Alten, das anschließende Picknick, das auf Grund der Altersschwäche des Alten sicher nicht zu einem Gelage ausarten wird, das Trinken edlen Weines, das feierliche Zuprosten, den Blick des Alten über seinen Glasrand, den er ihr zuwerfen wird, wenn er seinen letzten Schluck zu sich nehmen wird. So hat er es beschrieben. So wolle er es haben. Ganz genau so. Er wolle jemandem in die Augen sehen, am besten einer schönen Frau, seinem Todesengel, er wolle einen schönen Tod, bevor die unvermeidlichen Schmerzen kommen, bevor seine Beine, sein Gehirn versagen, bevor er erblindet, bevor er eine Magensonde verpasst bekommt. Er wolle nicht mehr gegen das Unvermeidliche kämpfen, und es gäbe auch nichts, wofür es sich zu kämpfen lohne. Er wolle loslassen im Augenblick der Seligkeit, trunken von Wein, Weib und Gesang.

Den Wein kann er haben, das Weib – schauen wir mal –, aber singen wird er selber müssen. Denn Xander ist für andere Dinge zuständig. Xander ist ein Organisationstalent, er bringt Leute zusammen, vor allem Karo mit fremden Männern, und er hat Nerven wie Stahl. Xander ist der Garant dafür, dass dieses Unternehmen, was immer auch passieren mag, durchgezogen wird.

Sie hatten nach einer nervösen Fahrt quer durch die Stadt neben einem alten Weinkeller geparkt. Xander hatte das Tor nur mit Mühe aufgekriegt, aber der Kunde ist schließlich König, und auf den 61er Chardonnay wollte der Alte auf keinen Fall verzichten. Ohne den ginge gar nichts.

Xander war also die feuchten Steinstufen hinuntergestiegen, um den Wein zu holen. Der Alte schaffte es ja kaum mehr, in einem fahrenden Auto aufrecht zu sitzen, geschweige denn in einen Keller hinunterzusteigen.

Karo war mit dem Alten schon mal langsam Richtung Weinberg vorausgegangen. Mit der einen Hand stützte sie das wackelige Skelett des Alten, in der anderen Hand hielt sie eine Decke mit buntem Blumenmuster umkrampft. So waren sie zu dem hübschen Plätzchen auf der Wiese zwischen den Reben gewackelt. Xander wollte bloß noch den Wagen ausräumen und mit dem Rest gleich nachkommen.

Warum lässt er sie so lange mit dem Alten allein? Hat er mit dem Alten hinter ihrem Rücken eine Vereinbarung getroffen, von der sie nichts weiß? Er hat ihr doch versichert, dass der Wunsch des Alten, mit einer schönen Frau an seiner Seite sanft zu entschlummern, keine Gefahr für Karo bedeute! Hat er nicht versprochen, der Alte sei für jede körperliche Annäherung viel zu schwach?

Hände reiben und Schuppen verteilen, das kann er auf jeden Fall noch.

Schnell zieht Karo ihre Finger aus den Eidechsenklauen des Alten zurück.

Flink breitet sie, wie verabredet, die Blumendecke aus und hilft dem Alten, es sich darauf gemütlich zu machen. Sie hört das Krachen der Knochen, während sein altes Gestell zu Boden sinkt. Sie stützt seinen Rücken, bringt ihn in eine Stellung, aus der er nicht mehr umfallen kann. Er lehnt sich vertrauensselig an sie, und dann glotzen sie weiter über die Weinberge, über die Stadt, und der Alte labert und labert über den Tod und das Leben und schließlich über die Sonne, die viel zu schnell untergehe, über das Licht des Lebens, bla, bla, bla.

„Na, ihr beiden! Von hinten könnte man euch für ein Liebespaar halten!“

Xander. Endlich. Karo dreht sich so schnell um, dass der Alte beinahe das Gleichgewicht verliert und einzuknicken droht.

„Bleib nur!“, ruft Xander. „Ich mach das schon!“

Es ist ein Befehl. Und wäre jetzt nicht der Alte bei ihr gewesen und wäre jetzt nicht dieses Begleitservice zu absolvieren gewesen und hätte Karo einen Aschenbecher zur Hand gehabt, hätte sie diesen Xander jetzt ins Gesicht geschleudert. Es wäre nicht der erste gewesen. Aber Karo ist ein Profi, auch wenn sie es hasst, wie Xander schon wieder mit ihr spricht – und aufgeschoben ist ja nicht aufgehoben. Also hält Karo die Stellung und lässt Xander machen.

Mit leichter Hand verteilt er die Requisiten für die letzte Szene im Leben des Alten. Er streicht sich die dunklen Locken aus seinem hübschen Gesicht und lächelt wie besessen in die Landschaft. Er glüht geradezu vor Vorfreude auf den Hauptgewinn seines nicht immer so viel versprechenden Lebens. Hoffentlich ist er geduldig genug und bricht nicht gleich dem Alten mit einem schnellen Griff das Genick, zieht ihm nicht gleich die Flasche Chardonnay über den Hinterkopf! Hoffentlich kann er an sich halten und die Anweisungen des Alten respektieren.

So sind sie halt die Alten. Altersstarr und gaga, denkt Karo, während sie den dürren Greis mit den gewünschten Häppchen füttert. Jeweils eine Olive zwischen zwei präzise zugeschnittenen Käsedreieckchen. Mit zitternden Fingern führt sie kleine Zahnstocher durch Käse und Oliven, und jedes Mal, wenn der Alte den Mund öffnet, steigt in Karo ein saurer Brechreiz hoch – sterbensübel ist ihr schon! –, und sie wirft einen verzweifelten Blick Richtung Xander, der, Gott sei Dank, schon grinsend mit dem Flaschenöffner wedelt.

„Sie können Ihr Mittelchen schon einmal bereithalten, ja? Von einem edlen Tropfen allein stirbt man ja bekanntlich nicht!“

Xander sieht den Alten Beifall heischend an, doch der findet die Witzchen Xanders komischerweise gar nicht lustig. Was hat er bloß? Keine Antwort? Keine Reaktion?

Der Alte schwankt. Verzweiflung furcht durch sein Gesicht. Kriegt er es jetzt doch mit der Angst?

Nein. Ein kurzer, schneller Blick war es, der den Alten aus der Fassung gebracht hat:

Xander hat den falschen Jahrgang mitgebracht.

Noch zermalmt der Alte Käse, Oliven und inzwischen auch den Zahnstocher in seinem Mund. Noch ist er ratlos. Noch weiß er nicht, ob der Fehler, den dieser eitle Vollkoffer im hellen Sommeranzug, diese skrupellose Flasche von einem Kleinkriminellen, der nicht einmal imstande ist, ein Etikett zu lesen, ob dieser Fehler in der wichtigsten Stunde seines Ablebens wiedergutzumachen ist.

Chardonnay Jahrgang 61 hatte er ihm gesagt. Jahrgang 61! Das Jahr, in dem er seine Frau kennengelernt hatte. Es war der Anfang eines Versprechens gewesen. Der Anfang eines Lebens voller Hoffnung auf eine Familie, auf einen Stammhalter, auf Erben, für die es sich gelohnt hätte, ein ganzes Leben lang zu schuften.

Sie hatten versagt und waren dennoch gemeinsam alt geworden. Sie war vor ihm gegangen und hatte ihn mit seinem Versagen allein gelassen. Was er auch versuchte, er schaffte es nicht, ihr zu folgen. Also braucht er Hilfe.

Und jetzt? Sein ganzes Vermögen hat er in Aussicht gestellt, und dieser Stümper kommt mit der falschen Flasche daher!

Wütend kotzt der Alte seine Henkersmahlzeit auf die Blumendecke, Karo beginnt tief in ihrem Inneren zu schlottern, und Xander bietet dem Alten schnell eine bunte Serviette an, schließlich habe er ja an alles gedacht, ja, er sei ja einer, der mitdenke, einer der im Fall der Fälle …

„Halten Sie den Mund, Sie Banause!", keucht der Alte. „Sie dummer, eitler Lackaffe! Können Sie nicht lesen? Was habe ich Ihnen gesagt?"

Der verständnislose Blick Xanders lässt den Alten sich zu ungeahnter Höhe aufrichten, ja, er schafft es sogar, ein brüchiges Brüllen aus seinen Lungen zu schleudern: „Chardonnay – Jahrgang 61 habe ich gesagt! Für den Preis, den ich Ihnen für meinen geordneten Abgang bezahle, hätte ich ganz andere Dinge von Ihnen verlangen können! Das millimetergenaue Abschneiden meiner Zehennägel, das Aufmuntern meines sabbernden Geschlechts, das Wechseln meiner Windel, das Küssen meines alten Arsches, wenn es mir gepasst hätte!"

Karo wird schwarz vor den Augen. Die Sache ist gelaufen, denkt sie. Sie will nicht mehr. Sie kann nicht mehr. Sie will sich nur noch auflösen und verschwinden.

„Und Sie Vollidiot schaffen es nicht einmal, die richtige Flasche Wein aus dem Keller zu holen!"

„Ich habe überall gesucht, ehrlich!", verteidigt sich Xander und blinzelt ungläubig auf die Flasche in seiner Hand.

Und jetzt sieht es auch Karo. Tatsächlich, der falsche Jahrgang. Scheiße, der Alte hat recht. Scheiße, der Alte sieht besser als Xander. Scheiße, so eine Scheiße!

„Ich habe den ganzen Keller abgesucht! Da war kein 61er,

ich schwöre! Es gab nur diesen hier, diesen hier, der ist doch sicher genauso gut. Vielleicht sogar besser! Also, ich sage Ihnen, ein Chardonnay, egal welcher Jahrgang, der ist … der ist … so süffig … der blüht so auf … auf der Zunge …"

„Hören Sie auf!", keucht der Alte. Er will nichts mehr hören. Das war die mieseste Beschreibung eines Weines, die er je gehört hatte.

„Hören Sie auf, so über meinen Wein zu sprechen! Ich verbitte mir das!"

„Okay, okay! Wenn Sie wollen, geh ich noch mal hinunter und schau noch einmal nach. Karo bleibt bei Ihnen, sie wird Sie verwöhnen, das verspreche ich Ihnen. Gell, Karo?!"

Gell, Karo? Es klingt grell und verzweifelt. Wie oft hat Karo das schon gehört! Xanders Befehle, wenn es ihm an den Kragen geht.

„Alles kein Problem! Nicht wahr, Karo!?"

Karo nickt schwach und sucht nach einem frischen, noch nicht angekotzten Schinkenstückchen.

„Nein, das wird hier nichts mehr", knurrt der Alte. „Die Sonne ist bereits hinter den Hügeln untergegangen, das Essen ist versaut. Das ist alles nicht mehr so, wie ich mir das vorgestellt habe."

„Aber wir können das Szenario doch umschreiben!", redet Xander um die Chance seines Lebens. „Wir könnten, das habe ich mir eigentlich schon gedacht, als ich vorhin Ihren Wein gesucht hab, wir könnten unser Picknick doch in Ihrem lauschigen Keller stattfinden lassen. In diesem einzigartigen … geschichtsträchtigen Gewölbe, das wäre doch eigentlich viel besser, also ehrlich, das wäre …"

Der Alte sinkt wieder in sich zusammen. Er schließt die Augen und knurrt ein bisschen vor sich hin, als würde er laut nachdenken. Hat er noch eine andere Wahl? Sein Zustand verschlechtert sich von Tag zu Tag, von Stunde zu Stunde. Wenn er es nicht jetzt schafft, sein Leben so zu beenden, wie er es will, dann vielleicht nie mehr. „Also gut, bringen wir es im Keller zu Ende."

Der Alte steht auf, besser gesagt, will aufstehen, doch er schafft es nicht einmal einen halben Meter, schon sackt er wieder zurück. Da hebt ihn Xander auch schon hoch wie eine leichte Feder und trägt ihn raschen Schritts den Weinberg hinunter. „Schnell! Pack die Sachen zusammen und komm!", ruft er Karo zu.

Sie zögert beim Anblick des kleinen halbtoten Männchens in Xanders kräftigen Armen. Doch der wirft ihr einen seiner drohenden Blicke zu, einen dieser Xander-Blicke, die töten können, sie verletzen, mehr als die gelegentlichen Ohrfeigen, die ihm aus der Hand rutschen. Also rafft Karo alles zusammen und folgt Xander.

Im Weinkeller kommt eine seltsame Ruhe über den Alten. Ja, das sei tatsächlich ein noch viel besserer Ort zum Sterben, haucht er. Man müsse nur ein paar Requisiten verändern. Ja, dann komme alles zu einem guten Ende. Man müsse bloß Tisch, Stühle und Kerzen in den hinteren Keller verfrachten. Dort soll das letzte Mahl stattfinden.

Xander lehnt den Alten vorsichtig an eines der mannshohen Weinfässer, dann packt er geschäftig den groben Holztisch an einem Ende, Karo hebt das andere an.

Der Alte sieht ihnen versonnen nach, wie die beiden keuchend das schwere Teil nach hinten schleppen. Ja, alles kommt zu seinem Ende.

Irgendwie riecht es da hinten anders, denkt Karo. Anders als in einem Weinkeller. Zumindest anders als in dem vorderen Keller. Ist das Moder? Ist das Fäulnis? Ist das Leichengeruch? Aber woher soll Karo wissen, wie Leichen riechen?

Xander fragen? Den Alten?

Sie dreht sich um, und da sieht sie plötzlich den Alten. Hoch aufgerichtet steht er in der Tür. Und neben der Tür liegen ... Knochen. Hundeknochen? Menschenknochen? Das gibt es doch alles gar nicht. Das darf alles nicht ... Das ist doch ...

Und bevor sie etwas sagen, einen wahnwitzigen Gedanken formulieren kann, schließt der Alte die Tür zum Hinterkeller.

Karo schreit ins Dunkle und kurz darauf mit ihr Xander.

Vor der geschlossenen Tür greift der Alte seelenruhig zu einer der Flaschen im Regal. Er öffnet sie behutsam. Er trinkt einen Schluck und genießt ihn. Ja, das ist der richtige Jahrgang. Ein typischer Chardonnay, Jahrgang 61. Mit dieser Apfelfrucht in der Nase, cremig, nussig im Geschmack, mit moderater Säure und diesem langen, intensiven Abgang.

Wie konnte dieser Tölpel nur zur falschen Flasche greifen!

Schade eigentlich. Er hatte gedacht, mit den beiden hätte er endlich die Richtigen für sein Projekt gefunden. Er hatte sich geirrt. Wieder einmal.

Der Alte verlässt den Keller und wackelt davon.

Wie lange geht er nun schon diesen Weg?

Wochen? Monate? Jahre?

Und die Leichen in seinem Keller werden auch nicht weniger.

Er wird wohl im Text seiner Anzeige deutlicher werden müssen:

„Sterbebegleiter mit profunden Weinkenntnissen gesucht.“

Ja, das klingt gut.

Riesling

Großer Zwerg

THOMAS ASKAN VIERICH

Riesling (oder Rheinriesling, Weißer Riesling): kommt wahrscheinlich aus dem deutschen Rheintal (15. Jh. Erwähnung in Rüsselsheim); wird wegen des Duftes und des Geschmacks als „König der Weißweine", aber auch als „Mimose" bezeichnet, weil er nur auf Schiefer und Urgestein wächst sowie im Herbst extrem Sonne benötigt. Anbaufläche in Wien: 13 % (gegenüber Österreich: 3,5 %).

Man kann in Österreich wunderbar Urlaub machen. Oper können sie in Wien auch ganz gut. Aber in eines ihrer Krankenhäuser sollte man sich besser nicht legen.

Seit Tagen starre ich an die Decke meines Zimmers in Lainz. Und warte darauf, dass die Übelkeit aufhört. Die minutenlangen Koliken, das unerträgliche Ziehen in den Eingeweiden. Früher, so hörte ich, haben sie hier alte Leute um die Ecke gebracht. Doch das sei Jahre her, versichern sie mir. Heute sei das hier ein ganz normales, um nicht zu sagen erstklassiges Krankenhaus. Außerdem seien diese bedauerlichen Vorfälle nicht hier passiert, sondern ein paar

Gebäude weiter, im Geriatrischen Zentrum. Das hier sei das Krankenhaus Hietzing. Das habe nichts mit *Lainz* zu tun. Außer, dass es jeder immer noch *Lainz* nennt.

Meine Frau tut es auch. Und die muss es wissen. Sie ist eine geborene Wienerin. Jeden Tag kommt sie mich besuchen, seit ich von der Intensivstation hier in dieses winzige Zimmer mit der viel zu hohen Decke verlegt worden bin. Sicherlich das mieseste Zimmer auf der ganzen Station. Neben mir steht ein weiteres Bett. Darin hatte in der ersten Nacht noch ein Herr mit Magendurchbruch gelegen. Das innere Bluten wollte nicht aufhören. Und sein Gejammere auch nicht. Am nächsten Tag haben sie ihn zurück auf die Intensivstation geschoben. Sonst wäre er wohl endgültig verblutet. Seitdem habe ich meine Ruhe. Von den Koliken mal abgesehen. Aber die Abstände werden größer.

Immer haben sie so freundlich getan. Meine lieben Nachbarn. Mir im Weinberg mit guten Ratschlägen zur Hand gehen wollen. Die Ratschläge können sie gerne für sich behalten. Ich weiß selbst, wie man das macht. Besser als die. Schließlich komme ich aus einer alteingesessenen Weinfamilie an der Mosel. Unser *Goldtröpfchen* ist weltberühmt. Allerdings ohne mein Zutun. Aber in dieser Lage, sonnenbeschienen, mit kühlen Nächten, kann man eigentlich nichts falsch machen. Nicht einmal meine famosen Brüder. Sogar beim Riesling, dem kapriziösen König aller Weißweine.

Sie haben mich einfach ausgebootet. Und jetzt rede ich nicht von Poldi, Franzl und Klausi, meinen Nachbarn in der Stammersdorfer Kellergasse, sondern von Bernd und

Ansgar, meinen beiden älteren Brüdern. Die hatten sich das schön ausgedacht – gemeinsam mit Papa. Mama hatte wie immer nichts zu sagen. Also blieb auch keine Chance für das *Muttersöhnchen*, den *Zwerg*. Zwei gelernte Winzer für einen Betrieb seien genug, sagten sie. Und schickten mich weit weg auf die *London School of Economics*. Ich solle was *Anständiges* lernen, sagten sie und grinsten. Sie glaubten wohl, im fernen London könne ich nicht viel Unheil anrichten. Mama steckte mir beim Abschied ein paar Trockenbeerenauslesen zu, um mir die ersten Tage im Nebel zu versüßen.

Was hätte ich tun können? Wie mich wehren? Meinen Erbanteil schon zu Lebzeiten einklagen? Wahrscheinlich hätten die mich umgehend entmündigt. Wegen psychischer Instabilität. Oder was sie sich sonst ausgedacht hätten. Lieber ergriff ich die Gelegenheit und lernte in London, wie man auch ohne Wein zu Reichtümern kommt. Wer mit Fonds, Bonds und Derivaten handeln kann, kann auch Wein verkaufen, dachte ich. Und das wollte ich. Später. Aber meine Brüder ließen mich nicht. Die hatten keine Lust auf einen jüngeren Konkurrenten als Finanzgenie, der ihnen jeden Tag vorrechnet, was sie alles falsch machen.

Also blieb ich in London und machte an der Börse meine erste Million. Ich konnte es mir leisten, in den hippsten Londoner Lokalen die teuersten Weine der Welt zu trinken. Nicht nur *Goldtröpfchen*. Meine Familie in Piesport konnte mir gestohlen bleiben. Ich konnte es mir sogar leisten, viel Geld für ein Praktikum bei einem noch berühmteren Weingut hinzublättern. Den Rest lernte ich aus Büchern.

Dann traf ich Anneliese auf einer Weinmesse in Paris. Sie erzählte mir von ihrer kürzlich ererbten Ried am Wiener Bisamberg. Sogar Riesling wuchs dort. Nur hatte sie leider keine Ahnung, wie man mit Wein umgeht. Geschweige denn mit Riesling. Riesling machen ist wie ein Tanz auf Messers Schneide, hat mal ein bekannter britischer Kollege von mir gesagt. Ein Balanceakt zwischen Säure und Restsüße. Chardonnay kann jeder. Nicht nur am Bisamberg. Ich bot Anneliese noch in Paris die Ehe und die Bewirtschaftung ihres Weinbergs an. Sie hat beides angenommen. Sie war auch nicht mehr die Jüngste.

Eigentlich hatte ich vorgehabt, mich in eine Toplage an der Mosel einzukaufen. Mit viel Schiefer im Terroir und in südlicher, steiler Hanglage. Vielleicht sogar in Sichtweite von Bernd und Ansgar. Aber mir sind in letzter Minute die Lehmann-Brüder dazwischengekommen. Ich konnte gerade noch so viel Börsengeld auf einem Schweizer Konto parken, um Annelieses ehemaliges Nebenerwerbsweingut auf Vordermann zu bringen. Will sagen: auf deutsches Niveau. Damit ich auch fern der Mosel einen Riesling erzeugen könnte, der es mit dem meiner Brüder aufnimmt.

Und das kann er. Auch wenn das sowohl meine Brüder als auch meine Nachbarn am Bisamberg ganz anders sehen. Sehen wollen. Naturgemäß.

Ich sage Ihnen: Man kann in Österreich prima Urlaub machen. Vor allem in Wien. Vor allem als Fan der nicht nur italienischen Oper. Aber man sollte nicht gleich herziehen.

Ich hätte lieber weiter für jede Premiere der Netrebko an der Staatsoper oder bei den Salzburger Festspielen von London oder Zürich oder Paris oder Brüssel einfliegen sollen. Aber es war immer so schrecklich mühsam gewesen, an eine Karte zu kommen. Da stellen sich die Wiener unglaublich umständlich an. Vermutlich, um es Ausländern ohne überteuertes Touristen-all-inclusive-Paket zu verunmöglichen, ihnen eine der Premierenkarten wegzuschnappen. Die verteilen sie lieber unter sich. Wenn man die Damen und Herren im Vorverkaufsbüro in der Wiener Operngasse persönlich kennt, weil sie sich beim selben Friseur die Haare machen lassen oder beim selben Fleischhauer ihre Kalbsschnitzel holen, landet man auf wundersame Weise auf den besten Plätzen im Parkett – auch wenn man keine Ahnung von Oper hat und die Netrebko nur aus den *Seitenblicken* kennt. Ich dagegen, der jede verfügbare Aufnahme der Netrebko auf CD hat – und sogar ein paar offiziell nicht verfügbare –, musste mich stundenlang anstellen, nur um eine Stehplatzkarte zu ergattern. Immerhin traf ich dort auf die wirklichen Kenner. Wir wussten, dass wir für wenig Geld die akustisch besten Plätze bekamen. Nur durften wir nicht sitzen. Aber für Anna Netrebko steht man gerne.

Seit ich in Wien lebe, ist das alles ein bisschen leichter geworden, das muss ich schon zugeben. Jetzt darf ich auch sitzen. Im zweiten Rang oder im hinteren Teil des Parketts. Als zugereister Germane werde ich im Vorverkauf immer noch nicht an die wirklich guten Karten herangelassen. Aber das glaubt mir hier keiner, wenn ich das erzähle. Die sagen, ich bilde mir das ein.

Morgen singt Anna wieder an der Staatsoper. Und ich kann sie nicht sehen oder hören. Denn ich liege hier in Lainz und muss darauf warten, dass der Herr Primar die Güte hat, in meiner Anwesenheit meine Krankenakte durchzulesen und dabei bedächtig den Kopf zu wiegen. Manchmal sagt er noch: „Des wird scho!“, nickt mir kurz zu und verlässt das Krankenzimmer. Verfolgt vom Tross seiner Bewunderer: dem Oberarzt, der Oberschwester und einer Schar von Studierenden der Medizin. Bis heute weiß ich nicht, was schon wieder werden könnte. An was ich eigentlich leide. Obwohl ich den Grund dafür ahne. Was heißt ahne, ich bin mir ganz sicher. Todsicher. Sozusagen. Auch wenn ich dem Tod gerade noch von der Schippe gesprungen bin.

Schuld ist der Riesling. Der meiner Nachbarn am Bisamberg: Poldi, Franzl und Klausi. Die versuchen sich neuerdings neben ihrem Gemischten Satz und dem obligatorischen Veltliner auch am Riesling. Aus purem Trotz. Natürlich scheitern sie dabei auf ganzer Linie. Was sie natürlich nicht zugeben können. Im Gegenteil: Sie tun immer noch so, als könnten sie mir was beibringen. Als alteingesessene Winzer am Bisamberg dem zugereisten Seiteneinsteiger von der Mosel. Aber es reicht bei ihnen eben nur zum Gemischen Satz. Wir schwärmen immer gemeinsam in meinem oder ihrem Keller vom glitzernden, frischen Duft und der zitronigen Pikanz eines Rieslings. Vom unnachahmlichen Geschmack nach nassem Stein. Vom Duft nach Petrol oder Kerosin. Nur leider schmecken und duften ihre Rieslinge nie so. Von Schieferböden haben die hiesigen Winzer wirklich keine Ahnung. Was auch daran liegt, dass Schiefer am Bisamberg nicht vorkommt. Ich kann mir nicht helfen: Trotzdem vermeine ich, in meinem Riesling vom Bisamberg einen Hauch von Schiefer zu spüren. Und den Duft nach Diesel.

Meine Stammersdorfer Nachbarn nicken immer zustimmend zu fast allem, was ich über Riesling sage, wenn sie meinen Riesling verkosten. Die Schleimer. Auch wenn sie manchmal die Nase über die typisch deutsche Restsüße rümpfen. Hinter meinem Rücken aber lachen sie mich aus. Parvenü, schimpfen sie mich. Exilant! Piefke! Daheim haben sie ihn nicht an die Fässer gelassen, jetzt versucht er bei uns am Bisamberg einen auf Winzerkönig zu machen.

Zugegeben: Noch ist mein Ruhm nicht bis an die Mosel gedrungen. Ich glaube, Ansgar und Bernhard wissen gar nicht, dass ich doch noch unter die Winzer geraten bin. Wenn auch nur am fernen Bisamberg. Aber wie heißt es so schön: Wahre Meisterschaft zeigt sich erst auf schwierigem Terrain. Einen Wiener Landesmeister in der Kategorie Riesling konnte ich bereits erringen. Keine Kunst bei der kümmerlichen Konkurrenz? Nun, seine Mitbewerber kann man sich nicht aussuchen.

Wo heute bloß der Herr Professor bleibt? Haben die mich vergessen? Lassen die mich hier in Lainz verrecken? Das würde ihnen so passen.

Die Konkurrenz mit meinen Nachbarn Poldi, Franzl und Klausi eskalierte kürzlich bei einer Vertikalverkostung meiner eigenen Rieslinge der letzten vier Jahre. Was vorher auf Annelieses Rieden wuchs, ist sowieso zu vernachlässigen. Was ich schlagkräftig unter Beweis stellte, als ich einen Riesling von damals in meine Verkostung schmuggelte. Ein wirklich trauriges Erzeugnis. Das mussten sogar Poldi, Franzl und Klausi zugeben. Eben ein typisch österreichischer Riesling, konnte ich mich nicht enthalten festzustellen. Was das heißen solle, rief da Poldi, der sich selbst seit Jahren im Riesling versucht. Er hat kürzlich sogar eine recht anständige Lage in der Wachau gekauft, am Tausendeimerberg. Der Riesling mag dort den Urgestein-Verwitterungsboden. Mit deutschen Rieslingen kann Poldi trotzdem nicht mithalten. Und wenn er ehrlich wäre: mit meinem vom Bisamberg auch nicht. Aber Poldi ist nicht ehrlich. Nicht wenn es um Riesling geht.

Also musste ich nachlegen: „Für dieses raffinierte Spiel zwischen Säure und Restsüße beim deutschen Riesling langt es bei euch einfach nicht. Dafür bringt ihr weder den Mut am Weinberg noch die Geduld im Keller auf."

Poldi lachte laut und meckernd: „Mut braucht man wohl eher, um heute noch *Liebfrauenmilch* als trinkbaren Wein zu verkaufen. Angeblich besteht der auch aus Riesling."

„Von solchen altmodischen Marketingverbrechen rede ich natürlich nicht", ließ ich lässig fallen. „Ich spreche von den weltberühmten, eleganten Rieslingen, die nach frischem Steinobst duften. Wo sich in den Spätlesen der hohe Säuregrad aus den kühlen deutschen Nächten wunderbar mit der Restsüße milder Oktobertage ergänzt. Das bringen eben nur wir Deutschen zusammen. Vielleicht ist es genetisch bedingt. Für einen guten Riesling brauche ich keine Toplage an der Mosel. Da genügt durchaus auch der karge Bisamberg. Das könnt ihr in den Gläsern vor euch nachschmecken und -riechen. Man muss eben wissen, wie man mit dem, was einem die Natur vorgibt, umgeht. Dann braucht man auch nicht nachzuzuckern oder nachzusäuern."

Da wurde Poldi noch ein bisschen wütender: „Willst du uns unterstellen, dass wir im Keller mit illegalen Mitteln nachhelfen?"

Ich zuckte nur mit den Achseln: „Das ist in Ausnahmefällen bei euch sogar erlaubt. Auch nach dem Glykolskandal. Ihr solltet wirklich bei Welschrieslingen und Veltlinern bleiben. Die sind weniger anspruchsvoll."

Da sprang Klausi auf. Knöpfte sich seine Joppe, oder wie das hier heißt, auf und rief: „Das wollen wir sehen, du Piefke, du!"

„Willst du dich etwa mit mir schlagen?", fragte ich ihn. „In meinem Keller?"

„Ach was", sagte Klausi. „Wir machen eine Blindverkostung. Deine Rieslinge gegen unsere Rieslinge. Dann werden wir schon sehen, was für eine Rolle deine Scheißgene spielen."

Und darauf habe ich mich leider eingelassen. Denn machen wir uns nichts vor: Die Österreicher sind sehr nette Leute. Solange man mit ihnen gemütlich beim Heurigen sitzt oder im Weinkeller. Solange es nicht ums Geschäft geht. Solange man ihnen nicht ins Gehege kommt, in ihrem kleinen

Gärtlein, das sie seit Jahren pflegen. Liebevoll, aber ohne jeden Ehrgeiz. Doch den hatte ich jetzt bei meinen Nachbarn geweckt. Oder war es der blanke Neid? Ich hatte es geschafft, in wenigen Jahren aus einer mittelmäßigen Lage eine Toplage zu machen. Auch ohne Schiefer. Ausgerechnet mit Riesling. Und ich verkaufte meinen Wein zu bedeutend höheren Preisen als meine Nachbarn. Ich konnte es mir ersparen, meinen Wein im Heurigen für 1,20 herzuschenken. Für den Heurigen sind meine Rieslinge wirklich zu schade.

Also traten wir gegeneinander an. Das war letzte Woche. Jetzt liege ich hier. Da muss es einen Zusammenhang geben. Und je länger ich darüber nachdenke, desto klarer werden die Beweggründe der handelnden Personen. Die schrecken wirklich vor nichts zurück. Die Stimmung bei der Blindverkostung, zu der sich noch weitere Winzer und selbsternannte Kenner aus Stammersdorf und Umgebung eingefunden hatten, war verbissen. Das war zumindest mein Eindruck. Man stritt über den deutschen und den österreichischen Stil. Über den Ausbau im großen Eichenfass oder im Stahltank. Wie lange man die Maische stehen lassen soll. Die Österreicher mokierten sich darüber, dass man viele deutsche Rieslinge erst nach Jahren trinken kann. Sie behaupteten, dass der Riesling gar nicht vom Rhein komme, sondern von der Wachau. In Weißenkirchen gebe es eine uralte, schon im Mittelalter urkundlich erwähnte Ried Ritzling. Und in Gumpoldskirchen hätten sie im Dritten Reich den besten Riesling in ganz Großdeutschland gemacht. Das hätte sogar der Führer zugeben müssen. Da konnte ich natürlich nur lachen. Ich musste so lachen, dass mir der seltsame Beigeschmack in der letzten Kostprobe nicht auffiel. Wohl auch nicht auffallen sollte.

Endlich klopft es an der Tür. „Herein!", rufe ich. Doch statt des Herrn Professors erscheint der grinsende Poldi, mit einer Flasche Wein in jeder Hand, die er neckisch schwenkt. Sie sehen verdächtig nach Riesling aus.

„Na, wie geht es unserem Meisterwinzer?", fragt er, und ich kann ihn nicht davon abhalten, in mein Zimmer einzudringen. Hinter ihm tauchen noch die vom Alkohol zerfressenen roten Nasen von Franzl und Klausi auf. Klausi trägt einen großen Korb, der von einem rotweiß karierten Tuch bedeckt ist. Franzl schwenkt ebenfalls zwei schlanke Weinflaschen.

„Ein guter Wein verlängert das Leben, Hermann", sagt er lächelnd und stellt sich ebenfalls an meinem Krankenlager auf. „Ich habe dir hier zwei edle Tropfen von der Mosel mitgebracht. *Goldtröpfchen* aus Piesport. Wie ich vermute, keine ganz unbekannten Gewächse für dich. Erstaunlich, was die dafür verlangen können. Aber, was soll's? Das ist uns ein guter Freund und Kollege schon wert, gell?"

Poldi stellt neben die beiden deutschen Rieslinge zwei Wachauer *Smaragde*. Vom Tausendeimerberg. Aber nicht seine eigenen, sondern die seines weitaus berühmteren Nachbarn. Eines international anerkannten Topwinzers, wie ich zugeben muss. Dessen *Smaragd* ich bei der Blindverkostung leider für ein deutsches Erzeugnis gehalten hatte.

„Typisch Mosel!“, hatte ich voreilig getönt. Nun, Irren ist menschlich.

Aber was wollen diese drei in meinem Krankenzimmer? Mich verhöhnen? „Schwester!“, rufe ich krächzend.

„Die freundliche Schwester hat unser Eindringen ausdrücklich gebilligt“, lächelt Poldi. „Wir dürfen sogar mit dir anstoßen.“ Und er macht sich daran, einen der deutschen Rieslinge aus meinem Elternhaus zu öffnen. Ich bin mir plötzlich nicht mehr sicher, ob das nicht derjenige mit dem seltsamen Beigeschmack war.

„Ach, lass mal, Poldi“, flüstere ich.

„Dir muss es wirklich schlecht gehen, wenn du einen deutschen Riesling ausschlägst“, sagt der neben Poldi stehende Franzl und nimmt Poldi die geöffnete Flasche ab. Klausi reicht ihm aus seinem Korb vier Gläser. Franzl schenkt ein. Klausi stellt noch eine Variation von Brotaufstrichen auf mein Nachtkästchen, die er ebenfalls aus dem Korb genommen hat.

„Ist von deiner Anneliese, die dich herzlich grüßen lässt“, sagt Klausi.

Franzl drückt mir ein Glas in die Hand.

„Auf deine Gesundheit, Hermann!“, ruft Poldi und erhebt sein Glas. „Auf dass du uns bald wieder zeigen kannst, wie man anständigen Riesling macht, gell!“

Ich blicke ihm in die Augen. Die reine Freundlichkeit scheint mir entgegenzustrahlen. Es kann auch sein, dass das nicht die erste Flasche ist, die die drei heute geöffnet haben. Trotzdem bin ich mir sicher, dass ich meinen Schierlingsbecher in der Hand halte.

Da klopft es neuerlich an der Tür. Ohne meine Aufforderung abzuwarten, wird sie aufgerissen und herein stürmt der Herr Primar mit seinem üblichen Tross.

„Ah, ich sehe, die kleine Feierstunde hat schon begonnen!“, ruft er.

„Feierstunde?“, krächze ich.

„Ja, wir haben endlich herausgefunden, was Sie fast umgebracht hätte!“

Er strahlt die Umstehenden an. Ich versuche zu erkennen, ob hinter ihm bereits die Polizeibeamten ins Zimmer drängen. Jetzt muss es ja zu den Verhaftungen kommen. Doch keine Uniformierten sind zu sehen. Nur weiß gekleidetes Krankenhauspersonal. Und meine drei grinsenden Konkurrenten, die immer noch ihre gefüllten Gläser in der Hand halten und mir zulächeln. Doch ich tue ihnen nicht den Gefallen, als Erster zu trinken. Ich werde mich hüten!

„Es war die Herbstzeitlose!“, ruft der Herr Professor. „Sie sind schon unser dritter Fall heuer. Haben Sie in letzter Zeit etwas mit Bärlauch gegessen?“

Ich starre den Primar an.

„Bärlauchsuppe“, röchle ich. „Am Tag der Verkostung. Mittags. Einen halben Teller.“

„Na, servus!“, ruft Poldi. „Auf die war deine Anneliese so stolz. Den Bärlauch hat sie sogar selbst gesammelt, im Prater.“

„Und da muss ein wenig Herbstzeitlose unter den Bärlauch geraten sein“, sagt der Arzt. „Passiert schnell, die Blätter sehen sich sehr ähnlich. Leider ist die Herbstzeitlose ziemlich giftig. Wesentlich giftiger noch als Maiglöckchen. Kann sogar tödlich sein."

„Gott sei Dank magst du keine Bärlauchsuppe, was, Hermann?", röhrt Poldi und kann sich vor Lachen kaum noch auf den Beinen halten.

„Sehr zur Enttäuschung von Anneliese", japst Franzl. „Selbst hat sie ja fast nichts von ihrer famosen Suppe gegessen. Wozu also die ganze Mühe?"

Ich blicke die Anwesenden im Zimmer ratlos an. Meine eigene Frau? Das mag ich nicht glauben. Nur weil sie Österreicherin ist? Und ich Deutscher? Geht der Hass so tief?

Da geht noch einmal die Tür zu meinem Krankenzimmer auf und Anneliese stürmt herein. Tränenüberströmt stürzt sie auf mich zu.

„Es tut mir so leid, Hermann!", heult sie auf. „Gott sei Dank ist nichts Schlimmes passiert. Die Koliken werden bald vorüber sein, meint der Herr Primar."

Der nickt lächelnd neben ihr und blickt mich aufmunternd an.

Doch ich glaube meiner Frau kein Wort. Ich glaube ihnen allen nicht. Ich starre das Glas Wein in meiner Hand an. Arsen, denke ich, Arsen. Sie können es nicht ertragen, wenn jemand besser ist als sie. Vor allem nicht, wenn er kein Tourist ist.

Barrique

Requiem in neuer Eiche

CHRISTOPH WAGNER

Barrique: hieß ursprünglich im Französischen einfach Fass, bezeichnet jetzt das übliche Maß von 225 Litern. Das Aroma des Weins soll durch Komponenten aus dem Holz, wie Vanillin, abgerundet werden; der Geschmack hängt z. B. vom Röstgrad der Fassdauben ab; mit jeder Verwendung verliert das Fass an Aromakraft und muss irgendwann ersetzt werden. Es sind hauptsächlich kräftige Sorten wie Chardonnay oder Cabernet Sauvignon geeignet, die Herstellung verlangt viel Erfahrung und Fingerspitzengefühl.

Die Windschneise, dachte Andreas Dattelböck, während er sich den Kragen seines grauen Staubmantels zuknöpfte, funktionierte immer noch. Sie pustete mit stetiger Beharrlichkeit aus den letzten Alpenausläufern frische Luftmassen ins Pannonische Becken nach Osten, von dem andererseits jene Erdwärme aufstieg, die die Weine in diesem kurzen Flussabschnitt so unverwechselbar machte.

Andreas Dattelböck wusste um diese mikroklimatischen Besonderheiten entlang der Wiener Pforte zwischen Wienerwald und Weinviertel genau Bescheid. Schließlich hatte er sich mit Fragen von Klima und Terroir über zwei Jahrzehnte lang beschäftigt und sein nicht allzu großzügiges Salär als Weinjournalist bei einer deutschen Fachzeitschrift immer wieder damit aufgebessert, dass er zwischen Klosterneuburg und Gelsenheim gelegentlich Seminare zu diesem Thema hielt.

Jetzt blickte Andreas Dattelböck über das silbergrau schimmernde Band der leider nur im Walzer blauen Donau hinüber auf den rebenbestockten Nussberg, und wie einem überdimensionalen Schattenriss folgte sein Blick der Silhouette des gegenüberliegenden Leopoldsbergs, aus dessen dunkel schraffierten Mischwäldern die beiden schmalen Türme eines Barockkirchleins emporragten.

Seit Dattelböck vor nun wohl schon einem Vierteljahrhundert mit seiner Magda hier seine regelmäßigen samstäglichen Weingartenwanderungen absolviert hatte, hatte sich an der lebenden Ansichtskarte vor seinen Augen kaum etwas verändert. Im Gegensatz zur Bisambergseite, auf der ihn das Taxi gerade oberhalb der Kellergasse entlassen hatte, bevor es kehrtmachte und zurück in die Stadt fuhr.

Ja, auf der Bisambergseite, da fehlte nunmehr sogar etwas wirklich Entscheidendes: Der Fernsehturm, das unübersehbare Wahrzeichen des Weinlands jenseits der Donau, war nicht mehr da. Deleatur. Einfach aus der Landschaft und damit auch von der Landkarte gelöscht. Erstaunlich, dachte Dattelböck, dass Barockkirchen ein zäheres Leben als Fernsehtürmen beschieden war.

Dafür hatte es die Villa, vor deren eindrucksvoller Auffahrt er nun stand, mit Sicherheit noch nicht hier gegeben, als er mit Magda die Weinberge der damals in önologischer Hinsicht noch nicht besonders gut beleumundeten anderen Seite des Wiener Weinbaus durchstreift hatte. Die blau-gelbe Fassade schien zwar beim ersten Hinsehen auf Jugendstil gequält, entpuppte sich jedoch auf den zweiten Blick als postmoderner Palazzo Prozzo, dessen Architekt oder Bauherr sich für keine klare Linie hatte entscheiden können. Der Bau wirkte neureich, und er hätte wohl eher nach Napa Valley als auf den Bisamberg gepasst.

Bartholomew P. Schatzberger Winery stand in goldenen Lettern auf dem rechten der beiden Obelisken, die das chromblitzende Eingangstor säumten, das den Blick auf eine großzügige, von bunten Blumenrabatten üppig gesäumte Treppe freigab. Dattelböck drückte das Goldglöckchen unter dem Schild. Die Gegensprechanlage blieb stumm, doch das Chromgatter öffnete sich langsam und gemächlich, wie von Zauberhand geführt.

Dattelböck bemerkte, wie auf der Empore hinter der Freitreppe eine Glastür zur Seite geschoben wurde, hinter der er die Umrisse einer hoch aufgeschossenen Männergestalt erkannte. Wie lange mochte es wohl her sein, dachte Dattelböck, dass er den Schatzberger-Bartl zuletzt getroffen hatte? Hatten sie sich seit der Maturafeier in der Hotelfachschule im Modul, die sie beide im vorigen Jahrtausend besucht hatten, überhaupt jemals wiedergesehen?

Bartl hatte jedenfalls keines der seither alle fünf Jahre veranstalteten Maturatreffen besucht. Dattelböck, und nicht nur er, hatte Bartl stets im Verdacht gehabt, dass er sich nach seiner steilen Karriere, die ihn binnen weniger Jahre zum CEO von Luxury Inc., einem Weltkonzern mit Sitz in New York, aufsteigen ließ, einfach zu gut dafür war. Warum sollte jemand, der von der 5th Avenue aus mehrere internationale Hotelketten, etliche Châteaux im Bordelais, einige große Schmuck- und kleine, aber feine Champagnerhäuser sowie zwei Fluglinien kommandierte, sich auch mit ein paar kleinen österreichischen Nobelwirten und alpenländischen Hoteliers gemein machen – und gar mit einem wie Andreas Dattelböck selbst, der sich, nicht ohne Ironie und in Kenntnis seiner chronischen Finanznot, gerne als Weinschreiberling bezeichnete.

Vielleicht tat Dattelböck seinem alten Schulkollegen, der ihm nunmehr langsam und nicht ohne eine gewisse Würde über die Freitreppe entgegenkam, auch Unrecht – und der gute alte Bartl, mittlerweile Bartholomew P., war tatsächlich nur deswegen nicht bei den Maturatreffen erschienen, weil er Angst hatte, dort Magda zu begegnen. Seiner, Andreas', Magda, die nun schon seit zwei Jahren tot war.

„Hey Andi!", rief der Schatzberger-Bartl quer über die Freitreppe, die er gemessenen Schrittes hinabschritt. Gekleidet war der Bartl allerdings nicht wie ein alter Schulfreund, sondern absolut wie Bartholomew P. Schatzberger, der erfolgreiche Beau, der stets damit rechnen musste, dass ein Fotograf von der Vogue oder zumindest vom Wine Spectator in der Nähe war. Da saß jedes Fältchen seines feinen Maßanzugs perfekt, und nicht minder perfekt war wohl auch der Körper, den das edle Garn umhüllte, kein Gramm Fett zu viel und kein Deka Muskelmasse zu wenig.

Dattelböck hingegen schnaufte die Freitreppe ganz und gar nicht gentlemanlike hinauf. Sie war wesentlich steiler, als sie ihm vom Eingangstor aus erschienen war. Dattelböck, der damals im Modul noch schlanker, wenn auch immer schon um einiges kleiner als der Schatzberger-Bartl gewesen war, hatte der Beruf als Winetaster und gelegentlicher Restauranttester deutliche Jahresringe eingebracht. Und als Bartl ihn zwar nur symbolisch, aber eben doch an seine blitzsaubere Hemdbrust drückte, war es Dattelböck peinlich, wie sehr er schwitzte.

„Schön, dich wiederzusehen. Nach so vielen Jahren", sagte Schatzberger mit seinem perfekt einstudierten Dressman-Lächeln.

„Ich wäre schon früher gekommen, wenn du mich früher eingeladen hättest", erwiderte Dattelböck nicht ohne eine gewisse Giftigkeit in der Stimme. „Deine Wiener Kreszenzen werden ja schon seit über einem Jahr von der Weltweinpresse in den höchsten Tönen gepriesen. Von mir leider nicht. Denn mir hast du ja noch nicht einmal ein Kostfläschchen geschickt."

„Aber du bist doch nicht etwa beleidigt?", meinte Schatzberger, während er seinem alten Freund die Hand um die Schulter legte und ihn mit sanftem Druck ins Innere seines Palazzos bugsierte. „Zunächst wollte ich dich ja ganz als Ersten einladen, noch vor der übrigen Presse. Als fachkundigen Freund gewissermaßen, um dein Urteil vor allen anderen kennenzulernen. Aber dann habe ich plötzlich einen Bammel davor bekommen. Gerade dir wollte ich nichts Unfertiges präsentieren. Was vor deinem unbestechlichen Gaumen bestehen musste, das sollte wirklich perfekt, ja unangreifbar sein. Und du wirst es gleich unten im Keller erleben: Genau das ist es, wie ich hoffe, auch geworden."

„Davon bin ich überzeugt", erwiderte Dattelböck, dessen Atem nun schon wieder etwas ruhiger ging. „Es war noch immer alles perfekt, was du in die Hand genommen hast."

„Das sieht nur die Außenwelt so", erwiderte Schatzberger. „Sie orientiert sich stets am Glamour einer Sache. In Wahrheit habe ich viel billigen Talmiglanz produziert, solange ich noch im operativen Business tätig war. Aber seit ich mich nunmehr in meine Heimat zurückgezogen habe und den Rest meines Berufslebens ausschließlich dem Wein widmen werde ... ja, seither bin ich nur noch auf der Suche nach dem Guten, Wahren und Schönen, wenn du verstehst, was ich meine. – Du willst sicher mit dem Lift in den Keller hinunterfahren, wie ich dich kenne, was?"

„Die wenigsten Weinkeller sind mit einem Lift zu erreichen", bemerkte Dattelböck leicht widerstrebend, aber nicht unfroh, sich und seinem Körpergewicht einen langen Abstieg zu ersparen.

„Mein Keller liegt hundertfünfzig Meter unter dem Bisamberg", erwiderte Schatzberger mit einem sanften Lächeln. „Da ist ein Lift schon eine gute Investition."

Die gläsernen Türen der Kabine schlossen sich, und während der Lift langsam in die Tiefe glitt, fragte der

Schatzberger-Bartl seinen Schulfreund völlig unvermittelt: „Warum hast du mir nach Magdas Tod eigentlich keine Parte geschickt?“

Dattelböck, der seine Stirn inzwischen mit einem Papiertaschentuch trockengetupft hatte, spürte erneut Schweißperlen aufsteigen.

„Habe ich das nicht? Ich war mir sicher, ich hätte ...“

„Nein, hast du nicht. Aber vielleicht warst du ja auch der Meinung, Magda und ich hätten uns nicht ... nahe genug gestanden.“

„Aber wie kommst du darauf? Natürlich weiß ich, dass da einmal eine gewisse Nähe zwischen euch beiden war, wie hätte mir das auch entgehen können?

„Aber zuletzt hast ja doch du sie bekommen. Wozu du heute noch zu beglückwünschen bist, trotz des traurigen Endes.“

Der Lift war mittlerweile im Geschoß K 3 angekommen, das direkt in einen Barriquekeller führte, der wie der Saferaum einer Großbank durch ein Stahlgitter geschützt war. Schatzberger zog eine Fernbedienung aus seiner Sakkotasche und ließ die Gitterstäbe zu beiden Seiten je einen Meter zurückgleiten, wodurch ein schmaler Eingang entstand.

„Doch nun zum Wesentlichen ...“, fuhr er nicht ohne eine gewisse Feierlichkeit fort, „... zur Verkostung. Und damit du nicht glaubst, du würdest gegenüber deinen Journalistenkollegen zu kurz kommen, habe ich auch noch eine kleine Überraschung für dich vorbereitet. Eine Exklusivstory, gewissermaßen.“

„Du machst mich neugierig."

„Mit Recht, mit Recht. Nur so viel vorweg: Du wirst der Erste sein, der meine jüngsten Fassproben von Chardonnay und Cabernet Sauvignon verkosten darf, die nicht nur zu hundert Prozent auf der Basis modernster Biodynamik gekeltert wurden, sondern auch mit Mozartmusik beschallt wurden."

Schatzberger bat Dattelböck, an einem langen, aus einem einzigen Stück Holz gezimmerten Eichentisch Platz zu nehmen, und griff erneut zu seiner Fernbedienung. Die Klänge eines Symphonieorchesters durchströmten plötzlich das ganze Gewölbe, dessen Akustik aufgrund der vielen darin gelagerten Eichenfässer jedem Konzertsaal Ehre gemacht hätte.

„Acht Wochen lang habe ich den Chardonnay und zwölf Wochen lang den Cabernet Sauvignon mit Mozarts Kleiner Nachtmusik beschallt", erzählte Schatzberger. „Und was glaubst du, ist passiert?"

„Mag sein, der Wein wurde samtiger."

„Ach wo. Nichts ist passiert. Genau nichts. Also startete ich denselben Versuch mit der Jupiter-Symphonie für die Rot- und mit der Zauberflöte-Ouvertüre für die Weißweine. Doch abermals war keine spürbare Geschmacksveränderung zu erkennen. Ich war schon so weit, dass ich das Experiment aufgeben wollte."

„Und warum hast du es nicht getan?"

„Ein Südtiroler Freund erzählte mir, dass er schmeckbare Erfahrungen einzig und allein mit dem Dies irae aus Mozarts Requiem gemacht hätte ... Und auch die nur, wenn er es nicht im Originaltempo, sondern stark verlangsamt abspielte. Etwa so."

Schatzberger drückte abermals eine Taste, und die Kleine Nachtmusik wich den schaurigen Chorrufern des Dies irae aus Mozarts Requiem, deren Tempo zunehmend retardiert und entsprechend verzerrt wurde, bis nur noch durch Mark und Bein gehende Clusterklänge den Weinkeller erfüllten.

„Quantus tremor est futurus", rezitierte Schatzberger. „Ich brauche dir das wohl nicht zu übersetzen. Du warst immer der Gebildetere von uns beiden."

„Aber nicht der Erfolgreichere."

„Außerdem bist du, wenn ich mir die Freiheit herausnehmen darf, das anzumerken, immer noch schlecht angezogen. Genau wie früher. Du hattest niemals einen guten Geschmack." Er lachte. „Erstaunlich, dass es später gerade dein Geschmack sein sollte, mit dem du dein berufliches Fortkommen bestreiten solltest."

Nach diesen Worten griff Schatzberger zu einem Weinheber, zog den Pfropfen aus einem der Eichenfässer und entnahm ihm zwei Maulvoll Chardonnay, die er auf zwei blitzblank polierte Kristallgläser verteilte.

„Auf dein Wohl, alter Freund!", sagte er.

„Auf deins!", zischte der Freund, der die Attacke auf seinen Geschmack noch nicht recht verdaut hatte.

„Über Magdas Tod ist viel geredet worden. Stimmt es wirklich, dass sie sich umgebracht hat?"

„Wir haben die Todesursache damals bewusst nicht kommuniziert, aber ich muss gestehen, es ist leider wahr."

„Und was war der Grund dafür?“

„Depressionen. Starke Depressionen. Es war damals keineswegs das erste Mal, dass sie es mit Schlaftabletten versuchte. Ich bin immer wieder in letzter Minute dazugekommen und habe sie noch ins Spital einliefern lassen können, um das Allerschlimmste zu verhindern. Aber dann tat sie es, während ich gerade auf der Vinexpo in Bordeaux und sie alleine zu Hause war.“

„Ich weiß, ich weiß. Du hattest wieder einmal Sandra Heathcliffe im Geschirr. Alle haben sich darüber den Mund zerrissen, wie ausgerechnet du es anstellst, die schönste und feinzüngigste Weinjournalistin zwischen Napa Valley und Beaune rumzukriegen.“

„Was du alles weißt ... oder zu wissen glaubst ...“

„Nun, stimmt's? – Es stimmt doch, oder?“

„Die Leute reden viel. Und auf der Vinexpo trifft sich jeder mit jedem. Warum sollte man sich also nicht auch mit einer schönen Weinjournalistin treffen?“

„Sie hat es dir nie verziehen, oder?“

„Wer? Was verziehen?“ Da waren sie wieder, die Schweißperlen.

„Magda. Sie hat dir die Affäre mit der Heathcliffe nicht verziehen. Denn natürlich wusste sie davon.“

Dattelböck riss eine neue Packung Papiertaschentücher auf. „Jetzt mach aber einmal einen Punkt, Bartl! Mein Leben lang hatte ich nie was mit der Heathcliffe. Wir haben lediglich ein paar gute Gläser Bordeaux zusammen getrunken. Sehr gute sogar.“

„Magda sah das, glaube ich, anders.“

„Wie kannst du das wissen?“

Bartl, nun vollkommen Bartholomew P. Schatzberger, erhob sich mit ernster Miene von seinem Sitz, zog einen Brief aus seiner Innentasche und schickte sich an, denselben vorzulesen. Bevor er aber damit anfing, trat er auf kaum merkliche Weise ein paar Schritte zurück. Und bevor Andreas Dattelböck das richtig zu realisieren vermochte, hatten sich die von Schatzbergers Fernbedienung zum Gleiten gebrachten Gitterstäbe zwischen die beiden alten Schulfreunde geschoben.

„Jetzt lass die Witze, Bartl“, rief Dattelböck, sobald ihm klar wurde, dass er nunmehr in Schatzbergers neuem Eichenfasskeller unversehens zum Gefangenen geworden war.

„Ich bekam zwar keine Parte von Magdas Tod, aber kurz davor einen Brief von ihr. Du hast doch nichts dagegen, wenn ich ein paar kleine Stellen daraus vorlese. Diese zum Beispiel, die wird dich sicher interessieren: Ich kann keinen Tag länger mit ihm gemeinsam verbringen, diesem nutzlosen Parvenü. Alle seine hochgelobten Degustationsnotizen habe in Wahrheit ich verfasst, da das, was er schrieb, nur belangloses Gestammel war. Nicht einmal von seinem eigenen Job hatte er eine Ahnung, dieser Stumpfgaumen, und von Frauen schon gar nicht. Interessant, oder? Aber hör weiter: Es bleibt mir nichts anderes übrig, als dir, lieber Bartl, zu gestehen, dass ich damals die falsche Wahl getroffen habe. Doch diese Entscheidung lässt sich heute leider nicht mehr rückgängig machen. Also adieu denn, diesmal auf immer. Deine Magda.“

Bartholomew P. Schatzberger griff wieder zu seiner Fernbedienung. „Meine High-End-Boxen sind wirklich gut, du wirst es gleich hören. Die Anlage lässt sich auch ziemlich laut stellen. Ihre Dezibelstärke lässt sich locker mit jener der Pummerin vergleichen, aber hier unten in der Tiefe des Bisambergs, da hört das niemand. Medizinisch betrachtet wird deine Leiche nach der Mozart-Beschallung aussehen, als hättest du einen Herzinfarkt erlitten. Man wird den Brief, den ich dir gerade vorgelesen habe, in deinen Händen finden. Dein Gesicht wird glaubhaft schmerzverzerrt sein. Es ist ja auch kein Wunder, dass du dich aufgeregt hast. Und von deinem schwachen Herzen, der Folge deines notorischen Lotterlebens, hat mir Magda ja auch öfters geschrieben. Wusstest du eigentlich, dass wir über all die Jahre in regelmäßigem Briefkontakt standen, Magda und ich? – Ja, und was ich noch sagen wollte: Da hinten in dem Weinschrank, gleich hinter den Fässern, findest du jede Menge edelster Bouteillen. Sie gehören alle dir. Du kannst dich nach Herzenslust betrinken. Denn das tust du, wenn ich Magda richtig verstanden habe, doch wirklich gerne."

Brauner Zweigelt

MANFRED WIENINGER

Zweigelt (oder Rotburger): Der klassische Rotwein aus Österreich wurde von Fritz Zweigelt in den 1920ern aus St. Laurent und Blaufränkisch gezüchtet. Er ist anspruchslos (außer Kalkboden) und frostverträglich. Anbaufläche in Wien: 5,6 %; Farbe: kräftiges Rot; Geschmack: voll, kräftig, kirschig, samtig, bei hoher Qualität auch schwarze Beeren; beste Lage in Wien: Bisamberg und Kadoltzberg.

Während Svetlana hinter der Budel das Wareneingangs- und -ausgangsbuch führte oder Gläser spülte oder in schwarzen Träumen versank, die sich alle irgendwie um ihren in den Schlachten von Vukovar vermissten Ehemann drehten, langweilte sich Gruppeninspektor in Pension Franz Grassmann von Tag zu Tag ein bisschen mehr. Anfangs hatte er wenigstens noch den Weineinkauf gehabt. Sofort, nachdem Svetlana und er den Pachtvertrag für das winzige Beisl in der Hütteldorfer Straße und die vielleicht noch kleinere Wohnung im ersten Stock darüber unterschrieben hatten, war er in seinem zwölf Jahre alten

VW Jetta nach Stammersdorf aufgebrochen, um Zweigelt einzukaufen. Frohen Mutes und mit quasi jungunternehmerischem Elan hatte er dort eine Reihe von größeren und kleineren Weingütern aufgesucht und war schließlich mit einem Kofferraum und einem Fonds voller Weinkisten wieder nach Penzing zurückgekehrt.

Voller Entsetzen hatte Svetlana die Rechnungen beäugt, die er ihr auf das Wareneingangsbuch gelegt hatte.

„Wir kaufen Supermarkt“, hatte sie kurz und bündig entschieden und ihn dabei angesehen, als sei er schuld am damaligen Bürgerkrieg und an den erbittert geführten Belagerungsschlachten von Osijek und Vukovar.

Dabei war es geblieben. Seine nächsten Weineinkaufstouren führten lediglich zu einer Lidl-Filiale zwei Ecken weiter und die fruchtigen Spitzenqualitäten, die er in Stammersdorf erstanden hatte, trank er achtelweise selber, während er im Lokal den ganzen Tag lang auf einem bestimmten Barhocker saß und durch die mangels Klimaanlage stets geöffnete Eingangstür auf eine Haltestelle der Straßenbahnlinie 49 starrte. Von den Wartenden und Einsteigenden konnte man zwar nur die Rücken sehen, weil die Haltestelle in Richtung Stadt auf der gleichen Straßenseite wie *Svetlana's* lag, aber immerhin stiegen gelegentlich auch Leute aus. Zumindest in den ersten Tagen waren die Wiener für den ehemaligen Gruppeninspektor aus der Provinz so etwas wie exotisch-aufregende Wesen aus einer anderen Welt, auch wenn er halt meistens nur ihre Kehrseiten bewundern konnte.

Es war sein erster Sommer in Wien, sein erster Sommer nach der Pensionierung, und noch nie war ihm eine Stadt so heiß, so stinkheiß vorgekommen wie diese. Dagegen half nur Zweigelt, den er den ganzen Tag lang in kleinen Schlucken süffelte, bis er am späten Abend meistens so betrunken war, dass der Weg in seine Wohnung im ersten Stock dem Aufstieg in ein Mount-Everest-Basislager nahekam. Er wusste eigentlich nicht, warum er so viel trank, außer, dass er das eigentlich schon immer getan hatte. Nach seiner Uniform, die er achtunddreißig Jahre lang getragen hatte und die ihn ebenso lange getragen hatte, hatte er keine Sehnsucht, nach der Dienstwaffe und nach der elenden Ortschaft Leiden, in der er seine letzten Dienstjahre verbracht hatte, bevor der Posten geschlossen worden war, schon gar nicht.

Aber er hätte sich insgeheim ein bisschen mehr Gesellschaft im Lokal gewünscht als nur Svetlana, die ihre schwarze Kellnerinnenkluft wie eine Art Witwenkleidung trug und für gewöhnlich ungefähr so schweigsam war wie ein Hydrant. Doch außer Dr. Pindar und ein paar Schülern, die sich vor einer wichtigen Prüfung Mut antranken, und hin und wieder Straßenarbeitern, die bei dreißig Grad im Schatten schnell ein Krügel stemmten, kam eigentlich kaum jemand in das Stehbeisl. Nur am Abend fiel gelegentlich mal der eine oder andere Süffel ein, der bei Wermut und Inländerrum schwermütig auf das große, sehr intensiv kolorierte, titoistische Fremdenverkehrsposter der kroatischen Stadt Vukovar starrte, welches im Wesentlichen die einzige nennenswerte Dekoration von *Svetlana's* war. Der einzige Hoffnungsschimmer, was vernünftige Stammkundschaft betraf, war ein junges, nettes Liebespaar, das gelegentlich am frühen Nachmittag auf einen Filterkaffee hereinschaute, intensiv Händchen hielt und auch schon wieder verschwunden war.

Ein Gutteil der Rente des pensionierten Gruppeninspektors ging für die Unkosten, für die Pacht und den Wareneinkauf, den Strom, das Wasser und die Steuern, drauf, aber sie würden, hatte ihr Steuerberater ihnen versichert, den Turnaround schon noch erreichen. Grassmann hatte sich gefragt, was er damit meinte, und Svetlana war in Gedanken sowieso meistens weit weg, in Vukovar natürlich. Das Haupthindernis, diesen bald zu erreichen, sei lediglich der relativ hohe, in ihrer monatlichen Pachtzahlung inkludierte Sicherheitszuschlag, hatte der Steuerberater weiters gemeint, aber der sei in der Gegend wohl üblich und höchstwahrscheinlich auch notwendig. Grassmann hatte genickt, weil er nicht zugeben wollte, von den Geheimnissen der Wiener Buchhaltung eigentlich keinerlei Ahnung zu haben. Auf jeden Fall zahlte er weiter, trank weiter Zweigelt und aß am späten Abend die Debreziner und den Leberkäse, die Pfefferoni und die Liptauersemmeln, die Svetlana tagsüber nicht hatte verkaufen können. Manchmal belohnte sie ihn dafür, indem sie mit steinernem Gesicht mit ihm schlief, aber eigentlich hatte er nur mehr unwesentlich öfter als zu den beiden höchsten Feiertagen im Jahr Lust darauf und machte sich ernsthaft Sorgen um seine Männlichkeit.

Jedenfalls war Svetlana es gewesen, die es vehement nach Wien gezogen hatte, als der Gruppeninspektor in Pension gegangen und deshalb endlich nicht mehr an Leiden gebunden gewesen war. Vor allem einer Großtante wegen, einer Verwandten ihres vermissten Mannes. Aber an dem Tag, als sie mit Sack und Pack im VW Jetta in Hütteldorf angekommen waren, war die alte Dame an einem Stück gegrillter Hühnerbrust erstickt, und so hatten sie ihre ersten Tage damit verbracht, das Begräbnis zu organisieren, das schließlich auf dem Zentralfriedhof stattfand. Außer ihnen standen nur ein blutjunger kroatischer Pfarrer und ein dicklicher, gelbgesichtiger Greis mit Pockennarben und Baskenmütze am offenen Grab, der sich trotz seiner Leibesfülle kerzengerade hielt, plötzlich im Stechschritt auf den Sarg losmarschierte und ihn mit einer kroatischen Fahne bedeckte. Zur Überraschung aller Anwesenden zog der Greis auch noch eine Pistole aus der Tasche seines flaschengrünen Sakkos und gab zwei Salutschüsse in die Luft ab.

„Platzpatronen", meinte er entschuldigend und entfernte sich eilends.

Der Nachlass der Tante in einer kaum dreißig Quadratmeter großen Meidlinger Gemeindewohnung war derart wertlos, dass ihn nicht einmal die Emmaus-Gemeinschaft geschenkt haben wollte. Grassmann fuhr einen halben Tag damit durch Wien spazieren, bis er ihn schließlich in einem Akazienwäldchen in der Lobau entsorgen konnte, ohne dabei erwischt zu werden.

„Wieder was gespart", dachte er.

„Oder das *Miramar*, wo in einem der Zimmer vierzehn Tage lang eine tote Frau unter dem Doppelbett gelegen ist!", ereiferte sich Dr. Pindar. „Die lausige Kammer wurde in dieser Zeit sechs- oder siebenmal weitervermietet, ohne dass dem Zimmermädchen bei der Reinigung – haha – irgendetwas aufgefallen wäre! Erst der siebente Hotelgast in den ganzen zwei Wochen hat den Leichnam unter dem Bett entdeckt, weil es schon so gestunken hat."

Grassmann mochte solche Geschichten überhaupt nicht, weil sie ihn an seinen früheren Beruf erinnerten, mit dem er abgeschlossen hatte. Bedächtig, aber ohne wirklich nachzudenken, nahm er einen Schluck Zweigelt und zuckte erst einmal die Achseln. Das *Miramar*, das wusste er, war eine kleine Pension in der übernächsten Seitengasse Richtung Stadtmitte, und der skurrile Fall der Frauenleiche unter dem Hotelbett hatte es sogar bis ins Wiener Lokalfernsehen gebracht.

„So etwas ist einfach nicht gut für uns! Für uns alle! Das zieht doch die ganze Gegend hinunter – wer möchte schon in einem Viertel arbeiten oder gar leben, wo solch ekelhaften Geschichten passieren?! Was glauben Sie denn, was das für Auswirkungen auf die Immobilienpreise haben kann?! Von den Mieten ganz zu schweigen", dozierte Dr. Pindar.

„Ist dieses Zimmermädchen vom *Miramar* nicht vor zwei, drei Wochen überfallen worden?", fragte Grassmann mehr sich selbst als den nicht nur vom Alter her schwer einzuschätzenden, vielleicht fünfzig-, vielleicht aber auch siebzigjährigen Mann, der ihm an einem von lediglich zwei vorhandenen Tischchen im *Svetlana's* gegenübersaß und der an ihrem Eröffnungstag gekommen war, um zu bleiben. Dabei passte er mit seinem gepflegten Pepitasakko, seinen messerscharfen Bügelfalten an Hose und Hemd, mit seinen manikürten Händen und dem sorgfältig gestutzten

Menjoubärtchen, mit seinem sonnengebräunten Gesicht und der modischen, graumelierten Kurzhaarfrisur ganz und gar nicht in ein Penzinger Stehbeisl in der Hütteldorfer Straße. Eigentlich sah er aus wie ein properer Senior aus einer österreichweiten Hämorrhoiden-Fernsehwerbung.

„Ja, irgendjemand hat dem Mädchen Lauge ins Gesicht geschüttet und über den Buckel, um es an die Reinheitsgebote zu erinnern. Traurig, aber wahr, dass solche Sachen manchmal direkt nötig sind“, faselte Dr. Pindar dahin.

Grassmann verstand wieder einmal kein Wort, ohne sich aber darob zu kränken, und machte sicherheitshalber noch einen Schluck.

„Ist aber nicht in der Zeitung gestanden“, bemerkte er halblaut. Damit meinte er die Gratisbezirkswochenzeitung, die seine gesamte Lektüre ausmachte.

„Seien Sie doch froh, es steht eh schon genug Schwachsinn in der Zeitung.“

Dr. Pindar kam fast jeden Tag und blieb bei einem Glas Leitungswasser stundenlang sitzen. Erst ab 16 Uhr genehmigte er sich ein Achtel von den beachtlichen Stammersdorfer Zweigeltweinen Grassmanns. Von Anfang an hatte er seine Elogen immer nur an diesen, niemals an Svetlana gerichtet.

„Ich war sieben Jahre alt, als man mich hierherverfrachtet hat. Sie haben mir versprochen, dass ich das Schwert Skanderbegs sehen werde, und wenigstens in diesem Punkt haben sie nicht zu viel versprochen“, hatte Dr. Pindar ein anderes Thema gefunden. „Ich war der neunte Sohn und habe durch Zufall ein wenig Schreiben und Lesen gelernt.

Also hat man beschlossen, dass ich eines Tages in der Manner-Fabrik Schnitten verpacken soll oder in irgendeiner anderen Fabrik irgendetwas anderes. Vierunddreißig Jahre lang, bis man endlich eine andere Verwendung für mich gefunden hat."

„Wer ist *man?*", fragte Grassmann mäßig interessiert. Einmal war er dem einzigen Stammgast vor lauter Langeweile gefolgt, als dieser das Lokal verlassen hatte. An der nächsten Straßenecke war der alte Feschak in eine große, dunkelblaue BMW-Limousine eingestiegen. Grassmann hatte sich nicht übermäßig gewundert. Wer achtunddreißig Jahre lang in den Diensten der Republik Österreich gestanden hatte, wunderte sich über nichts mehr, über gar nichts mehr.

„Das würden Sie nicht verstehen", antwortete Dr. Pindar. „Natürlich bin ich auch kein Doktor, aber immerhin sind wir hier in Wien, und da hat man oft keine andere Möglichkeit", fügte er kryptisch hinzu, wobei sein minimaler, eigentlich kaum wahrnehmbarer Akzent ein wenig hervortrat.

„Finden Sie es nicht auch seltsam, dass bei den Fleischpackungen im Supermarkt zum Beispiel *Schulterscherzl* draufsteht und gleich darunter beispielsweise *Josef Hausmann?*", begann Dr. Pindar wieder einmal zu philosophieren. „Irgendwie habe ich da immer das Gefühl, als hätten sie ein Stück vom Herrn Hausmann heruntergeschnitten, hübsch in Zellophan verpackt und in die Kühlvitrine gelegt. Also mir graust manchmal, und ich kaufe dann immer Fisch mit weißem Fleisch, Dorsch zum Beispiel, weil man da ganz sicher sein kann, dass das nicht von einem Menschen stammt."

„Das ist doch nur der Name des Bauern, der das Schwein oder halt die Kuh gemästet hat", antwortete Grassmann leicht genervt.

„Woher wissen Sie das? Wie können Sie sich da so sicher sein? Ich meine, ohne sich überzeugt zu haben, dass dieser Josef Hausmann, beispielsweise aus Pöggstall oder Köflach, noch am Leben ist? Oder zumindest nicht schwer verletzt, weil ihm ein Supermarkt-Fleischer bei lebendigem Leib ein Scherzl aus der Schulter geschnitten hat?", ließ Dr. Pindar nicht locker.

Man konnte bei ihm, dachte Grassmann, nie sicher sein, ob er etwas ernst meinte oder eben nicht.

„Was wissen wir denn schon?", philosophierte Dr. Pindar weiter. „Wir können uns doch nicht einmal sicher sein, dass die Weinsorte, der wir beide so gern zusprechen, als Rebe nicht in den zwanziger Jahren von einem späteren Direktor der berühmten Klosterneuburger Weinbauschule vor allem deswegen als Kreuzung zwischen dem Blaufränkischen und dem St. Laurent gezüchtet worden ist, um damit jüdischen Weinimporteuren das Leben schwer zu machen. Der österreichische Rotwein war ja damals, mit Verlaub gesagt, etwas farb- und kraftlos und wurde vor allem mit italienischen und ungarischen Weinen verschnitten, um die optische Attraktivität zu erhöhen. Der Zweigelt war die Lösung, weil er ja sehr farbintensiv ist! Auch heute noch ist er Bestandteil vieler Cuveés."

Grassmann fand das unpassend und zuckte wieder einmal mit den Achseln. „Ich schmecke nur die Kirschen in meinem Stammersdorfer Zweigelt und ich sehe nur dieses gloriose Rot, eigentlich schon fast Rotviolett, aber nichts Braunes …“

„Dieser Dr. Zweigelt war eigentlich Maikäferforscher und ist 1933 in die NSDAP eingetreten“, ließ sich Dr. Pindar nicht stoppen. „1940, da war er bereits Direktor, hat er einen Schüler seiner Anstalt mehr oder weniger hineingeritten bei der Gestapo. Habe ich jedenfalls gelesen. Der Bub wollte in einem Dumme-Jungen-Streich der Adolf-Hitler-Eiche in Klosterneuburg mit Unkrautsalz ans Holz gehen.“

„Mir schmeckt er eigentlich trotzdem, der Zweigelt!“, meinte Grassmann trotzig.

Das Mädchen, das gelegentlich mit ihrem Freund bei *Svetlana's* auf einen Kaffee vorbeischaute und das eben noch am Tisch neben ihnen mit hochrotem Gesicht an einer Frucade Orange genippt hatte, rutschte plötzlich langsam wie in Zeitlupe von seinem Sessel und schlug auf dem Boden des Lokals auf. Dort blieb es offensichtlich bewusstlos liegen.

„Zweigelts Schüler, der verhinderte Eichen-Attentäter, ist fast drei Jahre lang gesessen“, redete Dr. Pindar ungerührt weiter.

Unter der unteren Hälfte des Mädchenkörpers traten kleine Rinnsale von Blut hervor. Das schöne Rubinrot entsprach in etwa der Farbe des Stammersdorfer Nobelzweigelts, der bei *Svetlana's* nur an den Wirt und den einzigen echten Stammgast ausgeschenkt wurde.

„Svetlana!“, schrie Grassmann in Panik, „Svetlana!!“

„Regen Sie sich nicht unnötig auf“, meinte Dr. Pindar lapidar und hatte schon die Nummer der Rettung auf seinem Handy eingetippt.

Völlig ruhig und sachlich wie ein Bilanzbuchhalter informierte er die Rettungsleitstelle in kurzen, knappen Sätzen über Ort und Art des Ereignisses, während Grassmann noch immer schwer keuchend, ja hechelnd und gleichzeitig wie erstarrt herumstand und die herbeigeeilte Svetlana sich um das zusammengebrochene, blutende Mädchen kümmerte.

„Dr. Zweigelt ist natürlich 1945 entlassen worden. Der Schüler mit der Hitler-Eiche hat die Klosterneuburger Weinbauschule nach dem Krieg schließlich doch noch absolviert, ist aber Anfang der fünfziger Jahre jung gestorben, möglicherweise an den Spätfolgen der Jahre in Kost – haha – und Logis bei den Nazis“, dozierte Dr. Pindar weiter, nachdem er den rettenden Telefonanruf erledigt hatte.

„Und das ist erst ein winziger, klitzekleiner Teil, von dem, was wir für gewöhnlich nicht wissen!“, schloss er pathetisch.

Grassmann hatte das Gefühl, Teil eines besonders üblen Alptraums eines Wahnsinnigen zu sein.

„Ist beeser Junge“, meinte Svetlana nur, bevor sie wieder in ihre gewohnte Witwenstarre zurückfiel und hinter der Budel verschwand. Für Grassmann völlig überraschend war sie mit dem zusammengebrochenen Mädchen im Notarztwagen mitgefahren. Das war ihr nur gelungen, weil sie sich gegenüber dem Notarzt als die Mutter der Bewusstlosen ausgegeben hatte. Erst am späten Abend war sie wieder aus dem AKH zurückgekommen, wobei sie offenbar Stunde um Stunde am Bett des Mädchen verbracht hatte, das übrigens einen Namen mit mehreren Ypsilons und Üs trug, den sich der pensionierte Gruppeninspektor partout nicht merken konnte. Das war eine Seite, dachte Grassmann verwundert, die er an Svetlana noch nicht kannte.

Erst nach Mitternacht hatte sie ihm schließlich in der winzigen Wohnung über dem Beisl alles erzählt.

Der Junge – er hieß Petar und lebte offenbar von der Luft und von der Liebe – war halb Serbe, halb Österreicher. Vor etlichen Jahren hatte er eine Zahntechniker-Lehre abgebrochen und seither nichts mehr gefunden. Vor einiger Zeit hatte er damit begonnen, die gebrauchte Unterwäsche seiner Ypsilon aus dem Wäschekorb zu stehlen und über das Internet zu verkaufen. Offenbar recht erfolgreich, weil er sie mit immer wieder neuen, immer ausgefalleneren Dessous beschenkte und sie dazu drängte, diese unverzüglich in seiner kleinen Substandardwohnung ein paar Ecken weiter anzuprobieren. Anfangs hatte sie keine Ahnung von seinen Geschäften gehabt, das Ganze nur für ein erotisches Spiel gehalten, auf das sie einging, weil sie ihn schrecklich, über alles liebte. Spätestens jedoch, als er damit begann, ältere Männer anzuschleppen, die ihr beim Anprobieren der jeweils neuen Wäschestücke gegen Bares zuschauen durften, war es zu heftigen Streitigkeiten gekommen. Aber irgendwie hatten sie sich wieder versöhnt. Sie waren in eine größere Gemeindewohnung gezogen und die alten Geilspechte zahlten noch höhere Honorare, als sie schwanger geworden und das bereits ein bisschen zu sehen war. Am Tag ihres Zusammenbruchs in *Svetlana's* war es zum finalen Streit zwischen Petar und ihr gekommen, auch weil sie erfahren hatte, dass er die Unterwäsche-Masche inzwischen auch noch mit einem anderen Mädel aus dem Grätzel durchzog. Jedenfalls hatte Petar seine Ypsilon schließlich wie einen räudigen Hund verprügelt und ihr mit den Füßen mehrmals in den Bauch getreten.

„Meine Svetlana hat vor allem der Abortus schockiert, sie leidet so viel mit dem armen Ding!", schloss Grassmann bewegt, als er Dr. Pindar die ganze Geschichte erzählte.

Dessen Reaktion war überaus heftig und völlig unerwartet. „Wie viel von dem blöden Schwanz dieses Petar sollen wir abschneiden? Nur die Vorhaut? Oder die Eichel? Oder darf's ein Stückerl mehr sein?", fragte Dr. Pindar schneidend, wobei seine derben Worte einen geradezu absurden Gegenkommentar zu seiner geschniegelten und gestriegelten Erscheinung abgaben.

„Herrgott noch einmal, was soll das? Sind Sie jetzt völlig übergeschnappt?", ereiferte sich Grassmann, dem noch immer kein Licht aufgegangen war.

„Wofür zahlen Sie dann den Sicherheitszuschlag, wenn wir solche Sachen nicht für Sie regeln sollen?", antwortete Dr. Pindar tonlos und ohne Grassmann auch nur eines Blickes zu würdigen. Stattdessen starrte er Svetlana in ihrer schwarzen Kellnerinnenkluft an, die sich hinter der Budel aufgerichtet hatte.

Vor ihrer Brust hatte sie ihre geballte rechte Hand ausgestreckt. Der Daumen zeigte nach unten.

Biografien

GOTTFRIED NEUNER

RAOUL BILTGEN

Raoul Biltgen wurde 1974 in Esch/Alzette, Luxemburg, geboren. Schauspielstudium am Konservatorium der Stadt Wien, anschließend Ensemblemitglied am Vorarlberger Landestheater in Bregenz; dann Dramaturg am Theater der Jugend in Wien.
Seit 2003 lebt und arbeitet Raoul Biltgen als freier Schriftsteller, Schauspieler und Dramaturg in Wien. Autor zahlreicher Theaterstücke, mehrerer Bücher (zuletzt: „einer spricht") und von Kurzkrimis.
www.raoulbiltgen.com

PRIVAT

CHRISTIAN KLINGER

Christian Klinger, geboren 1966 in Wien, war wegen Paragrafenaffinität ungefähr die letzten 20 Jahre erfolglos in Behandlung. Eigentlich ein „Wilderer" unter den Krimiautoren. Seit jeher der Musik zugewandt, wechselte er 2005 das Metier und tauschte Basssaiten gegen Buchseiten.
Krimis: „Die Spur im Morgenrot", Novum 2005, „Tote Augen lügen nicht", echomedia 2008.
2010 erscheint der dritte Kriminalroman aus der Reihe um den tollpatschigen Ermittler Seidenbast mit dem Titel „Codewort Odysseus".

PRIVAT

EDITH KNEIFL

Edith Kneifl, Dr. phil., lebt und arbeitet als Psychoanalytikerin und freie Schriftstellerin in Wien. 1992 bekam sie als erste Frau den Friedrich-Glauser-Preis für den besten deutschsprachigen Kriminalroman des Jahres. Ihre Romane wurden in mehrere Sprachen übersetzt; die Verfilmung ihres Romans „Ende der Vorstellung" (Filmtitel: „Taxi für eine Leiche", Regie: Wolfgang Murnberger) wurde als bester Fernsehfilm des Jahres mit der ROMY 2003 ausgezeichnet; Hörbuch: „Der Tod ist eine Wienerin", gelesen von Monika Bleibtreu, Hörbuch Hamburg 2007.
13 Kriminalromane und ca. 50 Kurzgeschichten; zuletzt: „Glücklich, wer vergisst", Haymon Verlag, Innsbruck März 2009; „Schön tot", Haymon Verlag, Innsbruck 2010
www.kneifl.at

HELGA MURAUER

BEATRIX KRAMLOVSKY

Geboren 1954 in Steyr; vehemente Europäerin im Weinviertel, Schriftstellerin und bildende Künstlerin mit den Lebensthemen: Aus- und Abgrenzungen, gewaltsamer Tod. Gärtnerin und Literaturvermittlerin. Mehrere Literaturpreise und Kunststipendien. Zahlreiche (Krimi-)Kurzgeschichten-Erzählbände und Reiseprosa, die sich mit dem Begriff Heimat beschäftigt. Zuletzt veröffentlichter Band: „Die Erde trägt ein Kleid aus Worten", Europa Verlag, Zürich 2010. www.kramlovsky.at

RENATE TYLL

LISA LERCHER

Lisa Lercher, geboren in der Steiermark, studierte in Graz Erziehungswissenschaften, lebt in Wien und ist in der Bundesverwaltung tätig. Nach der Veröffentlichung einiger Fachbücher zu ihrem langjährigen Arbeitsschwerpunkt „Gewalt gegen Frauen und Kinder" schreibt sie seit 2001 Kriminalromane und Kurzgeschichten. Zuletzt erschienen sind der Kurzkrimiband „besser tot als nie" (Milena Verlag, Wien 2008), „Die Mutprobe" (Milena Verlag, 2006) und „Ausgedient" (Milena Verlag, 2004). „Die Mutprobe" wurde 2009 unter der Regie von Holger Barthel und nach einem Drehbuch von Ivo Schneider für den ORF/MDR verfilmt und wird voraussichtlich 2010 ausgestrahlt. „Zornige Väter" erscheint 2010 im Milena Verlag.

„Herb im Abgang" widme ich meiner obersteirischen Oma, ihren legendären Kochkünsten und ihrem unverwechselbaren Humor.

PAUL GUALTARI

BEATE MAXIAN

Beate Maxian wurde 1967 in München geboren. Sie verbrachte ihre Jugend in Bayern und im arabischen Raum, bevor sie sich in Österreich niederließ und sich verschiedenen Projekten im Film-, Medien- und Eventbereich widmete. Sie hat bereits erfolgreich mehrere in Österreich angesiedelte Kriminalromane veröffentlicht und ist Organisatorin der Glauser-Jury in der Sparte Roman, weiters Initiatorin und Organisatorin des ersten österreichischen Krimifestivals: Krimi-Literatur-Festival.at. www.maxian.at

SABINE WINDSOR

ILONA MAYER-ZACH

Ilona Mayer-Zach lebt als freie Autorin in Wien. In den meisten ihrer Kriminalromane und Kurzgeschichten ermittelt ihre Serienfigur Paula Ender.

Sie schreibt darüber hinaus Drehbücher für Krimievents, Auftragskrimis und Ratekrimis für „Die Presse", hält Workshops und betreut Schreibwettbewerbe. Kriminelle Veröffentlichungen unter anderem: „Schweigerecht" (Manz Verlag, 2006), „Schärfentiefe" (2008), „Mona Lisas Augen" (Hg., 2008), „Schlangenwald" (2010), alle echomedia, Zahlreiche Kurzgeschichten in Anthologien.
www.imnetzwerk.at

WOLFGANG KALAL

SABINA NABER

Sabina Naber, geboren 1965 in Niederösterreich, studierte Theaterwissenschaften und anderes in Wien. Sie arbeitete als Schauspielerin und Regisseurin und war auch als Journalistin und Drehbuchautorin tätig. Ihr erster Kriminalroman mit der Wiener Kommissarin Maria Kouba, „Die Namensvetterin", erschien 2002. Inzwischen liegen fünf Maria-Kouba-Krimis vor; im März 2011 erscheint Band sechs.
Für ihre Story „Peter in St. Paul" wurde sie 2007 mit dem Friedrich-Glauser-Preis ausgezeichnet. „Gemischter Satz" ist die zweite Anthologie nach „Tödliche Elf" (echomedia, 2008), für die sie als Herausgeberin verantwortlich zeichnet.
www.sabinanaber.at

PRIVAT

ANDREAS PITTLER

Andreas Pittler, geboren 1964 in Wien, studierte dortselbst Geschichte, Germanistik und Politikwissenschaften (Mag. und Dr. phil.). Nach mehreren Jahren als wissenschaftliche Fachkraft und als Journalist arbeitet er seit 1994 in der Pressestelle des österreichischen Parlaments. Überdies ist er Lehrbeauftragter der Donau-Universität Krems.
Seit 1985 veröffentlichte Andreas Pittler 23 Sachbücher, zumeist geschichtliche Darstellungen und Biografien (u.a. über Bruno Kreisky oder Samuel Beckett). Im Jahr 2000 erschien sein erster Roman, „Der Sündenbock", dem seitdem sieben weitere (sowie zwei Bände mit Kurzgeschichten) folgten; zuletzt „Tacheles" (2008), „Ezzes" (2009) und „Chuzpe" (2010). www.andreaspittler.at

RAFFAELA PRÖLL

CLAUDIA ROSSBACHER

Claudia Rossbacher wurde in Wien geboren. Ihre Kindheit verbrachte sie in Wien, Teheran und Jakarta. Sie arbeitete als Texterin und Kreativdirektorin in internationalen Werbeagenturen. Seit 2006 lebt sie als freie Autorin und Texterin in Wien. Sie veröffentlichte u.a. zwei Kriminalromane („Hillarys Blut", 2007, „Drehschluss", 2009) sowie zahlreiche Kurzkrimis im „Kurier" und in der „Presse am Sonntag". Zudem zeichnet sie für die Organisation der österreichischen Krimiautoren (www.krimiautoren.at) verantwortlich. www.claudia-rossbacher.com

CORNELIA KREBS

EVA ROSSMANN

Eva Rossmann, 1962 in Graz geboren, lebt im Weinviertel. Verfassungsjuristin, politische Journalistin, seit 1994 freie Autorin. Seit ihrem Krimi „Ausgekocht" auch Köchin in Buchingers Gasthaus „Zur Alten Schule". Drehbuchautorin, Gastgeberin der ORF-TV-Talksendung „Club 2". Zahlreiche Sachbücher. Österreichischer Buchliebling 2009 in der Kategorie Krimi & Thriller. Hardcover Folio-Verlag, Taschenbücher und Hörbücher Lübbe. Krimis: „Wahlkampf" (1999/2006), „Ausgejodelt" (2000), „Freudsche Verbrechen" (2001), „Kaltes Fleisch" (2002), „Ausgekocht" (2003), „Karibik all inclusive" (2004), „Wein & Tod" (2005), „Verschieden" (2006), „MillionenKochen" (2007), „Russen kommen" (2008), „Leben lassen" (2009), „Evelyns Fall" (September 2010) und „Mira kocht" (2007), das Kochbuch zur Krimiserie. www.evarossmann.at

JOHANNES ZINNER

IVO SCHNEIDER

Ivo Schneider schreibt Romane, Kolumnen, Drehbücher, hält Vorträge an der Donau-Universität Krems und trinkt viel zu wenig Cabernet Sauvignon des Weinguts Steinklammer in Mauer. Das ist sehr traurig, weshalb er immer wieder versucht, sich mit seinen Texten selbst aufzuheitern. Gelungen ist ihm das mit seinem Hundekrimi „Valentino & Uz" (2008) und den kleinen Kolumnen, die Sie auf seiner Homepage finden: www.ivo-schneider.at

PRIVAT

SUSANNE SCHUBARSKY

Susanne Schubarsky wurde 1966 in Niederösterreich geboren. Studium der Germanistik, Anglistik, Romanistik. An Jobs schon – fast – alles ausprobiert, im Moment tätig als Autorin, Kolumnistin, Lektorin, Herausgeberin ... Lebt in Villach mit einer Katze und ~~zwölf~~, ~~sieben~~, ~~vier~~, drei Goldfischen. Veranstaltet den Kärntner Krimipreis und schreibt selbst Krimis, weil sie auf diese Art völlig legal unangenehme Zeitgenossen um die Ecke bringen kann. www.schubarsky.at

JULIA MAETZL

STEFAN SLUPETZKY

Stefan Slupetzky, Jahrgang 1962, lebt als Schriftsteller in seiner Geburtsstadt Wien. Er verfasst Romane, Bühnenstücke, Kurzgeschichten und Liedtexte. Sein Kriminalroman „Der Fall des Lemming“ wurde mit dem Friedrich-Glauser-Preis für das beste Krimidebüt ausgezeichnet, „Lemmings Himmelfahrt“ mit dem Burgdorfer Krimipreis. „Das Schweigen des Lemming“ wurde 2007 zu einem der 100 Lieblingsbücher der Wiener gekürt. Nach dem Erscheinen des vierten Bands der Reihe, „Lemmings Zorn“, erhielt Slupetzky im Jahr 2009 den Radio-Bremen-Krimipreis.

PRIVAT

AMARYLLIS SOMMERER

Amaryllis Sommerer ist Drehbuchautorin von TV-Filmen und Serien sowie Kinospielfilmen; Filmdramaturgin und Autorin mehrerer Kinderbücher.
Zahlreiche Kurzkrimis (Nominierungen für den Agatha-Christie-Krimipreis und für den Friedrich-Glauser-Preis/Kurzkrimi); Romane: „Selmas Zeichen" (nominiert für den Friedrich-Glauser-Preis 2009/Debüt); „Keine Wunde, nichts" – erscheint im September 2010 im Milena Verlag. http://amaryllissommerer.com

KARIN WASNER

THOMAS ASKAN VIERICH

Thomas Askan Vierich wurde 1964 in Deutschland geboren; er lebt seit 2002 in Wien. Seitdem aus naheliegenden Gründen verstärkt Weintrinker. Beschäftigte sich aber auch vorher und immer mit gutem Essen und Trinken (auch journalistisch). Seine Romane „Tödliche Delicatessen" (2006) und „Blutgasse (2009) spielen deshalb überwiegend in Gasthäusern, Restaurants und Heurigen. Da wo sich Menschen treffen, um existenzielle Dinge zu verrichten. Manchmal wird dort auch gemordet. www.thomasvierich.net

RUTH WAGNER

CHRISTOPH WAGNER

Christoph Wagner wurde 1954 in Linz geboren und studierte Germanistik, Anglistik und Kulturelles Management in Wien. Zuerst Tages- und Magazinjournalismus, dann als freier Autor spezialisiert auf „Ess-Kultur“ im weitesten Sinn des Wortes (klassische Restaurantkritik, Kochbücher, Kultur- und Sozialgeschichte des Essens und Trinkens), außerdem Essays und Features zur Kultur- und Landschaftsgeschichte Österreichs.

Er war dreizehn Jahre lang Chefredakteur vom Guide GaultMillau, weiters Herausgeber des Gastronomieführers „Wo isst Österreich?“ und ständiger Gourmet-Kolumnist bei „NEWS“, „Gusto“, „Falstaff“ und „Maxima“.
Ab 2002 schrieb er Krimis („Schattenbach“, „Gefüllte Siebenschläfer“, zuletzt „Muj und der Herzerlfresser von Kindberg“, alle erschienen bei Haymon).

Christoph Wagner verstarb am 17. Juni 2010 in Wien.

CHRISTIANE M. PAPST

MANFRED WIENINGER

Manfred Wieninger wurde 1963 in St. Pölten geboren. Studium der Germanistik und Pädagogik an der Universität Wien. Lebt als Autor und Publizist in seiner Geburtsstadt. Überzeugter Serientäter – bisher sechs Kriminalromane mit dem schrägen „Diskont-Detektiv“ Marek Miert, der in der fiktiven ostösterreichischen Bezirksstadt Harland sein Wesen und Unwesen treibt. Als vorläufig letzter Roman in dieser Reihe ist 2010 „Prinzessin Rauschkind“ bei Haymon erschienen. Alles Weitere unter: www.manfredwieninger.com

Nachwort

DIE WEINREGION WIEN

Wien wird weltweit als eigene Weinregion wahrgenommen. Das ist für eine Millionenstadt einzigartig und darauf dürfen wir stolz sein. Von den Ortsteilen Stammersdorf, Strebersdorf und Jedlersdorf im Norden der Stadt erstrecken sich die Weinhänge über die Donau bis nach Nussdorf, Heiligenstadt, Grinzing, Sievering und Neustift am Walde, Dornbach und Ottakring und bis ins südliche Mauer und Oberlaa, insgesamt rund 680 Hektar.

Durch gezielte Maßnahmen der Stadt gemeinsam mit den Winzerinnen und Winzern hat der Wiener Wein in den letzten Jahren einen eindrucksvollen Qualitätssprung gemacht. Sowohl international als auch in der Spitzengastronomie ist der Wiener Wein inzwischen etabliert. Geschafft wurde das mit einer Qualitätsverbesserung des Weins und mit zahlreichen Veranstaltungen und Initiativen – vom Wiener Weinfrühling und dem Wiener Weinpreis über den Wiener Weinwandertag bis hin zum „Jungen Wiener."

Ganz besonders am Herzen liegen mir dabei zwei Initiativen: der Wiener Weinpreis und der Wiener Weinwandertag. Denn bei diesen Veranstaltungen können sich die Wienerinnen und Wiener gleich persönlich vor Ort von der hohen Qualität überzeugen. Beim Wiener Weinpreis im Arkadenhof des Wiener Rathauses werden Spitzenweine prämiert und können von den Besucherinnen und Besuchern an Ort und Stelle auch gleich verkostet werden. 2010 wurden von 380 eingereichten Weinen beachtliche 121 mit „Gold“ prämiert. Eine Zahl, die für sich spricht.

Die Teilnehmerinnen und Teilnehmer am Weinwandertag wandern durch die Wiener Weinlandschaft und werden auf den beiden Routen durch den 19. bzw. 21. Bezirk von den Winzerinnen und Winzern mit ihren köstlichen Produkten versorgt. Direkt im Weingarten schmeckt das Glas Wein gleich noch besser.

Die Weinregion Wien ist natürlich nicht nur Genuss- und Erholungsraum, sondern auch ein wichtiger Wirtschaftszweig. 400.000 Arbeitsstunden in 228 Wiener Betrieben werden pro Jahr zur Erhaltung des Wiener Weinbaugebiets aufgewendet. Der Einsatz lohnt in jedem Fall, denn als florierender Wirtschaftszweig schafft und sichert die Weinregion Arbeitsplätze, tätigt Investitionen und leistet einen wichtigen Beitrag zum Erhalt der landschaftlichen Vielfalt.

Dank der Bodenbeschaffenheiten und klimatischen Bedingungen kann Wien mit einer beeindruckenden Sortenvielfalt seiner Weine aufwarten. Und mit beachtlichen Erntemengen: Mehr als zwei Millionen Liter Wein werden jährlich in Flaschen gefüllt. Weißweine sind die klare Nr. 1, sie nehmen mit einem Anteil von 80 Prozent den Großteil der Rebfläche ein. Die Sorten Grüner Veltliner, Rheinriesling, Weißburgunder und Gemischter Satz zählen zu den beliebtesten. Aber auch die Rotweine, allen voran Blauer Zweigelt, Blauburgunder und Cabernet Sauvignon, sind in Wien stark im Kommen. Immer mehr Winzerinnen und Winzer nehmen sich der Rotweinproduktion an. Dieser Trend ist seit einigen Jahren verstärkt festzustellen und ließ den Anteil der Rotweine auf rund 20 Prozent steigen.

Mein besonderer Lieblingswein ist inzwischen der Gemischte Satz geworden. Jahrelang vernachlässigt, hat diese traditionelle Spezialität der Region in den letzten Jahren eine richtige Renaissance erlebt. Der Gemischte Satz wurde bereits vielfach ausgezeichnet und prämiert. Er ist auch das erste österreichische Lebensmittel, das mit der Auszeichnung als „Presidio-Produkt“ das höchste Prädikat der internationalen Slow-Food-Bewegung erhielt. Worauf ich als Agrarlandesrätin und Umweltstadträtin natürlich ganz besonders stolz bin.

Ulli Sima
Wiener Umweltstadträtin und Agrarlandesrätin

Bisher erschienen in der

Wien *live*
edition

Sabina Naber
Der letzte Engel springt
ISBN 978-3-901761-68-3

Sabina Naber (Hrsg.)
Tödliche Elf
ISBN 978-3-901761-91-1

Beate Maxian
Tödliche SMS
ISBN 978-3-901761-72-0

Ilona Mayer-Zach
Schärfentiefe
ISBN 978-3-901761-90-4

Ilona Mayer-Zach
Schlangenwald
ISBN 978-3-902672-23-0

Claudia Rossbacher
Drehschluss
ISBN 978-3-902672-10-0

www.echomedia-buch.at

Mit freundlicher Unterstützung von